警官の紋章

新装版

佐々木 譲

ハルキ文庫

角川春樹事務所

目次

プロローグ 5
八日前 12
七日前 34
三日前 43
二日前 朝 55
二日前 昼 93
二日前 夕 209
一日前 240
その日 365
エピローグ 419
解説 細谷正充 429

プロローグ

ジャケットの胸ポケットで、携帯電話が振動を始めた。

乗用車の暗い車内でも、着信を知らせるライトの点滅がわかった。男は少しためらってから、携帯電話を取り出して開いた。モニターを見ると、相手は自分のよく知っている男だった。警察学校で同期だった同僚だ。いまは配属はちがうけれども、彼も同じ札幌市内で勤務に就いている。年に数回は会って一緒に酒を飲む仲だった。

男は携帯電話のオンスイッチを押して、耳に当てた。

「しばらく」

その乗用車の周囲は暗い。男は乗用車のヘッドライトを切り、ただスモールランプだけをつけて停車させているのだ。前方左手に街灯があることはあるが、その照度では、街灯の周囲は木立であるということがわかるだけだった。街灯の下に、鉄パイプを組み合わせた構造物があって、その表面は黒と黄色の反射塗料とで塗り分けられている。車の運転席から四方を見回しても、その街灯以外、ほかに人工の明かりはひとつも見えない。

相手が言った。

「聞いた。明日なんだって?」

「そうだ」と男は短く答えた。

「どうするんだ?」

男はひと呼吸おいてから、答えた。

「どうもこうもない」

「というと?」

「質問されたら、答えるだけだ。質問されたら」

こんどは相手が少し沈黙した。ごくりと唾《つば》を呑《の》みこんだのかもしれない。

男が黙ったままでいると、相手は不安げな声で訊《き》いてきた。

「きょうの呼び出しって、それだったのか?」

「ああ」

「呼び出したのは、あのひとだということを耳にした」

「あのひとも、きた」

「彼は、どうしろって?」

「間違えるなと」

「何をだ?」

「守るべきものを、と言われた。お前は津久井《つくい》とはちがうはずだ、とも」

津久井というのは、同じ北海道警察本部に所属する警察官、津久井卓《すぐる》巡査部長のことだ。先週、彼は北海道議会の百条委員会に証人として呼ばれた。通常警察官は守秘義務があり、職務上知り得たことを口外することはできない。しかしこの委員会では、守秘義務を免除される。津久井は道警本部を揺るがしたある事件について、委員たちの質問に答えた。率直に、正直に、組織に遠慮することなく。その答えのひとつひとつに委員会はざわめき、取材していたマスメディアも騒然となった。

その証言は、一昨年ある警部が起こしたスキャンダルがじつは個人的な暴走ではなく、組織承認のもとに行われていたことを明らかにしたのだ。質問に答えて、津久井卓巡査部長は、関係する幹部の個人名も明らかにしていた。それまで知らぬ存ぜぬを通していた道警本部の幹部たちは凍りついたのだ。つい数日前のことだ。

相手が言った。

「お前は、どう答えたんだ?」

男は逆に訊いた。

「どんな答えかたがある?」

「お前なら」相手はそこで言葉を切り、言い直した。「わからない」

男は言った。

「おれにも、わからないんだ。きょう、その場では、相手が望むとおりに、はい、はいと答えてきたが」

「すっきりはしていないようだな」

「していないさ」男はダッシュボードのデジタル・クロックに目をやった。目当ての列車は、数分前にすぐ近所の駅を出たところのはずだ。「するわけがない」

「明日は、何時から?」

「百条委員会は十時から。おれは九時半に道議会ビルに入ることになっている」

「おれは非番だ。傍聴に行っていいか?」

「席はないはずだ。委員会は、警務の連中が席を埋めるらしい」

「そういう場合、くじ引きなんだろう?」

「よせって。傍聴なんてすると、お前も監察対象になる。明日は、警察庁からの特別監察官も道警本部にくるんだ」

「それはかまわないが」相手は言葉の調子を変えた。「じゃあ、きょう、少しだけ一緒に飲むか? これから一時間ぐらいだけでも」

「いや、いま札幌にいないんだ」

「札幌にいない? 明日委員会があるのに」

「ま、これがいちばんいい答かと思って」

「どういう意味だ?」

「証人にはならないってことさ。委員会には出ない」

「議会は怒るぞ。侮辱罪になるかどうかは知らんが」

「かまわん。それで、周りが納得してくれるんなら」

乗用車のすぐ目の前で、ふいに赤い光が点滅を始めた。左右にふたつ並んだ踏切信号灯が、交互に光り出したのだ。赤い強い光に、男は目を細めた。同時に、カン、カン、カンと警報も鳴り出した。

「何の音だ？」と相手が訊いた。

男は携帯電話を耳に当てたままアクセルペダルを踏み、乗用車を発進させた。

乗用車は、遮断機が降りてくる前にその踏切の中に入ることができた。男は乗用車を単線のレールの真上に停《と》めた。ちょうど運転席が、レールとレールとのあいだにくるようにだ。

「おい」と相手が切迫した響きで言った。「そこは踏切か？」

目の前に、遮断機が降りてきた。後ろは確かめるまでもない。乗用車は遮断機によってはさまれた格好となったのだ。心なしか、警報のリズムが速まってきたように感じられた。

「おい」と相手は怒鳴るように言っている。「まさか。おい」

男は言った。

「いろいろ考えた。おれは冷静だ。たぶんこれを、上も期待してるんだと思う。口にはしなかったけど」

「おい。やめろ。やめろって」

「議会を侮辱することにはならない。質問されることがなくなれば、偽証する必要もない。組織も守られる。おれの家族もだ。可哀相《かわいそう》なのは」

「なに？　可哀相って誰が？」

「郡司《ぐんじ》さ。二年前まで、生活安全《せいあん》部の花形だった刑事。やつだけは、可哀相だ。すべてひっかぶったんだから」

ゴオンという音が大きくなってきた。列車が近づいてきたのだ。この踏切はわりあい半径のきついカーブの端にある。右手からくる列車は、直前までこの乗用車を発見できない。

携帯電話の向こうで、相手が怒鳴っている。いや、大声で哀願しているようにも聞こえた。

「おい、やめろ！　やめろ！」

「切るぞ。おやすみ。さよなら」

「おい。おい」

男は携帯電話を畳《たた》むと、胸ポケットに戻した。その直後、強力なライトがその踏切を照らし出した。乗用車の車内も明るくなった。乗用車のボディが、少し振動している。

右手で警笛が鳴った。激しく、切迫した響きだった。巨大な動物が威嚇の唸《うな》り声を上げたようにも聞こえた。

男は真正面を見たまま、サイドブレーキを強く引いた。それからステアリングを持った手に力をこめた。

列車の警笛が急接近している。金属同士がこすれる耳障りな音もまじった。でも、たぶん急制動は間に合わないはずだ。現にほら、もう警笛は右手すぐわずかのところまできている。ほんの数メートル以内に。

男が最後に聞いたものは、甲高い衝撃音だった。それは一瞬のうちに男自身をも音源にした。

八日前

小島百合《こじまゆり》は、ホームでいったん彼女を制止し、ほかの乗客たちがみな階段へ向かうまで待った。

彼女は素直に小島百合の指示に従った。

最終の電車なので、一緒に降りた乗客は多かった。列車がホームを発進していってもまだ、ホームからほかの乗客の姿は消えなかった。最後の客が階段に消えてから、小島百合はホームの左右をもう一度確認した。もうほかに、ひとの姿はない。

小島百合は、胸につけたマイクを意識しながら、チームの指揮を執る主任に言った。

「つけてくる男はいません。いまから改札を出る」

「了解」と、男の声が聞こえた。「こっちも、そっちに向かう」

保護対象のその彼女が、いいの、とでも訊《き》くように、首を傾けてきた。

小島百合はうなずいて言った。

「行きましょう」

小島百合が一歩先に、彼女は小島百合から一歩遅れて、左後ろを歩いてきた。ひとけがなくなったせいか、ホームの敷石に小島百合たちふたりの靴音が響いた。小島百合が他人の靴音を意識しているせいかもしれない。

歩きながら、小島百合は彼女の様子をちらりと眺めた。彼女は二十四歳。無店舗型風俗営業のデリバリーヘルス店の社員だ。いわゆるデリヘル嬢。

村瀬《むらせ》香里《かおり》という名だ。その店いちばんの売れっ子なのだと、店長から聞いた。じっさい、美貌《びぼう》の子だった。アイドル並みとは言えないにせよ、AV女優としてなら十分にやってゆけるだろうと思わせるだけの可愛《かわい》らしさだ。

また村瀬香里は、ビーチバレーの女子選手のように、無駄な皮下脂肪のない健康そうな身体《からだ》を持っていた。ミニスカートの下から伸びる脚には、小島百合も感嘆したほどだ。姿勢もいい。身長は百六十に少し足りない程度だろうか。

長い髪を茶色に染めているし、化粧も濃いが、いかにもデリヘル嬢っぽい雰囲気でもない。言うならば、美容学校に通う遊び好きの学生という印象だろうか。素人っぽさをまだ十分に残している。

この美貌ならば、と小島百合は最初に顔を合わせたときに思ったものだ。客の中には、ストーカーになる者が出てきてもおかしくはない。いや、じっさいに出たから、村瀬香里は大通《おおどおり》署生活安全課ストーカー行為対策室の刑事に相談してきたのだった。二回だけ呼んだ客が、その後しつこくつきまとって、もう限度を越えているのだと。店のほうではその男からの電話は無視することにしたが、男はいっそうストーカー行為をエスカレートさせてきたのだという。集合住宅までついてくる。執拗《しつよう》な誘いの電話。ついには郵便受けに、下着や性具を入れてゆくようにさえなったという。

二週間前、村瀬香里から相談を受けた対策室は、村瀬香里の携帯電話の記録から相手を割り出し、警告を発しようとした。身許《みもと》を割り出し、住所を突き止めると、男は村瀬香里がストーカー行為を大通署に相談したその翌日から、行方をくらましていることがわかった。その日以来、アパートに帰ってきていないのだ。

さらに対策室は、村瀬香里の部屋の郵便受けに入れられていた封筒から、DNA鑑定試料を発見した。一本の毛髪が、接着テープの裏についていたのだ。

四日前、鑑定の結果が出た。結果を照合すると、男は一年前に帯広《おびひろ》で起こった未解決の婦女暴行殺人犯と同一人物であることがわかった。対策室は色めきたった。大通署生活安全課のストーカー対策室と釧路《くしろ》方面本部刑事部が協議、合同チームを作って、男の逮捕に全力を上げることが決まった。

男の名は、鎌田光也《かまたみつや》。函館《はこだて》出身の三十歳だ。元自衛官で、帯広では運送会社に勤務していた。現在の職業は不詳。身長は百八十センチ。逮捕の際、抵抗することも十分考えられる被疑者だった。

小島百合は、三日前、課長から急遽《きゅうきょ》、対策室の応援にまわるよう指示された。女性警官として村瀬香里を護衛し、ストーカー被害から守ること。

そして課長はつけ加えた。

剣道と逮捕術の腕を、無駄にせずに済むぞ。

かなり危険な任務でもあるのだ、と小島百合は理解した。ならばいやです、と断る権利は小島百合巡査にはなかった。はい、と応《こた》えて、この任務についたのだ。

つまりデリヘル嬢村瀬香里を警官とは思わせぬ雰囲気で護衛し、彼女を守りつつ、合同チームの捜査員たちによる男の逮捕を助ける。男を警戒させてはならないので、捜査員たちは村瀬香里たちを遠巻きにして、男が現れるのを待つことになる。

逆に言えば、村瀬香里は札幌方面大通署生活安全課ストーカー対策室の保護対象であると同時に、釧路方面本部帯広署と合同の婦女暴行殺人事件捜査本部にとってのおとりだった。

地下鉄駅を出たところで、小島百合は立ち止まった。

このあたりは、札幌市内でも水商売関係の住人が多い地区だった。繁華街の薄野《すすきの》に近く、タクシー代もさほどかからない。ラブホテルの多いエリアにも隣接していた。集合住宅が多いが、木造二階建ての賃貸アパートも、集合住宅の隙間《すきま》に建っている。

村瀬香里が、小島百合の横で言った。

「こんな時間にうちに帰るなんて、初めてかもしれない」

いつもは、明け方、最後の仕事を終えたあとに、店の男性店員に送ってもらうのだという。ほかの終夜勤務の従業員たちと一緒だ。

対策チームは村瀬香里に、少しのあいだ生活のパターンを変えるよう依頼した。地下鉄の最終電車で帰宅できるよう、仕事を控えてもらうことにしたのだ。そのほうが守りやすいということが理由のひとつ。もうひとつの理由は、ストーカー男、鎌田光也を混乱させ、ミスを誘うため、ということだった。村瀬香里は、三日だけという条件で納得した。その三日のあいだに鎌田を捕まえてほしいと。

今夜が、その最初の日だった。

小島百合は、イヤホンマイクでチームの主任に言った。

「いま、地下鉄駅を出た。これからアパートに向かいます」

「了解」

この一件での合同チームは、四台の捜査車両に分乗していた。店から村瀬香里の派遣先を追うチームが二台。もうひとつ、村瀬香里のアパート周辺で鎌田の出現を待つチームが二台。この四台である。直接の捜査指揮は、本部の警部補が執っている。店から派遣先を追うチームの車に乗っていた。

四月上旬の水曜日だった。このところ札幌も数日、季節はずれの暑い日が続いた。最高気温が毎日二十度を超えたのだ。このぶんであれば、桜の開花も早まることだろう。札幌では、桜の見頃は例年ゴールデン・ウィーク後なのだが、今年は連休中に満開の桜を愉《たの》しめるかもしれない。

この四月とは思えない陽気のせいで、小島百合はきょうはオーバーコートを着ていない。いや、きょうは札幌の二十代三十代の女性なら、オーバーコートを羽織った者は十パーセント以下だったろう。

小島百合も、春らしい素材のハーフコートに、黒っぽいパンツスーツを着ている。ただし上着の下に、やはり黒っぽい色のシャツ。防刃《ぼうじん》ベストを着用するためだった。

村瀬香里の住む集合住宅までの道については、昨日、地図でいちおう確認していた。しかし、じっさいに歩いてはいない。ここから先は、村瀬香里について歩くかたちになる。

一ブロック西方向に歩いた。交差点にぶつかったところで、こんどは通りを南に渡った。

村瀬香里が弁解するように言った。

「すいません。こんなに歩かせて」

「いいのよ」と小島百合は言った。「これがあたしたちの仕事なんだから」

あなたをおとりにして殺人犯を引っ張り出すのだ、という警察の計画は話していなかった。いや、ストーカーの鎌田光也が殺人犯だという事実すら、村瀬香里には伝えていない。十分な保護が可能なら、彼女を必要以上に怖がらせることはないのだ。

通りを渡ってまた西方向に少し歩いた。地下鉄駅から離れたので、周囲は少し暗くなった。車の走行音も減って静かになった。地図を思い出せば、彼女の住む集合住宅はもうすぐ近くである。

昨夜も、彼女の集合住宅の郵便受けには、下着が紙袋に入った状態で入れられていたという。鎌田光也が行方をくらまして二週間、所在は不明だが、村瀬香里をどこかから監視していることは確実だった。いまこの瞬間も、深夜のこの通りのどこかで、村瀬香里を見張っているかもしれなかった。

鎌田光也自身も、警察が動き出したことは承知しているはずである。村瀬香里が大通署に相談にきた翌日には、アパートから消えていたのだから。もしかすると、村瀬香里が大通署に入ってゆくところを見ていたのかもしれない。だから、村瀬香里のそばに警察官がいる事態は想定しているはずだ。きょうから村瀬香里の行動パターンが変わり、帰宅時、そばに見知らぬ女性もいると知れば、その女性が女性警官だろうと判断するのは確実だった。逆に言えば、小島百合がそばにいるあいだは、鎌田光也は村瀬香里のそばに近づかない。小島百合が村瀬香里から離れたあとに、接近するはずである。

鎌田光也のほうも、現状がかなり切羽詰まった事態であることは承知していると想像できた。住居から消えているのだ。殺人犯としての容疑がかかった、と正確に認識しているかもしれない。そう承知していながら、彼は村瀬香里へのストーカー行為をやめるのではなく、むしろエスカレートさせてきた。彼はたぶんこんども、行くところまで行くつもりなのだろう。あるいは、そのような意志すらもうないかもしれない。ただ抑えきれぬ衝動に身をまかせているだけかもしれなかった。

「あと少し」と村瀬香里が言った。声が少し乾いているように聞こえた。「つぎの中通りを曲がります」

小島百合は油断なく通りの前方に目を据えたまま言った。

「もっと車道寄りを歩いて。その中通りを少し通りすぎるくらいまで進んでから、中通りに入って」

「はい」

小島百合は、マイクへの報告は控えた。

いまのやりとりは、指令班の車でもモニターしているはずである。この静けさの中で報告すれば、犯人がその言葉を聞き取る可能性もある。警察の別動隊が近くにいることを犯人に教えてやることになるのだ。

中通りまできたが、村瀬香里はそのまま少し歩いた。小島百合は中通りの奥に目を向けた。街灯の数が少なくなっている。中通りの大部分は暗がりだ。しかし、とりあえず人影はない。

村瀬香里がすっと向きを直角に変えて、中通りへと入った。小島百合も左側に並んで通りを進んだ。

三十メートルほど進んだところで、村瀬香里が言った。

「そこです。右の入り口」

集合住宅だ。事前の打ち合わせでは、四階建てと聞いていた。エレベーターはなく、オートロックでもない。一DKの間取りが中心だという。単身者用住宅だ。オートロックではないということは、築二十年ぐらいになるのかもしれない。いまどきこの近所でオートロックでない集合住宅は珍しい。

建物は、その中通りから数メートル引っ込んだところに建てられていた。エントランスの前に自転車置き場があって、十台ほどの婦人物自転車が並べてある。

「着いたのね」と、小島百合は報告をかねて村瀬香里に言った。

「ええ。ここの四階なんです」

小島百合は、いったん身体を三百六十度回転させた。不審な者の影は見えなかったが、監視に入っているはずの第二班の自動車も見当たらなかった。鎌田光也を油断させるために、この集合住宅から少し離れた場所に配置しているのだろうか。それとも、どこかこの近所の空き室にでも、監視班のうちのさらにひとチームがいるのか。

村瀬香里が、その集合住宅のエントランスに入った。小島百合も続いた。エントランスの内側には、白々とした照明がついている。蛍光灯の一本が寿命なのか、点滅を繰り返していた。真正面が階段だ。

エントランスを入ってすぐ右手に、郵便受けがあった。

村瀬香里が、郵便受けに近づいた。小島百合は身体をエントランスのドアのほうへと向け、手早くバッグから手袋を取り出してはめた。

村瀬香里が、郵便受けの中からチラシ類を取り出した。

「きょうは、何もないみたいです」

「そう？　何もない？」

小島百合は、村瀬香里が広げたチラシ類に目をやった。宅配ピザの店のチラシ、中古住宅の案内チラシ、それに不要品買い取りの案内。手紙もないし、包みも紙封筒もない。

鎌田光也はストーカー行為をやめたのか？

村瀬香里はそのチラシ類を、郵便受けの脇のゴミ箱に放《ほう》って言った。

「このまま終わってくれるといいんだけど」

「そうね」

小島百合は、村瀬香里の先に立って階段を上った。四階右手のドアが、村瀬香里の部屋だった。ここのドアにも、郵便受けの口がついている。

村瀬香里が鍵《かぎ》を取り出したので、小島百合が言った。

「待って。わたしが開ける」

すでに昨日の段階で、警察は村瀬香里の部屋のスペア・キーを作っていた。彼女の了解のもと、小島百合がいまその鍵を持っている。

「下がっていて」と小島百合は言った。

村瀬香里がうなずいて下がった。

小島百合は鍵をシリンダー錠の鍵穴に差し込んで右に回した。カチリとロックのはずれる音がした。

小島百合は手袋をはめた手でドアノブに手をかけ、手前に引いた。

玄関には照明はついていない。奥のダイニング・キッチンのほうがぼんやりと明るかった。常夜灯がついているようだ。その明かりで、玄関から奥の部屋までの様子はわかった。

靴が脱ぎ散らかり、廊下にもコートが落ちている。ビニール袋に詰めたゴミが靴箱の脇に置いてあった。

耳を澄ました。何も音は聞こえなかった。

振り返って村瀬香里を見た。村瀬香里は、小島百合の背後から部屋をのぞきこんでうなずいた。この散らかり具合は、出たときのままなのだろう。

「異常なしね」と小島百合は訊いた。

「ええ。大丈夫」

「こっちの郵便受けも見て」

小島百合は玄関に入った。村瀬香里も中に入ってドアを閉じ、壁のスイッチに手を伸ばした。玄関の照明がついた。

村瀬香里が郵便受けを開けた。ガスの検針票が出てきただけだ。

小島百合は訊いた。

「中を見せてもらっていい？」

「散らかってる。恥ずかしいわ」

小島百合は靴を脱ぐと、スリッパを履かずに廊下を進んだ。中は甘ったるい化粧品の匂《にお》いに満ちた部屋だ。手前が小さなダイニング・キッチン。その左手奥が寝室だった。ダイニング・キッチンのテーブルの上には、ペットボトルや、レトルト食品の袋がまとめられていた。寝室のベッドの上には、パジャマや下着類が散らばっている。

これは、荒らされたもの？

後ろの村瀬香里に目を向けると、彼女はうなずいた。

「いつもこんなようなもの」

室内を見渡してから、ダイニングの窓のカーテンを開けた。外は小さなベランダだ。二重窓の外側のガラス戸は施錠されている。寝室のほうの窓も、やはり施錠されていた。

二週間前まで、彼女は窓のロックをしていないということだった。集合住宅の上層階に住む女性は、ややもすると防犯は万全と思い込む。空き巣など入るはずはないと決め込む。だからプロの空き巣は、女性の多い集合住宅の上層階を狙《ねら》う。屋上から排水管を伝ってベランダに降り、施錠されていない窓からやすやすと部屋に侵入するのだ。

廊下に戻り、トイレのドアを開けた。ユニット・バスだ。とくに奇妙な点は見当たらなかった。男が身を隠せるような場所はない。

「では」と、小島百合は村瀬香里を見て言った。「きょうはこれで帰る。何かあったら、電話してね。どんなに小さなことでもいい。一一〇番でも、対策室の直通でも、さっき教えたわたしの携帯でも」

「小島さんの携帯にすると思う」

「何時でもいいから」

「ええ」

「チェーンかけるのよ」

村瀬香里は言った。

た。

「大丈夫です」

「そう」

小島百合は、今夜はもう安心していいという意味の微笑を村瀬香里に向けて、靴を履いた。

部屋を出て、村瀬香里がロックし、チェーンをかけるのを確かめた。チェーンの音が聞こえたところで、小島百合は階段を降り出した。

「送り届けました」と小島百合は、階段を降りながら報告した。「部屋の中も確かめました。異常なし」

「了解」と、主任の声があった。

「わたしは、このあとどこに？」

「おれたちが地下鉄駅前で拾う」

「近くに二班がいるんですよね」

「いる」

「あと頼みます。駅に向かいます」

「了解」

集合住宅のエントランスを出ると、小島百合は通りを渡り、建物の向かい側の歩道を左手に歩き出した。いまこの瞬間、殺人犯の鎌田は小島百合を観察しているかもしれなかった。自分の視線で、この周辺に警察が張り込んでいることを知られたくなかった。

歩道の前方に、犬を連れた女性がいた。犬に排尿させるため、近所から出てきたばかりと見えた。チワワらしきその犬は、右手のブロック塀にマーキングしていた。女性は五十歳前後だろうか。キャスケットのような帽子をかぶっていた。視線は、少し上向き加減だ。近づいて、表情が読み取れた。不審そうだ。

小島百合は振り返って、そのキャスケットの女性の視線の先を見た。村瀬香里の住む集合住宅だ。その屋上あたりを、女性は見つめているのだ。

小島百合は女性に声をかけた。

「どうかしました?」

女性は、小島百合に目を向けてから、首を振った。

「いや、あの建物の屋上から、すっとひとが降りたように見えたものだから」

「ひとが?」

もう一度振り返った。屋上からひとが降りた? 村瀬香里の部屋は四階だ。

「あのベランダにですか?」

女性は答えた。

「うん。手前側のベランダに。でも、見間違いかな。影が動いたように見えたんだけど」

小島百合は踵《きびす》を返して、集合住宅へと向かった。向かいながら、イヤホンマイクに言った。

「鎌田が出ました。村瀬香里の部屋に侵入したようです」

「出た？」と相手が訊いた。「連絡があったのか？」

「いいえ。屋上からベランダに男が降りたらしい。目撃者あり。向かってください」

「ちょっと待て。すぐには」

「近くなんでしょう？」

「目の前ってわけじゃない」

「早くしてください」

「侵入を確認してからだ。いま刑事たちが飛び出して、空振りだったら」

大馬鹿野郎！

それ以上やりとりを続けているつもりはなかった。小島百合は駆け足になった。

駆けながら腰のホルスターに手を伸ばした。この任務では、相手が凶悪な殺人犯ということで、小島百合には拳銃《けんじゅう》携帯が命じられている。北海道警察本部が女性警官用に試験的に配備し始めたワルサーTPH。二十五口径で重量四百グラム弱という小型拳銃だ。昨日、小島百合は真駒内《まこまない》の道警本部警察学校で、扱いの特訓を受けたばかりだ。小島百合は遊底《ゆうてい》をスライドさせて初弾を薬室に送り、安全装置を下ろした。

「おい、待て」と、主任が叫んだ。「何をやる気だ」

「村瀬香里の部屋に」

「声がでかいぞ」

「もう相手は侵入してるんです」

拳銃を腰のホルスターに収め直してから、集合住宅のエントランスに飛び込んだ。郵便受けの脇に、赤い小さな扉がある。消火用ホースの収納棚だ。小島百合はその扉を開けた。あった。古い建物であることがさいわいした。折り畳まれたホースの下に、手斧《ておの》が引っかけられている。非常用の、窓やベランダの隔壁を破壊するためのものだ。小島百合はその手斧を手に取った。特殊警棒の二倍ぐらいの重さだろうか。使える。小島百合は手斧を右手に下げて、階段を駆け上がった。

「おい」と主任がまだ叫んでいる。「応援を待て。ひとりじゃ、無理だ」

「放っておけません」小島百合も怒鳴り返した。「殺されるんですよ」

四階まで駆け上がって、息を整えることもなくスペア・キーをドアノブに差し込んだ。ロックはすぐにはずれたが、チェーンがかかっていた。中で、物音がする。何かが鈍くぶつかり合っているようだ。

小島百合は、ドアの脇に立って叫んだ。

「警察よ。やめなさい」

すぐに悲鳴じみた声が返った。

「小島さん！」

村瀬香里の声だった。

小島百合は靴先をドアの隙間に入れると、手斧を振りかざして、チェーンにたたき込んだ。チェーンは大きな衝撃音を立てて切れた。

小島百合は手斧を床に放ると、すぐに拳銃を抜き出して両手で持った。

部屋の奥で、甲高い叫び声が聞こえる。鎌田の声？　完全に正気を失った声だ。聞き取れない。言葉になっていない。

小島百合は、ドアを大きく開けて部屋の中に飛び込んだ。

「警察よ。撃つよ」

イヤホンから、主任の声も悲鳴のように聞こえてきた。

「何をやった？　何をしでかしたんだ？」

同時にダイニングから、黒い影が飛び出してきた。黒ずくめの服装で、黒い目出し帽をすっぽりかぶっていた。手にしているのは、刃物だ。大型の、サバイバル・ナイフ？

小島百合はためらわなかった。シミュレーションはしてきた。心理的な最初のバリアは、取り除いてある。自分はこの場合、撃つことをためらわない。

小島百合は玄関口で腰を落とし、拳銃を両手にかまえた。目出し帽の男は目の前だ。小島百合は男の右肩を狙って引き金を引いた。軽い破裂音があり、男は右手にサバイバル・ナイフを持ったまま、その場に膝《ひざ》をついた。

小島百合は、男を凝視した。自分の前面、わずか二メートルのところで、膝をついている男。目出し帽の穴から、男がまばたきしているのがわかった。何が起こったのか、彼は理解できていないようだ。ナイフを持つ右の腕が少し持ち上がった。

切りつけてくるのか。

「小島、小島！」と主任が叫んでいる。

応答できなかった。いまこの緊張の瞬間に、返事などできるものではない。事態に集中しなければならない。

と、男は膝立ちでナイフを突き上げてきた。小島百合は相手の右腕を突き小手返しで払いつつ、一歩前に踏み込んだ。男はナイフを落とし、上体をひねりながら右手の壁に倒れ込んだ。いったん壁に背中を預ける姿勢となったが、そこから上体を横に倒した。壁が血で汚れた。

小島百合は男から素早く離れて、拳銃をかまえたまま思った。

こいつは死んではいないはず。弾は二十五口径。衝撃で脱力させるが、致命傷にはならない。ただ、まだ反撃する力があるかどうかだ。

イヤホンから主任の声がする。

「小島、無事か？　大丈夫か？」

いっぽう、階段の下が騒がしくなった。何人もの男たちが、駆け上がってくるようだ。

どこにいたのよ、まったく。

胸のうちで悪態をつきながら、小島百合は、拳銃を男に向けたまま、部屋の奥に声をかけた。

「香里ちゃん、大丈夫？」

返事があった。

「小島さん、大丈夫。殴られて、動けないけど」

「切られたりしてない?」

「してない」

「少し待ってね。男は倒した。警察もきたから」

四階に対策室の面々が到着した。小島百合の真正面で、ドアが開けられた。三人の捜査員たちが、一瞬そこで足を止めた。

主任が、ふたりの若手捜査員のうしろから顔を出して言った。

「小島、大丈夫か」

その声は、イヤホンと、イヤホンの外と、両方から聞こえた。

「はい。撃ちました」

「よけろ」

小島百合は、そのまま後退した。若手捜査員ふたりが、飛び込んできた。捜査員のひとりはすぐに落ちていたナイフをつかんで、背後に除《の》けた。もうひとりが、目出し帽の男の身体の上にダイブして押さえ込んだ。手錠をかける音が聞こえた。

「侵入犯、確保」

小島百合はそれを確認したところで身体の向きを変え、部屋に入った。カウチの脇で、村瀬香里が仰向《あおむ》けになり、膝を立てていた。顔は小島百合のほうに向いている。涙顔だった。

小島百合は村瀬香里の脇に膝をついた。

「大丈夫？　怪我《けが》していない」

「あいつ、殴ってきた。思い切り殴ってきたよ」

「すぐ救急車もくるわ」

「あいつを撃ったの、小島さん」

「ええ」

「すごい」

「助けられてよかった」

「ありがと」

主任が部屋に入ってきた。

小島百合は立ち上がり、主任と向かい合った。四十二歳、厄年《やくどし》の警部補だ。はあはあと、荒く息をしている。

主任は、小島百合と、玄関口の男を交互に見て言った。

「よく撃てたな」

「このために、昨日、特訓を受けましたから」

「待てなかったか」

小島百合は、怒りをこらえて訊いた。

「まずいことをやりましたか？」

「もし男が死んでしまったら」

「保護対象《マルタイ》を救うのが、第一義でした」

「殺人犯の逮捕のほうが」

小島百合は眉《まゆ》を上げた。

殺人犯逮捕が、殺人未然防止に優先？　主任はいま、そう言われましたか？

その想《おも》いは、そのとおりに小島百合の表情に出たのだろう。主任はばつの悪そうな顔になって、若手捜査員たちに声をかけた。

「どうだ？」

目出し帽の男に馬乗りになっている捜査員が言った。

「意識はあります」

主任はまた小島百合に顔を向けて言った。

「悪くない判断だった。おれの気持ちとしては、とにかく部下を危ない目には遭《あ》わせたくなかったんだ」

また階段の下のほうから、靴音が響いてきた。別班が到着したようだ。

主任が言った。

「とにかくその拳銃は、もうしまえ」

小島百合は、はいと答えて左手を放した。しかし、右手にこめられていた力を抜こうとしても、指はまったく動かなかった。強張《こわば》って、いわばフリーズ状態だ。手から離れない。

「どうした?」と主任が訊いた。

「手を貸してください」と小島百合は言った。「拳銃を、放せません」

そこに、また四人の捜査員たちが飛び込んできた。

七日前

墓地は雨に濡《ぬ》れていた。

立ち並ぶ御影石《みかげいし》の墓石の表面はどれも鏡となって、ひとけのない墓地を映し出している。四月も十日だというのに、北国のこの墓地はまだ緑に包まれることもない。冬枯れのままの樹木が、墓石の合間合間に身を縮めるように立っていた。

日比野《ひびの》伸也《しんや》は、水桶《みずおけ》を手に下げて、石を敷いた通路を進んだ。

きょうは父の誕生日だった。生きていれば、父はきょう五十二歳になっていたのだ。

北海道警察本部警察官だった父の、その死亡の日からほぼ二年経《た》つ。命日は来週だ。でも、とくに法事は予定していない。

きょう伸也は、休みを使って北見市からこの札幌市に出てきた。父の墓参りが、主目的だった。父にならって北海道警察本部の警察官となった伸也にとって、二年前の父の死はまだ生々しい体験である。記憶はろくに風化していなかった。

踏切上で死んだ父は、殉職扱いとはならなかった。伸也の母が、公務中に発症した鬱病《うつびょう》であると労災を申請したけれども、道警本部の警務部はこれを認めなかった。事故死という扱いである。当然ながら、警察葬もなかった。

遺書はなかった。ただ、翌日、北海道議会の百条委員会に証人として出頭することを控えての死だった。北海道警察本部は地方公共団体としての北海道が設置している警察組織であり、警察本部の公金の支出が適切か北海道議会は調査する権利があるし、不正があればこれを糾す。地方自治法百条によって定められた委員会では、関係者の出頭、証言、記録の提出を求めることができる。証人は職務上の守秘義務を免除され、質問には答えねばならない。証言を拒否した場合には罰則があるのだ。

出頭と父の死とを関連づけて考える見方は、葬儀のときから伝えられてきた。父の同僚たちが、小声でもらしていったのだ。しかし、伸也には、ほんとうのところはわからない。父は自殺なのか？　それともやはり事故なのか？　自殺だとしたら、その理由は何だ？　伸也の父が死んだ日から胸に生まれた疑念は、いまだにひとつも解決してはいなかった。伸也の疑念が解決していない以上、父の死はまだ過去のものになっていない。

ちょうどその一週間前には、羽幌《はぼろ》署管内の駐在所でも、警察官がひとり拳銃《けんじゆう》自殺している。北海道議会では、百条委員会で道警本部生活安全部の津久井卓巡査部長が証言、郡司徹警部の不正な拳銃摘発が組織的に行われたことを暴露して、メディアを賑《にぎ》わせた。いっぽうで、部下の女性警官を殺害したキャリア組の幹部が、飛び下り自殺した。

あの一週間のことを、地元メディアは「北海道警察最悪の週」とも「道警悪夢の一週間」とも呼んだ。

墓の位置はわかっている。小さいころから、何度も家族と一緒にお盆にやってきた。日比野家代々の墓。もっとも日比野家は、富山から北海道に移住して父で三代目という一族だ。曾祖父《そうそふ》の代から、この墓地の墓石の下に骨が収められているだけだ。

いや、墓石自体も、祖父が建てたときは粗末な凝灰岩のものだったという。長男である父が、四十歳のころに黒い御影石のものに変えたのだ。父は体面を気にする質《たち》だったから、いつまでも先祖代々の墓が凝灰岩造りであることに耐えられなかったのだ。見栄《みえ》もあって、御影石のものに変えた。祖父の十三回忌に合わせての、建て替えだった。

伸也は日比野家の墓の前まできた。新しい花と供え物がある。父の誕生日を覚えていてくれた誰かがいるのだ。父の兄弟だろうか。

伸也は、水桶を墓石の前に置くと、合掌してから墓石に水をかけた。雨に濡れていた墓石が、いっそう艶《つや》やかに灰色の景色を映し出した。

墓石を洗っていると、玉砂利《たまじゃり》を踏み締めて近づいてくる足音が聞こえた。伸也は手をとめて通路の先に目を向けた。

十メートルほど先の墓石の陰から、黒っぽいコートを着た中年男が姿を見せた。傘を差し、手には水桶を下げている。その中年男も、伸也を認めた。

知った顔だ。父の同僚であり、友人だ。宮木俊平《みやぎしゅんぺい》という警部だ。父とは警察学校で同期だったという。いま彼は、札幌の手稲《ていね》署交通課勤務ではなかったろうか。

かつて、父が道警本部の生活安全部で働いていたころ、彼は同じ道警本部の刑事部勤務だった。本部で勤務していた時期が、数年間重なっていたのだ。父の通夜のときも、あいさつを交わしている。そのとき宮木は伸也の母に何か言いたげに見えたが、けっきょく何も言わず、焼香だけして帰っていったのだった。

「伸也くんか」と相手は歩きながら言った。

「ごぶさたです」と、伸也は頭を下げた。

「三回忌は、出席できそうもなくてな」と宮木は言った。「きょう、墓参りさせてもらう」

「親父《おやじ》の誕生日です。親父も喜ぶでしょう」

「生きていたら、五十二か。同い年なんだ」

伸也は宮木から傘を預かった。宮木は伸也の差しかける傘の下でしゃがみ、墓に線香を立ててから合掌した。合掌が終わると、いま伸也がやっていたように、墓石に水をかけた。

　伸也は言った。

「ありがとうございます。わざわざ」

「いや」と、宮木は何か心配ごとでもあるような顔で言った。「そういう仲だったんだ、親父さんとは。警察学校以来だ」

「親父の若いときのことなど、いつか話してくれますか」

「ああ」宮木は伸也から傘を受け取ると、また水桶を持ち上げた。「いつも、あわただしくてすまない」

「気持ちだけでも、うれしいです」

「警察葬になるべきだったのにな」

「殉職ではありませんから。ひとさまに迷惑をかけるような死に方でしたし」

あのとき、JR石勝線《せきしょう》の列車は脱線、怪我人《けがにん》こそ出なかったが、翌日の午前九時まで、石勝線はストップしたのだった。管轄する追分署《おいわけ》の署長が、警官なら死に方を考えろと怒鳴ったと聞いたことがある。伸也自身も思う。もしあれが自殺だとしたら、他人さまに迷惑をかけた、という点であまりほめられたことではない。理由がたとえ鬱病であったとしてもだ。

もっとも道警本部は父の死を事故として扱った。運転する自家用車が踏切内でエンスト、父は必死の脱出を試みるも間に合わなかった、という判断だ。おかげで弔慰金《そうさい》は出たし、生命保険も支払われた。母が住む札幌の戸建て住宅のローンの残額も相殺《そうさい》ということになったのだった。

「じゃあ、これで」

宮木は伸也に軽く頭を下げて歩きだした。雨足が、少し強くなってきた。伸也の傘に当たる雨の音も、大きく、間断ないものになってきた。

宮木が十歩ほど行ったところで立ち止まると、振り返った。

やはり何か言いたげに見える。伸也は自分から宮木のほうに近づいた。

宮木が、左右に視線を揺らしてから言った。

「葬式のときに、言おうかと思ったことがある。おれは、親父さんが死ぬ直前まで、電話で話していたんだ」

仲也は驚いた。

「直前まで？」

「ああ」

「父は、やっぱりエンストを起こしていたんですか？」

「いや」と宮木は首を振った。「ちがう。覚悟の自殺だ」

その見方は最初から語られていた。郡司警部の裁判で証人として出廷を求められたことに悩んでいたのだと。だから自殺という言葉が出たこと自体は、驚きではない。でも、父は死ぬ直前に、親友に何を話していたのだろう。

宮木が、仲也の無言の問いかけが聞こえたかのように言った。

「親父さんは、その日、本部のえらいさんたちから、いろいろ説得されていた」

「えらいさんたちというと？」父は死亡時、道警本部生活安全部の企画課長だった。その直前までは、薬物対策課長だった。郡司警部が所属していた銃器対策課と同じフロアにある組織の、中間管理職だったのだ。その父の上司とは誰になる？

宮木は答えた。

「生活安全部長は自殺したばかりだ。後任はまだいない。部長の上の誰かといえば、わかるだろう」

「でも、父を説得というのは？」

「証人として、何を証言するかということだと、親父さんは言っていた。百条委員会で証人になるなら、偽証しないと宣誓しなければならない。親父さんは、堅物だった。わかるな?」

たしかだ。親父は堅物だった。伸也の小さいころから、曲がったことを見せたことがない。道路交通法は厳格に守ったし、身障者スペースに車を停《と》めたこともない。

「親父さんは、あのとおりのひとだ。自分が性質上、偽証できないことを承知していた。どんな嘘《うそ》でも平然とつける連中とは違っていた」

「そういう父を、尊敬していました。でも、その父にどういう説得があったんです?」

「間違えるな、と言ってきたそうだ。お前が守るべきものを間違えるなと。お前は津久井とはちがうはずだ、とも言われたというから、意味は明白だ」

「組織に不利な証言をするなと」

「それだけではなく、積極的に偽証しろということだったろう」

「逆に言えば、父は組織が危うくなるほどの事情を知っていた、ということですか?」

「立場上、そうだったんだ」

「だって、あの五日前には、北海道議会の百条委員会で津久井巡査部長が証言しています。郡司警部の逸脱は、上司たちの承認のもとに行われていたと。裏金が作られて現場には捜査費も下りてこない。そんな状態で上から拳銃摘発の実績を挙げろと指示されれば、自分でカネを工面するしかなかった。そのことを追認するくらいなら、逆に組織だってさほどの痛みではなかったでしょう」

宮木は苦しげに首を振った。

「おれも、最初はそう思っていた。親父さんは、その程度のことで悩むことはなかったろうし、組織だって偽証を強要することもなかったろうにってな」

「いまは、そうは思っていないということですか？」

「いまになって、耳に入ってきた情報もある。あの次の日の委員会で、議員たちが何を親父さんに証言させようとしていたか、知っているか？」

「いいえ」

「郡司が派手に拳銃摘発の実績を挙げていた時期、もうひとつ道警では生活安全マターの大きな実績を挙げていた。それも、道警単独の仕事じゃない。べつの捜査機構と組んでの大仕事だ」

「警察庁《さっちょう》指揮ということですか？」

「べつの、役所だ」

伸也は、宮木が強調する「べつの」という言葉の意味を考えた。べつの捜査機構。ということは。

「まさか」

宮木はうなずいた。

「そうだ。べつの機構との協力となると、現場の逸脱で解釈がつけられる話じゃない。トップ同士で決めなければ、合同で動くものじゃない」

「じゃあ、父が守れと言われたものは」

「道警レベルの組織の話じゃないんだ。だから、説得があった」

「もしかすると、説得にかかったのは」

宮木は、傘を持つ右手の人指し指だけを伸ばして、上方に少しだけ突き上げた。

仲也は宮木に言った。

「どこか、落ち着けるところで、詳しく話を聞かせていただけませんか」

宮木はためらうような表情を見せた。

「警官でいることが、いやになるかもしれんぞ」

「親父も警官であることを辞めた。裏の事実を知って、おれだけ警官を続けるってわけにもゆかないでしょう」

「きみの判断しだいだ。へらへらと生きる道もないではない。何も見ていないと決めて生きることもできないではないだろう」

「親父は違った」

宮木は雨空を見渡してから言った。

「出直す。今夜、札幌駅北口の地下駐車場ではどうだ？　六時」

「行きます」

仲也は宮木とお互いの携帯電話の番号を交換した。

三日前

北海道警察本部ビルは、北海道庁の敷地の西側に建つ高層建築である。ミラーガラスを多用したビルで、役所のビルにしては珍しいほどに印象は明るく、全体に開放感を感じさせる。

しかし、ミラーガラスを使うことで、じつはビルは外からの視線を遮っているのだ。中が見えない。中で働くひとびとの姿も視線も、外からは見えなかった。自分の身を隠したうえで周囲を監視しているビル、と考えることができる。

そのビルの十七階、北向きの会議室に集められているのは、三十人ばかりの北海道警察の幹部たちだった。本部の部長級以上すべてと、方面本部長全員である。全員が北海道警察本部の制服を着用していた。出席者全員の前に、北海道警察本部が作成した大部の資料が置かれている。「洞爺湖《とうやこ》サミット警備計画書」と題された、サミット警備の基本プランである。タイトルの頭には「極秘」と赤いスタンプが押され、表紙の右端には通し番号が記されていた。

北海道警察本部の奥野《おくの》康夫《やすお》本部長が、スピーチを続けている。

「繰り返すが、来《きた》る洞爺湖サミットでテロを未然に防ぐために働くのは、ただ警備部門だけではない。テロリストは必ず道内のどこかに潜伏し、移動し、下見をおこない、準備をし、関係団体と接触して支援を受けるのである。襲撃のための施設を用意し、武器や薬品、化学物質、放射性物質、火薬類などを集めるなり、盗取するなりし、移動の手段も事前確保しようとするのである。

このような状況下で、異変や兆候に最初に接する立場にいるのは、むしろ地域、生活安全、交通、刑事等の現場警察官である。

なるほど洞爺湖サミットには警視庁公安部を始めとして、各県警から総勢一万五千の応援がくることになってはいるが、我が北海道警察本部は、これら応援の関係機関にテロ対策をまかせきりにしてはならない。それぞれの持ち場に於《お》いて、警察官ひとりひとりがみずからの役割を自覚し、全力でテロの未然防止と摘発に邁進《まいしん》しなければならないのである。もっと言うならば、北海道で実行が謀られたテロは、応援機関が乗り出す前に北海道警察の手で事前に摘発しなければならないのである。

洞爺湖サミットは、いわば北海道警察の威信と名誉がかかった舞台であり、ここでの失敗は許されない。失敗は、世界の危機に直接つながるのである。われわれの肩には、世界の平和と安全が直接かかってくるのだと考えて、少しも大仰《おおぎょう》ではないのだ。九・一一事件をいまいちど思い起こして欲しい。

だから北海道警察全部局が、本日いまこの瞬間から洞爺湖サミット態勢に入って、テロを未然に阻止し、サミット成功の一助とならねばならないのである」

会議室はしわぶきひとつない。洞爺湖がサミット会場となると決まってから一年、北海道警察本部は同じような会合をこれまで十回以上も繰り返していたが、きょうの会議が最重要なものとなっていた。警備計画が警察庁によって承認されたのだ。きょうから全国の警察関連組織が一斉に動き出す。洞爺湖サミット・シフトとなるのだ。北海道警察本部は、その警備計画の要《かなめ》部分を担うのである。出席した関係者の表情も、一様に緊張している。これまでの会議では誰も見せなかった表情だった。

奥野本部長は、その長いスピーチを締めくくった。

「それでは、本日から全部局の総力を上げて、洞爺湖サミット警備に取りかかってもらいたい。三日後の十七日、札幌市に於いて、警察庁、警視庁、各県警の応援第一陣と責任者によるサミット特別警備結団式が執り行われる。公的なサミット警備の開始は、その日からということになる。わたしからは、以上だ」

本部長は、席に着いて、目の前のお茶のペットボトルに手を伸ばした。


北海道警察本部・札幌方面大通警察署二階刑事課のフロアで、朝礼と点呼が始まった。四月十四日の月曜日である。午前八時三十分ちょうどだった。刑事課の捜査員たちはみな起立し、刑事課長の訓示に耳を傾けた。

刑事課長は、いつもよりも上気した顔で言っている。

「サミットについては何度も言ってきたが、いよいよ洞爺湖サミット警備計画が始動した。きょうから我が刑事課も、サミット終了までは完全に対テロ・シフトとなる。いいか、万引き犯が百人出ようと、国家と世界の平和を脅かすことはない。しかし、テロリストはひとりで世界を揺るがす。ことの軽重をまちがえるな。サミットが終わるまでの三カ月間、留置場は空けておけ。基本的に、あとまわしにできる逮捕、留置はサミットが終わるまで待て。現行犯逮捕以外に、微罪の犯罪者には拘泥《こうでい》するな。繰り返すが、きょうから大通署刑事課も、任務の主眼はテロの未然防止だ。現場で得たすべての情報は組織内で共有し、テロの未然防止に役立てねばならん。配置も臨時的に、サミット・シフトとする。部署部局の壁を取り払い、そのつど人員を柔軟に、かつ横断的に配置する。詳細は各係責任者から発表。以上だ」

課長の訓示が終わると、刑事二係の係長が、自分のデスクの前に係員全員を集めた。佐伯宏一《さえきこういち》は、同じ特別対応班の部下、新宮昌樹《しんぐうまさき》と並んで、係長のデスクの前に立った。

刑事課の二係は、主に窃盗犯を扱うセクションである。刑事課の中では、殺人・強盗事件を扱う強行犯係よりも、より経験が重要となる職種だ。佐伯警部補は、本来なら係の主任となるべきところであるが、二年前、女性警官殺しで組織から逸脱した捜査を行った責任を問われ、いまは部下ひとりだけの特別対応班のチーフという扱いである。

係長は、佐伯の先任の警部補だった。荒川雄三《あらかわゆうぞう》。地域課畑が長く、盗犯事件にはあまり経験のない男だ。

荒川は言った。

「そういうわけで、今後とくに留意すべきは、倉庫荒らしだ。武器として使えるもの、手製爆弾の材料となる火薬や農薬類、それに消火器などの盗難には留意のこと。今後管内でそういう届け出、通報があった場合は、まずテロとの関連を疑うことだ。コンビニでの万引きやら自転車の盗難などについては、基本的に女性職員が対応、被害届を受理するに留《とど》めてくれ。課長が言われていたように、いざというときのために、留置場は空けておかねばならん。サミット二週間前からは、デモや集会が連日繰り返されるはず。逮捕者は三ケタになるかもしれん。自転車泥棒ひとりのために、稚内《わっかない》の留置場を借りるなんてことはしたくないからな」

佐伯は、黙ったままで荒川の言葉を聞いていた。サミット終了まで、盗犯係の方針がそういうことであれば、いよいよ自分は暇になる。何もすることがなくなる。

いよいよ退屈で死にそうになったら、と佐伯は思った。そのときは警備業務検定試験のための勉強でも始めるか。

荒川が佐伯に顔を向けて言った。

「佐伯」

佐伯は意識を係長に向けた。

「はい」

「お前と新宮は、これまで通り、特別対応班だが、いま言ったような事件発生の場合は、遊軍として応援に当たれ。それまでは、余計な盗犯検挙などで、サミット・シフトの邪魔をするな。いいな」

どういう意味だよ、と思いつつも、佐伯はうなずいた。

「はい」

要するに、もっと暇にしていてかまわないと言われたのか、おれと新宮は？　それならそれで結構だが。

「以上だ」と係長は言った。

佐伯と新宮は、視線を交わし合って、それぞれのデスクに戻った。

当面きょうやることは、この一週間、盗犯係が受理した被害届すべてから、手口を整理してデータベースに送り込むことだった。

札幌市の真駒内にある北海道警察本部警察学校では、津久井卓巡査部長が、校長の前に立っていた。

前校長の山岸数馬《やまぎしかずま》警視正が殺されて、新たに赴任してきたのは、交通畑の長い幹部だった。十ヵ月前のことだ。

津久井は十ヵ月前、警察庁が送り込んだ特別監察官を助け、前校長のからんだ警察内部の相互扶助組織の不正を暴いた。そのとき津久井はこの警察学校の総務係で営繕担当という閑職に追いやられていたのだった。それというのも、二年前、北海道警察本部の裏金作り問題を追及する北海道議会の百条委員会に証人として出席したためだ。この際、津久井は守秘義務を免除されたうえで、内部の腐敗について証言した。その証言のとき、津久井が配属されていたのは、それまでの生活安全部から独立した銃器薬物対策課である。裏金作りと同様に道警本部を揺るがした郡司警部事件の舞台となったセクションだった。道警本部は証言を快くは思わなかったが、表向き免職という処分を取ることはできなかった。やればまたメディアはそのことを取り上げて、道警本部を叩《たた》いてくるだろう。やむなく道警本部は、津久井を警察学校に追いやり、捜査組織の現場から遠ざけたのだった。津久井が余計な情報に接することを避けるための措置だった。

しかし津久井は特別監察に協力して功績を挙げた。警察庁の助言もあり、道警本部としても津久井をそれ以上営繕担当に留めおくわけにはゆかなかった。かといってよそのセクションへ転属させると、警察学校への異動の不自然さがあからさまになる。道警本部は津久井を、警察学校配属のまま、教官の辞令を出した。いま津久井は警察学校で、新任の警察官たちに拳銃《けんじゅう》操法をコーチする教官である。

津久井が制服姿で校長のデスクの前に立つと、校長が言った。

「お前に新しい辞令が出た。異動だ」

津久井は驚いた。いまは四月もなかば、本来の異動の時期をずれている。

津久井は、整髪料の匂《にお》う校長を見つめて確かめた。

「いま、どこかに移るのでしょうか」

「そうだ」校長はデスクの上に、辞令と見える書類を滑らせてきた。「洞爺湖サミット特別シフトだ。定期の異動とはべつに、お前は臨時的に本部警務部へ出向だ」

津久井は書類を取り上げた。

本部警務部教養課拳銃指導室勤務を命ず、とある。日付はきょうだ。

臨時、という言葉は見当たらなかったが、時期が時期だ。そう解釈するしかないのだろう。

校長が、鼻で笑いながら言った。

「三月末に出した警備プランが、警察庁は不満だったのだろう。地元の本部なのだから、もっと重点的にサミット対策関係部署にひとを配置せよ、となったんじゃないか」

そうは言うが、と津久井は思った。警務部の教養課がサミット警備とどう関《かか》わるのだろう。教養課は、本部警察学校や方面警察学校の実技指導に関して、そのプログラムを組み、指導者を割り振りする。その場合、ときに警視庁や他県警、あるいは完全に警察外からも教官を招聘《しょうへい》したりする。どこの県警でも、実技面で最高レベルにあるものは、警察学校ではなく、機動隊などの現場に配属されていることが多い。警察学校配属の教官だけでは、実技指導は十分なものにならないからだ。

しかし、自分が教養課に配属されて、それでサミット警備とどう関われるのだろう。

津久井の疑問に気づいたかのように、校長は言った。

「サミット終了まで、本部は手元に専門性のある遊軍をできるだけ多く置いておきたいということのようだ。お前さんは、去年の千歳《ちとせ》空港でも、いい働きをしているしな」

あのときたしかに自分は拳銃を携行して、ひとをふたり殺した暴力団員の逮捕にあたった。しかし実際に拳銃を撃ったのは、札幌大通署刑事課の、新宮昌樹という若い捜査員だった。彼の腕は、あのとき北海道警察の全警察官が拍手するだけのものだったが。

校長は、津久井の表情を見つめてから、皮肉っぽく言った。

「サミットが終わるまでは、警務もお前のような警官は手元で監視したいということじゃないのか」

たしかにそれも理由のひとつなのかもしれない。自分は思想と素行が問題視されている、いわゆるファイル対象職員だった。人事と監察を担当する警務部としては、この糞《くそ》いまいましいサミット期間中は、津久井のような警察官には勝手をやられたくないのだろう。本部に出勤させ、警務部の監督下に置いたほうが、何かと安心できるというわけだ。自分にも納得できる理由だ。

津久井は確認した。

「きょうの日付ですが、きょうから本部詰めですか?」

「すぐにも行ったほうがいいんじゃないか。ただでさえ本部は、サミットを控えてカリカリきてるんだ」

津久井は黙礼して、校長室を出た。

北見方面本部北見警察署の地域課のフロアでは、地域課長が点呼のあと訓示しているところだった。

課長は、三十人ばかりの地域課の警察官たちを見渡しながら言った。

「いよいよサミットということで、われわれ地域課の警察官も身を引き締めてゆかねばならない。不審者、不審な車、不審な空き家や不審な被害届について、これまで以上に敏感にならねばならん。情報はすべて上に上げ、これを共有することが求められる。情報の軽重を勝手に判断してはならん。勝手な判断で情報を握りつぶしてはならん。不審、と感じられるものがあれば、すべて組織の判断を仰いで対処せよ。いいな」

部下の警察官たちが、はいと短く応《こた》えた。

課長は続けた。

「今週木曜日、札幌でサミット警備結団式がある。この式典には、本部長はもちろん、警視総監や各県警本部長を始めとし、警察庁長官、国家公安委員長や、内閣府特命サミット担当大臣、さらに内閣情報官らが出席する」

日比野伸也は、一瞬自分の身が収縮したのを感じた。彼が来るのか？　彼が札幌にもう一度やってきて、サミット警備を取り仕切るひとりとなるのか？

課長の訓示はなお続いている。

「いわばこの式典が、三カ月後のサミット本番に向けた警備の試金石となるだろう。警察関連全組織が結集するこのイベントで不始末は許されない。道警本部が笑われるのである。道警本部長が、面目を失うことになるのである。北見署が札幌から遠いなどとひとごとのように見なすことは許されない。サミット警備成功は北見署の地域課警察官にとっても、全身全霊でこれを支援せねばならぬ重要課題である。諸君の警察官人生の中で、おそらくもう二度とないと言ってよいだけの重要な任務である。いま一度、気合を入れてかかれ。いいな」

「はい」と、また制服警官たちは一斉に応えた。

日比野伸也も、もちろん張りのある声で〝はい〟と応えていた。しかしこれは条件反射のようなものだ。いま伸也の耳に入っていたのは、課長の言葉のごく一部だ。

「この式典には、本部長はもちろん、警視総監や各県警本部長を始めとし、警察庁長官、国家公安委員長や、内閣府特命サミット担当大臣、さらに内閣情報官らが出席する」

「警察関連全組織が結集するこのイベントで不始末は許されない。道警本部が笑われるのである。道警本部長が、面目を失うことになるのである」

本部長が父の死について責任を取らねばならぬとしたら、その舞台として、結団式のイベントというのは、うってつけではないだろうか。全国から集まった警察関係者の面前で、その責任を取った瞬間の姿を見せるというのは、警察官僚の人生を選んだ彼にとっても、幸福なことではなかろうか。

同僚の警察官が、伸也の尻《しり》をぽんと叩いた。

「どうした。行くぞ」

「はい」

伸也は制帽をかぶり、ほかの地域課の警察官と共に、フロアを出た。きょうは、JR北見駅前の交番勤務にあたっている。

階段を降りるとき、踊り場にある大鏡の前で、一瞬だけ足を止めた。

鏡の中にいるのは、二十代の、まだ頬《ほお》も紅《あか》い青年警察官だった。制服をほんの少しも乱れさせることなく、規定どおりに着用した男。その目をのぞきこんでみたが、さいわい四日前から燃え上がった激しい想《おも》いは表れていない。少しばかり内気そうではあるが、しかしどこにでもいそうな優男。でもこの青年はたぶん、先週、父の墓の前で決意したことをやってのけるだろう。この青年の芯《しん》の強さは、自分が何よりよく知っているのだから。

伸也は襟を直しながら、階段をさらに下った。

二日前　朝

大通署生活安全課の小島百合は、朝礼・点呼のあと、課長の席へと呼ばれた。

「先日はご苦労だった」と、ゴルフ灼《や》けした小肥満の課長が、うれしそうに言った。「お前のあの働き、本部も高く評価した。うちの生活安全課にはもったいないそうだ」

あのストーカー対策室応援の件を言っている。あのとき、間一髪で第二の被害者が出ることを防いだ小島百合は、三日後に署長表彰をもらった。本部内では、婦女暴行殺人犯を撃った婦警として、これを称賛する幹部が多いという。あのような事態となったのはチームの不手際《ふてぎわ》のせいなのだが、そのことは不問にされた。小島百合が、管理官やチームの幹部の面目を救ったとも言える。

もちろん小島百合の活躍は、そのままの内容ではマスメディアには伝えられなかった。逮捕時、婦女暴行殺人犯に対して威嚇の発砲があり、犯人は軽傷を負った、と伝えられただけだ。撃った警察官の名は伏せられた。もちろん性別も。職務を遂行した警察官個人に対して、犯人の関係者が個人的な怨恨《えんこん》を持つことがないよう、また小島百合の行為が必要以上に世間の好奇心を煽《あお》らぬようにという配慮だった。

課長が続けた。

「四月一日に大異動があったばかりだけど、サミット態勢ということで、本部への応援を増やすことになった。お前は、いまから警備部警護課に出向してくれ」

「は？」

小島百合は驚いて課長を見つめた。

警備部警護課？　北海道警察本部の警備部には、機動隊を管轄する警備課のほかに、要人警護を担当する警護課がある。北海道知事の警護を担当しているのがこの警護課だ。警視庁のいわゆるセキュリティ・ポリスにあたるのが、警護課である。そこに自分が？

小島百合は訊《き》いた。

「知事の警護ですか？」

「知らん。だけど、警察庁は、地元の警察本部なのだから、警護にもっとひとを出せと言ってきたそうだ。警視庁のSPだけでは、サミットに関《かか》わる要人警護には手が回らない。人手を出せと」

「それで、女性警官が必要なんですか？」

「とくに、拳銃《けんじゅう》を扱える女性警官が必要なんだろう。だからお前にご指名がかかった」

「わたしは、いったい誰を警護するんです？」

「知らん。本部警護課に出頭して訊け」

「いますぐ？」

「そう。明後日、サミット警備結団式だ。この日には、もうお前さんの出番があるんだろう。行ってくれ。たぶんサミット期間中ずっと、そっちに行ってもらうことになるんだろう」

小島百合は背を伸ばして言った。

「はい」

一点だけ気になったが、それは口にしなかった。要人警護の際に着用できるような黒のパンツスーツは、先日も着たあの一着しか持っていない。しかも逮捕のとき激しく動いたせいで、ほころびができて、直しに出したばかりだった。もう一着、新調しなければならないだろうか。いや、要人のそばにぴったり付くのだ。見すぼらしい格好はできない。二着必要になるだろう。そのための手当ては出ないのだろうか、と。

訊いたとしても答はわかっていた。小島百合はその質問を呑《の》み込んだ。

佐伯宏一のデスクで電話が鳴った。

佐伯はPCのモニターに視線を向けたまま電話機に手を伸ばし、受話器を取った。

「佐伯です」

電話回線の向こうで、男が言った。

音声は明瞭《めいりょう》だ。声はくぐもっていないし、かすかなノイズもない。携帯電話からではないようだ。相手も固定電話からかけている。

「そうです。大通署刑事課、佐伯です」

相手は名乗った。

「愛知県警刑事部の服部《はっとり》と言います。捜査三課で自動車窃盗対策班の主任です。いま電話、かまいませんか」

主任ということは、階級は愛知県警では警部補か。佐伯はていねいな口調で言った。

「かまいませんよ」

「じつはこの電話、組織を通した話ではないんです。佐伯さんの耳にだけ入れたい話なんですが」

服部と名乗った男は、周囲にひとの耳がないかどうかを確かめているようだ。つまり、その程度にはシリアスな用件ということだ。佐伯はちらりと左右に目をやった。向かいのデスクで、佐伯のたったひとりの部下、新宮昌樹が、退屈そうに手口書を眺めている。こちらに関心を向けている様子はなかった。

刑事課の部屋には、ほかに佐伯の声が届く範囲には誰もいない。

佐伯は、声の調子を変えぬように意識しながら言った。

「先に、要点だけ伺うというのはいかがでしょう」

「いいでしょう。わたしが担当しているのは、ある四輪駆動車専門の大型窃盗団と、その密輸事件です」

服部は愛知県警と名乗った。ということは、その四輪駆動車というのは、豊田《とよた》市に本社のある世界一の自動車メーカーの製品のことだろう。ロシアから中央アジア、中東の一帯で人気の車だ。車種別では、日本で一番盗難の多い車であるとも言われている。

服部は言った。

「ある筋から、佐伯さんも二年前にこの件を担当されたと聞きました」

そのとおりだった。佐伯は当時、札幌で発生したその四輪駆動車の連続盗難事件を受け持ち、それが小樽《おたる》にある中古車ディーラーを通じてロシアに密輸されていたことを突き止めた。公判維持に十分な証拠も上がったので、刑事課長の承認のもとに、そのディーラーの逮捕に向かった。二年前の四月のことだ。このとき被疑者の前島博信《まえじまひろのぶ》は、佐伯たちを暴力団員か何かと勘違いし、拳銃を持ち出して逃れようとした。佐伯がなんとか説得して逮捕したところ、小樽から札幌に帰ってきたときには、この事件は本部預かりとなってしまった。署長命令で、この件に関する証拠の一切も本部へと渡した。その理由として受けた説明は、本部生活安全部がもっと大きな事件の内偵を進めているから、というものだった。そちらの摘発のためには、佐伯たちの捜査が邪魔になるのだと。

納得できることではなかったが、現場の一介の捜査員の立場では、従うしかない。佐伯はその捜査から降りた。

ちょうど女性警官殺しのあった日だった。道警本部と大通署が大混乱に巻き込まれた日。後に道警本部最悪の一週間と呼ばれるようになる一時期のその二日目のことだった。

あのときのことを思い出しながら、佐伯は言った。

「それは、たしかです。途中まで担当しました」

「だけど、上に取り上げられたんですよね」

「お詳しい。そのとおりです」

服部はそこまで知っている。ということは、けっきょくその事件がどのように決着をみたかも知っているということだ。あの四輪駆動車連続盗難事件と小樽を舞台にした密輸事件は、べつの事件に発展したのだ。北朝鮮の貨物船乗組員による大量の覚醒剤《かくせいざい》密輸事件へと。四輪駆動車密輸事件の関係者が、この覚醒剤密輸摘発事件では大きな役割を担った。公判であのディーラーが検察側証人として出頭したと聞いて、佐伯は理解した。あのとき本部が摘発の内偵を進めていた事件が、これだったのだ。それは道警本部と札幌地方検察庁とが組んだ、大がかりなおとり捜査だったのだ。

服部が訊いた。

「佐伯さん、あの結末で納得していますか?」

想定外の質問だった。佐伯はどう答えるべきか迷った。

相手は、その反応は予測どおり、とでもいうような調子で言った。

「いいんです。答はわかりました。じつを言うと、愛知県警で四輪駆動車の盗難を担当してきたわたしも納得していない。わたしたち、少し情報交換などできるのではないかと思うのですが」

「ほう?」物理的にそれが可能だと?

佐伯の疑念を見透かしているかのように、服部は言った。

「わたしはいま札幌にきているんです。よければお目にかかれますか」

「かまいません」

「ただし、組織抜きで」

佐伯はもう一度周囲を確認した。新宮はもしかすると、このやりとりをすっかり耳にしたかもしれない。しかし、中身はわからないはずだ。自分は慎重に言葉を選んできたから。

「いいでしょう」佐伯は明るい調子で言った。「どこがいいかな」

「JR札幌駅の北口に、地下駐車場がありますね。そこではいかがです。もしかまわなければ、いまから十五分後に」

「うまく会えるといいですが」

「携帯の番号を言います。すぐ入れてもらえますか」

「どうぞ」と言いながら、佐伯は私用の携帯電話を取り出し、相手が言う番号を入力した。

二年前、津久井卓巡査部長に射殺命令が出されたときは、自分はうまく携帯電話を使えなかった。小島百合から教えられて、なんとかひと並みのスキルを身につけたのだった。

さすがにそれから二年、佐伯も多少は携帯電話を使えるようになっている。絵文字を入れたeメールを送るのはまだ無理だが。

入力を終えてから、佐伯は服部に言った。

「オーケーです。着いたところで、電話しますよ」

「では」

受話器を置いて、佐伯は立ち上がった。新宮が顔を上げてきたが、佐伯は無視した。組織抜きで、と相手は条件をつけてきた。上司はもちろん、部下も介在させるなということだ。先方はそれだけ取扱いに注意すべき情報を持っているということであり、こちらにも注意を求めているということである。新宮には、必要な時期がきたときに伝えればよいだろう。

佐伯は新宮に言った。

「ちょっと出てくる」

「はい」と新宮は応えたが、「ちょっと」の中身を詮索《せんさく》はしてこなかった。

小島百合は、道警本部ビルの警備部警護課の部屋に着くなり、課長のデスクに呼ばれた。課長は、デスクの向こうから顔を上げて、小島百合を見つめてきた。小島百合は課長のその目に、魚市場の卸業者を連想した。自分はいま、値踏みされているのではないか？

課長は言った。

「意外に小さいんだな」

小島百合は、どう対応してよいかわからなかった。とりあえず言葉が自然に口に出るにまかせた。

「身長のことですか？」

「ああ。武勇伝を聞いていたんで、もっと大柄かと想像していたんだ」

「百五十八あります」

北海道警察の場合、採用にあたっての身長の基準は、男性がおおむね百六十センチ以上、女性の場合は百五十五センチ以上である。厳格な足切りのための数字ではないから、男性の警察官の中にも、小島百合と同程度の身長の者はいるはずだった。小島百合自身、とくべつ大柄ではないが、小さいと言われるほど小柄でもないつもりだった。

課長は手元の書類に目を落として言った。

「剣道は三段か。全国本部対抗戦で女子の部個人八位というのは、見事な成績だ。合気道が初段。拳銃操作は中級。先日、腕を披露してくれたな。まったく、もっと前からうちにいておかしくない人材だったな」

小島百合は黙ったままでいた。面《おも》はゆいが、そのように言われて悪い気はしない。

課長はまた顔を上げて言った。

「さっそく仕事だ。きみには、サミット終了まで、警視庁警護課のＳＰを応援して、要人警護にあたってもらう」

警視庁の警護課にも女性警官の数はさほど多くはなかろう。たしか身長百六十センチ以上、英語堪能《たんのう》という女性警官ばかり三十人ほどで女性SPチームが編成されているはずだ。今回のサミットではその面々の大半は各国要人の夫人の警護に割り振られる。人手も足りなくなるはずだ。道警に要人警護担当の女性警官の応援が求められるのは、うなずけることだった。

小島百合は訊いた。

「それは、道警から警視庁警備部に出向ということでしょうか？」

「いや、道警に籍を置いたままでの応援だ。北海道内でSPが動く際、ナビゲーターになってもらう。事実上、SPのチームの一員ということになるが、出向じゃない。警護対象の動きを最優先とし、SPと行動を共にしてくれ。SPは警護のプロだが、北海道、それに札幌市内の地理にも道にも不案内だ。ありとあらゆる場面で、きみが助言と補佐を行え。警視庁からの要請もそれを期待してのことだ。何か質問は？」

「警護の対象は、どなたになりますか？」

「サミット担当特命大臣」

小島百合は、小さく驚いた。対象は誰か閣僚のひとりと想像していたが、ただの大臣ではなかった。サミット担当特命大臣。つまり先の内閣改造まで厚生労働大臣だった上野《うえの》麻里子《まりこ》だ。閣僚の中でも、言動がひときわ注目されている女性国会議員である。

課長は続けた。

「上野大臣は、サミットで政府担当セクション間の調整を受け持つ。とうぜん警備についてもだ。明後日の、警備関係機関のサミット警備結団式にも出席される。いや、サミット終了までは何度も北海道に足を運ばれることになろう。その都度、きみは上野大臣のそばにぴたりとついて、大臣警護にあたる。対象が女性とあって、男性SPには難しい場面での仕事ぶりも期待されている」

要するに、ベッドの中以外はぴったりと大臣につけ、ということなのだろう。上野麻里子が、警護の女性警官と身の回り係とを混同するような女性でなければよいが。彼女はニュース・キャスター出身、それなりの実社会体験もあるわけで、社会性は身についた女性だとは思うが。

課長は言った。

「大臣は、たとえ警護の女性警官であろうと、派手な化粧やなれなれしい口調には違和感を感じることだろう。くれぐれも粗相《そそう》のないように」

「はい」

「結団式を前に、すでに警視庁から先遣隊《せんけんたい》が入っている。すぐにも担当者と打ち合わせてくれ」

「はい」

課長は、視線を小島百合の背後に向けた。そこに誰かが現れたようだ。

「ちょうどいい。警視庁の担当チームのチーフだ」

小島百合は振り返った。小島百合から四歩離れた位置に、背の高い男が立っていた。濃紺のスーツに、赤いタイ。警視庁SPであることを示すマーク入りのバッジ。スーツはふたつボタンで、上のほうを留めてある。スーツに包まれた胸板は厚そうだった。顔はよく陽《ひ》に灼けており、頰《ほお》が赤かった。脂気のない髪を、清潔に刈り揃《そろ》えてある。警備セクションの警官にありがちな格闘技系の顔だちではなかった。むしろ、テニスかヨットでも似合いそうな容貌《ようぼう》。歳《とし》は自分と同じくらいだろうか。つまり三十二歳前後。

その男は言った。

「そう観察しないでください。まず自己紹介しませんか」

小島百合は、その声で自分がいまこのSPに見とれていたのだとわかった。頰が少し火照《ほて》った。

小島百合は相手に向き直って言った。

「北海道警察本部、小島百合巡査です」

相手は言った。

「警視庁警護課の酒井勇樹《さかいゆうき》警部補です。上野大臣担当班です。よろしく」

いいテノールだ、と小島百合は思った。なんとなくホセ・カレーラスを思い起こす声。

酒井勇樹が言った。

「つい先日、たったひとりで強姦《ごうかん》殺人犯と向かい合って、逮捕したとか。拳銃操作も一級と伺っています」

小島百合は、相手を見つめたまま答えた。

「少しおおげさです。捜査本部の仕事でした。わたしは、おとりだったというだけです」

「昨日、小島巡査と仕事ができると聞いて、楽しみにしておりました」

「存分に使ってください」と、思わずおもねるような声が出た。「身体《からだ》には自信があります」

課長がうしろから言った。

「会議室を使ってくれ」

酒井勇樹が、課長に会釈した。


佐伯は、JR札幌駅の地下通路から、その地下駐車場に入った。

札幌市が街路の地下部分に造ったその駐車場は、便利がよいこともあって、週末などは満車状態のことが多い。しかしきょうのこの時刻は、空《す》いていた。駐車スペースの六分程度しか埋まっていなかった。

佐伯は左右を見渡し、ひとがいないことを確認してから、ゆっくりと駐車場の奥のほうへと歩いた。

胸ポケットで、携帯電話が鳴り出した。歩きながら取り出してモニターを見た。いましがた番号を交換したばかりの相手からだった。

「佐伯さん？」

佐伯は視線を前方百二十度の範囲でめぐらしながら言った。

「着きました」

「見えます」

右側の車の列の陰から、中年男が現れた。携帯電話を耳に当てている。中年男は佐伯と視線が合うとうなずいて、携帯電話を畳んだ。

佐伯も携帯電話を切って、ポケットに入れた。相手、服部と名乗った愛知県警の捜査員は、歳のころ四十ぐらいか。中肉で、やや小柄な男だ。髪は短めの七三分けだが、少し整髪料を使っているようだ。ただし、お洒落《しゃれ》には見えない。職場の若い女性警官や女性職員には、陰で苦笑されているというタイプではなかろうか。

佐伯はそう観察しながら、服部に訊いた。

「身分証明書、見せてもらっていいですか」

服部はうなずいて言った。

「あんたも」

お互いに警察手帳を取り出し、身分証明書を完全に確認し合った。

服部が言った。

「じつを言うと、同僚と北海道に出張なんです。一緒に帰らなければならない。わたしには三十分の時間しかないんですが」

佐伯は言った。

「ここで、手早く情報を交換しましょう」

服部は、そばの大型の四輪駆動車とワゴン車とのあいだに入った。佐伯も続いた。

あらためて向かい合うと、服部は言った。

「うちの管内で、この十年、あるタイプの四輪駆動車が盗まれ続けています。年間三十台以上。中部圏全体では、年間百台以上になるでしょう」

それはトヨタのランドクルーザーということだ。愛知県に限らず、車種別では年間最も多く盗まれているのが、ランドクルーザー、通称ランクルだった。一台四百から五百万円という車だから、愛知県警の管轄だけで、毎年一億円以上の被害が出ていることになる。

佐伯は言った。

「道警の管内でも、似たようなものです。あの四輪駆動車は、集中的に狙《ねら》われている」

「被害者も、保険会社も、ディーラーも、悲鳴を上げています。数年前から、ディーラーは解錠絶対不可能だという触れ込みのロックを勧めるようになってますが、それもいまはあっさりはずされる。最初のうちは保険会社は詐欺だと信じていたようだけれど、最近はあのロックも解錠できると認めました。その代わり、県警に対してはこのランクルの盗難被害に対して、もっと強力に対処してくれと要請がくるようになった」

「たしか愛知県警は、何年か前に組織的な窃盗団を摘発しましたね」

「ええ。わたしが担当しました。名古屋の暴力団の舎弟企業でした。表向きは、中古車ディーラーでしたが、高級車ばかり、とくにランクルを狙って盗み、密輸していた。でも、被害はそれ以降も減っていません。たぶん、管内ではなく、近畿圏にまだいくつもの組織があるとにらんでいます」

「わたしたちも、北海道の組織を追った。でも、窃盗犯そのものに迫ることはできなかった」

「佐伯さんたちは、直接に盗犯を追うのではなく、密輸業者を摘発することで、盗犯組織に迫ろうとした。ちがいますか?」

「その通りです。服部さんもご存じのようですから言いますが、その捜査は途中でストップがかかった。大掛かりな覚醒剤密輸入摘発のおとり捜査と重なってしまったんです。密輸業者は、その捜査に協力していた」

「それが小樽の前島興産ですね」

「そうです。廃車をロシアに輸出している、という建前で、盗難車も輸出していた。大半は、ぴかぴかのランクルでした」

「あそこは、うちの調べでも、ランクル密輸出の大手業者のひとつだとわかった」

「北海道では、最大でした」

「うちの管内で盗まれたランクルも、一部は前島興産から輸出されていた。中部や近畿の窃盗団は、舞鶴《まいづる》や敦賀《つるが》ではなく、わざわざ小樽まで運んで輸出していたんですよ。前島にはそれができた。お目こぼしがあったからだ」

「服部さんたちは、それをいつ突き止めたんです？」

「二年前です。保険会社と組んで、売れた一台にGPS発信機を仕込んだんです。コマツが自分のところのブルドーザーに仕込んでいるものと同じものです。その車は、案の定盗まれて、小樽に運ばれたことがわかった」

「運ばれた先が、前島興産？」

「いや、わたしたちが小樽に着いたときは、すでに海の上だった。しかし、前島興産を経由したことはわかった。わたしたちは、事情聴取に行ったのですが、のらりくらりと逃げられた。小樽税関でも、けんもほろろの扱い。名古屋に帰ったところで、道警から深入りしないよう要請がきた。大きなおとり捜査が行われているからということでした」

その事情は、佐伯たちが受けた捜査指揮とよく似ている。佐伯たちは前島興産社長の前島博信に対して逮捕状まで用意して小樽に出向いたのに、上から捜査中止の指示がきたのだった。

佐伯は服部に確かめた。

「服部さんたちが前島興産に手をかけたのは、正確には二年前のいつです？」

服部は、正確に日にちを覚えていた。それは、佐伯たちが前島の逮捕に向かった日のちょうど十日前になる。

服部が逆に訊いた。

「六日後に、北朝鮮の船員たちが逮捕されたはずです。その後、前島はどうしていますか？」

佐伯は、耳にしている話を伝えた。

「もう事業を畳んだようです。小樽にはいない」

「知っています。消えたあとのことです」

「やつの持っていた利権は、いまはパキスタン人やロシア人たちが引き継いでいる」

「じつは、昨日きょうと、わたしは小樽を調べてきたんです。前島がいなくなっていて驚いた。あれだけ道警に協力してきた男なのに、消えたのはどうしてです？　事業は続けられたはずだ。少なくとも、表向きのビジネスならやれたでしょうに」

「何を気にされているんです？」

服部は左右に目をやった。いましがた佐伯が周囲の目と耳を気にしたように、こんどは服部が周囲を気にしている。

服部は、視線を佐伯に戻し、いくらか不安そうな表情を見せて言った。

「佐伯さんは、あの事件、ほんとうにあったことだと思っていますか？」

じつは、その疑念は佐伯にもかすかにあった。おとり捜査が行われたのは確かだろう。じっさいに覚醒剤を持つ北朝鮮の船員と船長も逮捕された。被疑者たちが起訴内容を全面否認したまま、公判は進み、実刑判決が出た。ふたりはいま日本国内の刑務所で服役中だった。

しかし、覚醒剤はほんとうに被疑者たちによって持ち込まれたのか？　弁護側は、事件全体がでっちあげと主張した。佐伯は最初、その弁護団の顔ぶれを見て、ずいぶんバイアスがかかっていると感じたものだ。つまり彼らの主張自体が根も葉もないものだろうと。

しかし、あれから二年たった。この間に北海道警察本部では、多くの膿《うみ》が明るみに出た。郡司警部事件の公判では、郡司元警部は、拳銃摘発実績を挙げるために、自分自身が覚醒剤取り引きに関与していたことを認めた。北海道議会の百条委員会では、津久井卓巡査部長が郡司警部の暴走も組織は容認していたと証言し、さらに裏金作りの実態を証言した。組織の腐敗についての証言は道警内部からも相次ぎ、けっきょく本部長も、かつては裏金作りがあったことを認めた。

佐伯は、あの「道警最悪の一週間」と呼ばれる二年前の日々のことを思い出した。

いま振り返ると、あの小樽の覚醒剤密輸事件は、本部生活安全部がもっとも派手に実績を挙げていた時期の事件だった。摘発があった当時は夢にも考えなかったが、いまなら「でっちあげ」と主張した弁護側の言い分にも、何かしらの合理性はあるようにも感じる。少なくともあの時期の本部生安なら、イケイケの勢いでかなりの無茶をやっていておかしくはない。

覚醒剤密輸は、ほんとうはなかった？　でっちあげ事件だった？　しかし、じっさいに覚醒剤は押収されたのだ。現物が出てきたのだ。

関連して思い出した。郡司事件の公判で、被告席に立った郡司が否定したと伝えられていること。入手した覚醒剤について郡司は、すべて自分が使ったわけではない、と証言したという。弁護側が、では誰が、と訊いたが、郡司は答えなかった。そして公判の最終日、郡司は自分は組織の指示で調達したのだ、と、震える声で言ったと聞いた。こんな犯罪は自分ひとりでできることではないと。

佐伯の顔色が少し変わったのだろう。服部が言った。

「前島の役割は、おれたちが思っていた以上に、あの事件で大きかったんじゃないかな。だから、お目こぼしがあった」

佐伯は、自分の疑念を口にしてみた。

「だったら、消えることはない。警察の保護は続いていたはずだ」

「無理だ。道警がやつの密輸出を黙認しても、いずれうちが摘発したよ。やつを挙げる証拠は揃っていた。あとは、本部長の判断だけだった」

「じゃあ、消えたわけは?」

「隔離。他県警からの追及を免れるため、というのが、わたしの仮説のひとつ。もしかしたら、北朝鮮の関係者が、前島を狙っているのかもしれない。あるいはこうした複合的な理由で、前島は消えた。利権をパキスタン人に渡して」

また思い出した。あの日、自分たちが前島の逮捕に向かったとき、やつは拳銃を持ち出して逃げた。佐伯たちを、警察とは思わなかったのだ。明らかにあのとき前島は、北朝鮮と関わりのある裏社会の人間たちが自分の命を取りにきたのだと信じ込んでいた。だから拳銃を持ち出し、自分や新宮を撃とうとしたのだ。そこまでパニックとなるのは、単にとり役をやったからではない。完全にでっちあげ事件のお先棒を担いだからではないのか？　誰かに報復されても仕方がないと思っていたからではないのか。

服部が言った。

「最初、わたしも信じられなかったのさ。いくら覚醒剤摘発のためとはいえ、盗難車を密輸出してる業者に、そんなに便宜をはかるものかとね。それに、佐伯さんも承知と思うが、新品同様の盗難車の輸出は、やさしいことじゃない。廃車証明やらインボイスやら、やたらに公式書類が必要になるんだ。廃車証明があったって、新品なら税関だって不自然と思う。なのに、前島はそれができていた」

佐伯は、信じがたいという思いで言った。

「つまり、税関にも話が通っていたと？」

「そうでなければ、できっこないんだ」

「地検と道警が組むことは想像できるけど、税関まで加わりますかね。何か手柄になるわけでもない。税関小樽支署の利益は何です？」

「北朝鮮からの覚醒剤密輸入を水際で止めたとなれば、税関の手柄ではありませんか？」

「片一方で、盗難車の密輸出を見逃しても？」

「税関だって、官僚組織です。縄張り意識は強い。自動車の盗難が、函館税関小樽支署管内の被害でないなら、気にもならないのでは?」

「しかし、長くは続けられない。地検、道警、税関小樽支署が組んだとして、どのくらいの期間、そのチームがもつか」

「長いこともたせる必要もない。手柄を挙げるあいだだけ持てばいいんだ。長引かせれば、ばれる」

「それが、あの事件だと言うんですね?」佐伯は確かめた。「服部さんは、あの事件は組織をまたがってキャリアたちが思いついたでっちあげ事件だと、そう言っているんですね?」

服部は、不本意ながら、という表情でうなずいた。

「そう考えたくなっています」

「じっさいに覚醒剤は出ている」

「郡司警部は、公判で何と言ったのでしたっけ?」

佐伯はまばたきした。では服部は、郡司警部のあの覚醒剤取り引きも、この大がかりな覚醒剤おとり捜査の一部だと言っているのか?　あの北朝鮮の船員が運び込んだとされる覚醒剤は、じつは郡司が調達したものだと?

服部が佐伯の顔を見つめてうなずいた。佐伯が想像したことに、見当がついているのだろう。

ありうるだろうか?

佐伯は動揺しながら、その可能性を吟味した。郡司は、すべてをひっかぶったということか？　組織、というよりは、幹部の関与についてほのめかしただけで、真実を明かすこともなく、幹部の腐敗を弾劾することもなしに、ひとり刑務所に赴いたというのか？　何のために？　あれだけの犯罪が発覚したのだ。何を証言してもよかったろうに。洗いざらい話したところで、失うものはそれ以上なかったろうに。

もしや、前島事件も郡司事件も、決着はついていないのか？　ついたと見えたのは、表面だけのことなのか？

佐伯は口を開いた。

「服部さんは、まだもっと情報を」

そこまで言いかけたところで、服部の胸ポケットで携帯電話が鳴った。

服部が携帯電話を取り出し、モニターを確かめてから言った。

「時間がなくなった。帰らなきゃならない」

佐伯は、黙礼する服部に早口で訊いた。

「何か、もっと情報をお持ちですね」

「あとは、道警の仕事だ。佐伯さん、あんたの仕事ですよ。わたしはまだ手を縛られてる。ここから先をやれるのは、あんただ」

「小樽に行ったと言ってましたね。小樽で何か情報を？」

服部は答えなかった。手を上げると、二台の自動車の隙間《すきま》から、地下駐車場の通路に出て行った。もうこれまでだ、と言っている。佐伯は服部の後ろ姿を見送った。コンクリートの固い床に、靴音が響いた。

情報交換にはならなかったな、と佐伯は思った。おれが一方的に受け取っただけだ。借りができた。きょうの情報提供に対しては、自分もきちんと情報のお返しで報いなければならない。

途中で取り上げられたあの事件、自分で最後まで仕上げてみるか。被疑者の逮捕、送検までを、完遂させてやるか。

佐伯は、出口のドアの向こうに消える服部の後ろ姿を見ながら、鼻を鳴らして思った。どっちみち、サミットが終わるまでは暇なのだ。時間はたっぷりある。

部下の新宮の顔が思い浮かんだ。

服部は、組織の話ではなしに、という条件でおれに接触してきた。新宮を巻き込んで、これを組織にしてしまうのは避けよう。少なくとも、いまはまだ組織の扱いにする段階ではない。おれの個人的な好奇心の段階だ。

会議室には、すでにひとり、黒いパンツスーツ姿の若い女性が入っていた。ホワイトボードに札幌の市街地図を貼《は》り付けようとしている。

小島百合たちが入ってゆくと、その女性は、あわてて振り向いた。二十代後半と見える。大柄だ。身長は確実に百六十五センチはあるだろう。肩幅が広かった。髪はボブで、少し瞼《まぶた》が腫《は》れぼったい。スーツの襟元には、SPのバッジ。

酒井勇樹が、その女性を指さして小島百合に言った。

「上野麻里子大臣担当の、成田亜由美《なりたあゆみ》巡査」

成田と紹介された女性SPは、小島百合に会釈してきた。目には好奇の光がある。

「こちらは小島百合巡査。本部対抗剣道では全国八位。先日、強姦殺人犯を撃って逮捕したばかりだ」

成田の目に、感嘆の色が浮かんだ。

酒井は、成田についてつけ加えた。

「知っているかもしれませんね。アテネ・オリンピックで、女子エアピストルの代表でした」

思い出した。警察内部に回る雑誌『第一線』でも紹介されていた。残念ながら入賞はできなかったはずだが。

酒井の指示で、小島百合はテーブルに着いた。成田も同様だ。

酒井勇樹が札幌の地図の前に立って、小島百合に言った。

「上野大臣担当は、通常はぼくらふたりだ」

酒井は、国務大臣の警護はふつうふたりのSPが当てられる、と言った。朝、私宅または議員宿舎を出るところから、帰るところまでをふたりひと組で警護する。ごくプライベートな用件のとき、大臣のほうから、もういいと指示してくることもある。ただ移動がある場合は、大臣から離れることはない。つまり平日の首都圏での勤務は、事実上十二時間から十四時間態勢となる。

大臣が地方に出るとき、お国入りするときなどは、通常の担当チームは警護課の遊軍に引き継ぐ。担当SPはこういう日に休むことができるのだ。

小島百合は酒井に訊いた。

「きょうは、大臣はどちらなんです?」

酒井が答えた。

「京都。べつチームが警護にあたっている。そのあいだにぼくらは、明後日の大臣の札幌入りの事前調査に来た。明日東京に戻って、警護を引き継ぐ」

「ほんとうなら、きょうはお休みの日だったんですね」

「こういう場合なんで仕方がありません」

「通常ふたりで担当する警護なのに、今回応援が必要なのは、サミットだからですか?ほかの国務大臣にも、SPは増えるんですね?」

「いいや」酒井は言った。「上野大臣は例外なんです」

「理由はありますか?」

酒井は、一瞬だけ成田のほうに目をやってから答えた。

「上野大臣に対して、テロ予告があった」

小島百合は目を丸くした。それは穏やかではない。

酒井は続けた。

「上野大臣はあのとおり、美貌の女性議員です。人気もありますが、あの率直な物言いのせいで、けっこう反発を買ってきました。二度目の選挙のときには、トマトを投げつけられたこともある。それがこんどサミット担当大臣となったことで、いっそうマスコミによく出るようになった。よくテレビに登場するひとには、風当たりも強くなるのが常です」

「上野大臣が反発されるとしたら、相手は女性でしょうね」

とくに根拠はないが、小島百合はそう感じていた。帰国子女で、高学歴で、アナウンサー出身。美貌で、夫君は高名な指揮者。ふつうの女性、とくに専業主婦たちにやっかまれる要素は揃っている。

酒井は言った。

「それが、警視庁のプロファイリングでは、不安定な職業に就く二十代後半から三十代の男性、と推測されているんですがね」

「プロファイリングができるほど、情報があるんですか?」

酒井はテーブルの上の革鞄《かばん》から、書類ホルダーを取り出した。写真や封筒、手紙類のコピーがはさまっている。

そのコピーの束を、酒井は小島百合の前に滑らせてきた。

「上野大臣は、就任早々、法務大臣の発言を批判した。例の、自動的に執行できたらいいのに、という発言ですね」

覚えている。あの蝶々《ちょうちょ》好きだという法務大臣は、前大臣のときからたまっていた死刑囚の死刑執行命令書に片っ端から判を押し、ベルトコンベアでやればいい、と言ったとか。法務大臣としてはいくらなんでも不適切とは、小島百合も思った。

この発言に対して、上野大臣は言ったという。ひとの生命の尊厳に対してあまりにも鈍感。死に神でも口にしない、と。

この「死に神発言」が、逆に上野大臣への非難を呼んだ。法務大臣自身が無礼と吐き捨てたし、いくつかの保守系のメディアもこの発言を問題にしたのだ。

酒井は続けた。

「あの発言からもう三ヵ月たちますが、大臣の議員会館の事務所や後援会事務所には、いまだに抗議の電話やファクスがくるんです」

「その中に、テロ予告が？」

「そうです」

酒井は写真のカラー・コピーを小島百合に示した。どこかの街角で、上野大臣が黒いセダンから降りたところが写っている。

「東京都内。今年二月七日のお昼の写真です。これが、封書で送られてきた。望遠レンズを使っていますが、写真は見事に中心に大臣の頭がきている。わたしたちが付いていたときでした」

「つまり、ライフル銃でも正確に照準を合わせることのできる誰かが撮った、ということか。

酒井はもう一枚の写真を見せた。カジュアルな格好の男女が写っていた。場所は、ゴルフ場のクラブハウスの前だろうか。

「これは、大臣がご主人と伊豆《いず》のゴルフ場に行ったときの写真。三月十日です。SPは遊軍だった。予定が公表されてもいない場所での撮影です」

「送られてきたのは写真だけ？　メッセージはなし？」

「そう。支持者なら、こんな写真を撮りましたとメッセージぐらい書いてくる。でもこの二枚の写真はメッセージなし。差出人の名もない。そこから逆にメッセージが読み取れるんです」

「どういうものです？」

「監視してる。近くにいる。いつでもテロを実行できる、ということです」

「そこまで考えなくても」

「もうひとつ」酒井は書類を取り出した。「ちょうど一週間前、議員会館の事務所に送られてきたメッセージです。パソコンで打った文章をプリントアウトしている」

小島百合はそのコピー用紙を持ち上げた。

書かれているのは一行だけだ。

「死に神が、ロックオン」

小島百合は酒井に視線を向けた。説明してくれないだろうか。

酒井は言った。

「明白なテロ予告です。殺人の標的とした、と言っているのですから」

「二枚の写真と、このメッセージの差出人は一緒ですか？」

「そう推測できます。三通とも、東京中央郵便局の消印です。おそらく郵便局前のポストへの投函《とうかん》」

「プロファイリングでは二十代後半から三十代とのことでしたけど、そういう歳のひとが、郵便を使ってテロ予告をします？　eメールのほうが簡単だし、写真データも送れる。写真をわざわざプリントしますか？」

「写真をデータで送れば、プロパティからカメラがわかる。カメラを絞り込めたら、買い主までたどってゆけます。eメールも同じ。IPアドレスから発信人を特定できる。ネットカフェからでも、客の特定は容易です。このテロ予告男は、それを避けたんです」

「つまり、そういう知識がある人間だということですね」

「そうです。けっして年配者ではありません。パソコンやITに関して多少の知識があり、警察の捜査方法についても情報を持っている男です」

「でも、手のこんだいたずらかもしれない。この人物がじっさいに、ライフルを持っていたり、爆弾を作ったりって、ありえます？」

酒井はうなずいた。

「撮影されたゴルフ場の周辺を調べました。カメラがあったとおぼしき場所で、猫の死骸《しがい》が見つかったんです。首を切られて殺された猫でした。上野大臣の後援会が作っているキャラクター・ハンカチでくるんでありました」

小島百合は、その様子を想像して少しだけ身震いした。

酒井は言った。

「テロ予告犯は、その写真を送れば警察がゴルフ場一帯を捜索し、聞き込みもするだろうと承知していた。そこにあえて猫の死骸を置いていったのです。じっさいにやる能力があるし、やるぞという意思表示です。かなり病的な資質もある。いたずらではありません」

「でも、猫を殺すのと、大臣を殺すのでは、そうとうの違いがあります」

「わたしたちは、この男はそれをやる力を持っていると判断します。高性能のデジカメを使っていますから、カネもある。必要な武器を買うこともできる男なのでしょう」

小島百合はもう一度二枚の写真のカラー・コピーを観《み》た。どちらの写真でも上野大臣の表情は自然であるし、ニュース映像で見る顔よりも美しく見える。いい写真だ。少なくとも、尊大そうでもなければ、男性に嫌われるほどアグレッシブにも見えない。

小島百合は言った。

「愛の変形かもしれない」

酒井は少しだけ微笑を見せた。

「人手があれば、熱烈な後援者や支持者、ファンをひとりひとりあたってみるんですが」

「その予告犯は、北海道でやりますか?」

「伊豆まで行っているんです。機会さえあるならやってくる、と想定したほうがいい」

「やるなら土地勘のある東京で、とわたしなら考えますが」

「東京は、わたしたちにとってもホームです。ほかにも大勢の警護対象のいる中でのテロは難しい。北海道なら、わたしたちSPも不案内のアウェイだ。わたしなら、北海道で本番とするでしょう」

「でも、これから警備はむちゃくちゃに厳しくなる」

「そうです。チャンスは限られてくる。サミットが近づけば近づくほど難しくなります。明後日の警備結団式が手頃だ。大臣はその席で、スピーチすることになっている。もともとひと前に出ることが嫌いなひとではありませんし」

小島百合は、額をかいて言った。

「応援が必要なわけはわかりました。ほかの大臣よりもずっと、テロの危険は高いんですね」

酒井はうなずいた。

「頼もしい援軍をもらったと思っています。ついては」

酒井はホワイトボードに貼られた札幌の市街地図を振り返った。

「大臣が移動するコース全体について、案内をしていただけますか」

「大臣は、どういう予定になっていますか？」

「明後日、朝の便で千歳着。車で札幌に移動。北海道庁で北海道知事と懇談があります。記者会見も道庁内で。当日午前十一時、札幌での警備結団式に出席、スピーチがある予定。正午、札幌ロイヤル・ホテルで道警本部長ほか、関係機関のトップとの昼食会。午後一時半、札幌を発《た》って、サミット会場となる洞爺湖ウィンザーホテルに向かいます。札幌から三時間ぐらいと聞いていますが」

小島百合は、中山峠越えの国道二三〇号を思い出して言った。

「二時間半ぐらいかもしれません」

「大臣はこの日夕刻、ウィンザーホテルを視察、さらに洞爺湖町と千歳で警備の部隊をねぎらいます。夜八時札幌戻り。警察庁長官、内閣情報官らと少人数での夕食。ホテル一泊。翌日午前中の飛行機で東京に戻ります。わたしたちは、東京からずっと大臣に同行します」

「わたしの任務は、具体的には」

「わたしたちの少し先を進んで警戒し、周囲に異常や不自然を発見した場合は即座にわたしに伝えるということです。大臣が人前に出る場合は、わたしたちの後ろに立って死角に目を配ってください。何かあった場合、わたしと成田が大臣の楯《たて》になって身を守ります。その場から安全な場所まで、大臣を避難させます。あなたには、わたしたちのその行動を援護してもらいたい」

「犯人の身柄確保は？」

「警護班の任務ではありません。ほかの警官にまかせていい」

「では、わたしが拳銃を抜く場面は、考えられませんね」

「わかりません。でも、ないと考えては欲しくない。目の前にテロ犯が現れたとき、あなたならたぶん、反射的に抜いてくれるでしょう」

「そんなふうに身体が反応するかどうか」

「一度抜いた。あなたはもうたぶん、心理的バリアを取っ払ったはずです。道警は、そう判断したのだと思います」

なんとも反応のしようもなかった。小島百合は言った。

「相手が強姦犯なら、確実に反射で手が出るでしょうけど」

「ぜひテロ犯にも。そうそう、もうひとつ」

小島百合は酒井を見つめた。

「わたしたちはこの男に、警護任務用のコードをつけました。カラス、です。これからは、わたしたちのあいだではやつを、カラスと呼ぶようにしてください」

「その名前に何か意味は？」

「べつに。聞かれても不自然ではなくて、なんとなくやつをイメージできている、というだけです」

「上野大臣にも、同じようなコードが決められているのでしょうね」

「大臣は、ハンテン、です」

「やっぱり意味はないんでしょうね」

「ありません」酒井は腕時計を見て言った。「大臣が札幌で泊まるホテルまで行きませんか。そこを見ていただくついでに、ランチでも」

小島百合は時計を見た。十一時五十分になろうとしている。異存はなかった。小島百合は立ち上がった。


北海道警察北見方面本部管内の北見署北見駅前交番で、松下《まつした》巡査部長はまた壁の時計に目をやった。

部下の日比野伸也巡査が、戻ってこないのだ。彼は九時半すぎ、商店街の楽器店から、倉庫のガラスが割れているという連絡を受けて派出所を出ていたのだった。もし事務所荒らしの疑いがあるようであれば、すぐにその旨連絡するようにと、松下は日比野巡査に伝えた。しかし、その連絡もないまま、一時間半近くたっている。いくらなんでも遅すぎる。

現場で何か起こったか？　連絡もできないままに現場の処理に追われている？　いや、それであれば彼はともかく応援を求める連絡をしてくることだろう。

あるいは通話不能の状態にあるのか？　潜んでいた倉庫荒らし犯に遭遇し、怪我《けが》でもしたか？　いや、ならば通報者も気がつくはずだ。誰かから署に、または一一〇番に通報があるだろう。

さぼっている？　ちょうど昼どきだ。何もなかったと安心し、制服姿のままどこかの食堂か喫茶店にでも入ったか。いま道警は、制服姿でそのような店には入るなと指導している。勤務中の警察官が弛緩《しかん》した状態にあるのをさらすのはみっともないし、余計な面倒に巻き込まれないとも限らない。制服警官が食事をする場合は署内、もしくは派出所の待機室の中でだ。店屋物《てんやもの》を取るか、コンビニ弁当でも買うようにと教育されている。まさかやつが喫茶店にいるとは思えないのだが。

では何だろう？

署に連絡するか？　署の通信室から、日比野の持つ署活系無線機に連絡を入れてもらうのだ。何があったか至急連絡しろと。

いや、それはまずい。自分が部下を管理できていないと告白するようなものだ。署活系無線を使うのはまだあとでいい。

やつの私用携帯電話に電話するほうがよいだろう。公用で携帯電話を使うのはほめられたことではないが、さほど機密性を要する通話というわけではないのだ。黙認される範囲だ。

松下は自分の携帯電話を取り出し、登録してある日比野の携帯電話の番号にかけた。

電源が切られているようだ、とのメッセージが返った。

切られている。勤務中は私用の電話を受けないという心がけだ。これをとがめるわけにはゆかない。

もう一度時計を確かめてから、電話番号簿に手を伸ばした。事務所荒らしかもしれないと通報してきた楽器店に、確認の電話を入れるべきだ。

その楽器店に電話すると、すぐに主人が出た。

松下は名乗ってから訊いた。

「どうでした？　日比野という若い警官が行ったと思いますが、どういう判断でした？」

店の主人は言った。

「お騒がせしました。ガラスが割れていたのは、今朝荷物の搬入があったときに、業者が割ってしまったとわかりました。お巡りさんにもそう説明しました。申し訳ありません」

「いや、ほんとうに倉庫荒らしじゃなくてよかった。じゃあ、うちの若いのはもうそちらには？」

「ええ。すぐに戻られました。ほんとうにお騒がせしてしまって」

腑《ふ》に落ちないまま、松下は受話器を戻した。

もうひとりの部下が、声をかけてきた。

「携帯にかけてみましょうか」

彼も、日比野が遅いことをそろそろ心配し始めている。

「いまかけた」と松下は言った。「電源を切ってある」

「ちょっと遅すぎますよね」

「もう少し待とう。なんせあいつは若いし」

「わたしが、ひとまわりしてきましょうか」

いい提案だ。

「行ってくれ。何があっても、五分以内に一度、連絡をよこせ」

「はい」

その部下は、派出所前から白い自転車に乗って、商店街方向へと向かっていった。

松下はそれでも、不安が次第に胸騒ぎと呼べるものに変わってきたことを意識した。よりによって、サミットに向けてどんな不祥事もミスも許されないこの時期に、まさか部下が消えるなんてことはありえないと思うが。拳銃自殺、という想像がふと頭をよぎった。まずい。それは最悪の事態かもしれない。

松下も当然ながら、二年前の北海道警察最悪の一週間と呼ばれた日々のことを覚えていた。あんな一週間がまさか再現されることはないと思うが。

そこまで考えてから慄然《りつぜん》とした。

あのとき自殺したひとりは、日比野の父親だった警部ではないか。道警本部生活安全部の企画課長だった男ではないか。

松下はぶるりと身体を震わせてから、いまの想像を大脳の表面から追いやろうとした。よくない想像は、しばしば事態を呼び寄せる。考えるべきではない。

二日前　昼

佐伯宏一は、JR札幌駅構内のそば屋で昼食をとった。

愛知県警の服部がほのめかした事実が、いまになって効いてきたのだ。彼はまったく、とんでもない爆弾を残していったものだ。

ありえないことではない、と佐伯はお茶をすすりながら思う。郡司事件そのものが、ほんとうならありえないと否定できるだけの事件だったではないか。それがじっさいに起こった。関係者が頑としてないと言い続けてきた裏金作りも、トップはとうとう認めた。しかもあの道警本部最悪の一週間を思い起こしてみればいい。あの一週間を体験した以上、自分は過去の道警でどんなにとんでもないことが起こっていようと、たいがいはそれは事実だったのだろうと、受け入れることができる。よその県警の刑事が想像できる程度のことなら、起こって不思議はないのだ。

自分はあの一週間、目の前で起こる異常事への対応に追われた。小樽の盗難車違法輸出事件が本部に取り上げられたことについては、その後はとくに疑問視しなかった。じっさい北朝鮮貨物船の被疑者たちは逮捕され、ふた月後には公判も始まったのだ。事件そのものの実在を疑う必要はなかった。公判の過程については、刑事部屋で話題になる程度の情報しか耳にしていない。

あの覚醒剤《かくせいざい》密輸入事件の少し前に、郡司徹元警部事件の裁判も終わった。公判中、地裁は何を心配したか、法廷の被告席には防弾ガラスをめぐらしたのだった。まるで道警が法廷内で郡司の口塞《くちふさ》ぎに出るとでも言っているように。しかし片一方で、百条委員会に出頭予定だった津久井卓巡査部長に対しては、同僚の女性警官を殺したとの容疑をかけ、覚醒剤中毒でしかも拳銃《けんじゅう》を持って消えたからと、射殺許可まで出した。道警の一部にはまちがいなく、あの時期の地裁を心配させるだけの空気が残っていたのだろう。

服部は、小樽でその疑念に達した、という意味のことを言っていなかったろうか。あるいはそう疑うだけの根拠に行き当たったと。詳しいことはいっさい話さなかったが。

自分も小樽に行ってみよう。

佐伯は立ち上がった。同じように自動車盗難事件と違法輸出を追って、服部はその疑念に至ったのだ。つまり自分が二年前に調べた範囲内に、その疑念の根拠もあるということだろう。たどりつくのはそう難しいことではないはずだ。

それに、これはおれ自身が手がけていた事件とも関《かか》わってくる。おれはその捜査を途中で上に取り上げられたが、そこまで関わった以上は、この事件全体の正しかるべき決着にもってゆくまで、少なくとも、多少の責任はあるはずだ。おれはこの事件について、解決とまではゆかなくとも、少なくとも関係者たちを納得させられるだけの解釈を手にしなければならない。

佐伯はコンコースを切符売り場に向かいながら、部下の新宮に電話をかけた。

「おれだ」佐伯はぶっきらぼうに言った。「ちょっと野暮用ができた。役所には、夕方に戻る」

佐伯は、新宮が質問する余裕を与えずに電話を切った。

津久井卓巡査部長は、道警本部ビル警務部のフロアで、暇をもてあましていた。二十分前にこの警務部フロアに着き、教養課の課長に到着を報告したが、とくにこの日は任務を指示されなかった。少し待っていろ、とだけ言われたのだ。

そもそもこの異動は、警務部に遊軍を作るためのものだと聞いてきた。サミット警備で道警本部に警視庁や他県警から応援要請があった場合は、遊軍のひとりとして津久井も出て行くことになる。しかし応援の必要がない場合は、北海道日本ハム・ファイターズの二軍の補欠選手ほどにも使い道がない。ただこの部屋で、いつあるかもしれぬ応援要請を待つしかないのだ。

もっとも、警察内警察とも言える警務部としては、百条委員会で証言した津久井のような警察官は扱いにくいのだ。警務部幹部が、津久井の拳銃の腕を買ってこの臨時的な配置換えとなったのだろうが、津久井は百条委員会で道警の内部事情をいわば「うたった」警察官なのだ。使いやすい警察官ではない。

津久井は去年の特別監察で監察官を補佐して、とりあえず「汚名」は返上してはいる。それでも道警本部内ではいまだファイル対象なのだ。ファイル対象の警察官を、内部警察部門が信頼して使えるはずもなかった。

津久井は、フロアの隅の会議用テーブルに着いて、白いMP3プレーヤーのイヤホンを耳に当てていた。テーブルの上に置いてあるのは、ゲーム機だ。囲碁のソフトを入れてある。暇つぶしには、これがいちばんだった。

そろそろランチか、と思い始めたころだ。教養課の課長が津久井を呼んだ。

津久井はイヤホンをはずしてテーブルの上に置き、教養課長のデスクの前へと歩いた。

課長の前に立つと、彼は津久井に訊《き》いた。

「きょう午後の予定は?」

津久井は答えた。

「まったく何もありません」

「警備部から、ひとを回してくれと要請がきた。警視庁のSPの応援だ。上野大臣担当のSPたちがきている。明後日の結団式に大臣が出席するんだ。警護のための下調べを手伝って欲しいと」

「はい。何をやればいいでしょう」

「うちの車両で、ロイヤル・ホテルに行ってくれ」

要するに、運転手かな、と津久井は思った。もっとも、ここで囲碁ゲームをやっているよりはずっといいが。


松下巡査部長は、もう一度壁の時計に目を向けた。一時五分前になっていた。

商店街までやっていた部下も戻ってきたのだ。その部下の報告では、日比野巡査がその楽器店を出たのは、午前九時四十五分ごろとのことだ。とくに変わった様子もなかったという。自転車に乗って、商店街から駅側へと走っていったとのことだった。

商店街の周辺でも、警察官が足を止めねばならないようなことは起きていない。日比野巡査の派出所戻りが遅れる理由は見当たらないという。

その報告を受けて、松下はあらためて署の独身寮に部下をやった。独身寮は、街はずれの合同公務員宿舎の中にある。団地式の集合住宅が並ぶエリアだ。車で五分ほどかかる場所だった。

行った部下からの電話では、日比野の乗用車は駐車場から消えているという。派出所で使っている白い自転車が、駐車場の隅にあるとのことだった。松下は日比野の部屋を確認させた。施錠されているとのことで、留守らしい。乗用車が消えている以上、部屋の中に日比野がこもっている可能性は薄い。

松下は、不安に息苦しささえ覚えながら思った。

制服と拳銃はどうなっているだろう。もしかすると、この件のいちばんの問題はそこだ。巡査ひとりが勤務できない状態になろうと、代わりはいる。事故で入院しようが、鬱病《うつびょう》で引きこもろうが、なんとかなる。しかし、制服と拳銃が消えたとなると、厄介だった。しかも、サミットを三ヵ月後に控えたいま、道警本部でそのような不祥事を起こしてしまっては、自分の監督責任が厳しく追及される。訓戒程度ではすまないだろう。免職にまではならないにせよ。

いや、自殺に使われるのならともかく、犯罪に使われた場合は、処分は確実。たとえ停職一ヵ月という処分だったとしても、自分は道警を依願退職しなければならないのではないか。

松下は、不安そうに自分を見つめている部下に目をやって訊いた。

「日比野は、何か悩んでいたようだったか？　鬱の傾向でもあったか？」

自殺の可能性は？　と、直接その言葉を口にすることはできなかった。

その部下は日比野よりも四期先輩にあたる巡査だった。同じ独身者同士で、仲もよかったはずだ。

彼は首を振った。

「いえ。何も聞いていません。とくに悩みがあるような様子もありませんでした」

「女はどうだ？　誰かとつきあっていたか？　惚《ほ》れた女がいるようなことは言っていなか

った か？」

「いいえ」と部下は首を振った。「少なくともまったくそういう気配はありませんでした」

「あいつ、暇なときは、何をしていたんだ？」

「うちの野球部に入ってましたよ。釣りに行くこともあったと思います。道具をひと揃《そろ》い持ってたし」

「遠距離恋愛の恋人でもいなかったか？」

「恋人の話は、聞いていません」

だからといって、女が身近にいないと判断すべきではなかった。仕事柄、警察官には堅気の女、身持ちの固い女が近づくが、逆に水商売や風俗関連の女と親しくなるケースも多いのだ。時代が時代だから、相手が風俗産業従事の女だからといって、上司がこれを注意したり交際をやめさせることはできない。ましてや結婚を報告してくれれば、認めるしかなかった。しかしそのような女性と交際している場合、若い警官たちはぎりぎりまでそれを周囲に隠すのがふつうだ。

「やつの携帯には、メールがよく入っていなかったか？」

「さあ。そこまではわかりません」

「自分から送っていなかった？」

「あまり見ていません」

「そうか」

悩んでいる様子もなく、女の影もない。なのに消えた。

時計はとうとう午後一時を指した。

松下は決意して、電話に手を伸ばした。地域課長にだけは、部下と連絡が取れなくなったことを報告しておこう。あとは課長の判断にまかせていい。二時間、というのは、自分が叱責《しっせき》されることになるか、妥当な判断と認められるか、そのぎりぎりの線だ。

署の交換手を通じて、電話は地域課長につながった。

松下は言った。

「十一時から、部下のひとりと連絡が取れなくなっています。大事《おおごと》ではないと思うのですが、二時間経《た》っていますのでご報告いたします」

一瞬の間のあとに、課長が訊いた。

「二時間、連絡が取れない？　制服のままでか？」

「はい」

「それは、警官が拳銃携行のまま消えたと言っているのか？」

「消えたかどうかはわかりません。連絡が取れないのです」

「宿舎には？」

「いません。本人の乗用車も見当たらないんです」

「確認するぞ。十一時から消えたのか。お前が消息不明を把握したのが十一時か、どっちだ？」

「把握が、十一時です」

「それ以前から、消えていた可能性があるんだな？」

「はっきりと足どりがわかっているのは、九時四十五分までです」

「馬鹿野郎」と課長は怒鳴ってきた。「点呼に五分遅れたって、異常事態だろうが。それが三時間十五分だって？　馬鹿野郎！　もし何かあったら」

その剣幕に、松下は覚悟した。停職一ヵ月ではすまない。半年だろうか。

松下は訊いた。

「いかがいたしましょうか」

「もう一回、心当たりをすべて当たれ。手すきの警官を派出所にやる。徹底捜索だ」

「はい」

松下は受話器を置いて、息を吐きだした。軽い目眩《めまい》があった。自分はいま、事態の深刻さに貧血を起こしそうだった。松下は、デスクの椅子《いす》に、へたりこむように腰を下ろした。


小島百合は、酒井勇樹たちと共にまず道警本部ビルのすぐ隣にある北海道庁本庁舎ビルを調べた。

明後日、上野麻里子サミット担当特命大臣は、ここで高橋《たかはし》はるみ北海道知事と会談する。

上野大臣は、サミット開催にあたっての北海道庁の全面的な協力をあらためて要請することになっている。経済産業省出身の高橋はるみ知事も、全面的な協力と支援を口にするはずである。高橋はるみ知事は、このサミット本決まり以来、これを北海道を観光地として世界に売り込む格好の機会とする考えだ。政府関係者、報道機関がどれだけの規模でやってこようと、これを喜んで迎え入れる心構えのはずである。そのために道路が必要なら突貫工事で造る。さすがに新幹線や空港の新設は無理だが、メディア・センターはもう建設ずみだ。

もちろん知事は、警備関係者についても大歓迎だ。総計でおよそ二万人、と計画されている警備関係者の宿泊と食事だけで、北海道には巨額のカネが落ちる。特別警備予算がたっぷりと注ぎ込まれるのだ。高橋はるみ知事なら、たとえサミット期間中、自衛隊の全師団が北海道に移駐するという計画でも歓迎することだろう。

小島百合は、道庁総務部の庁舎警備担当者のあとをついて庁内をめぐりながら、そんなことをぼんやりと考えていた。

道庁本庁舎の、上野大臣が立ち寄る予定のすべての部屋、場所を確認した。エレベーター・ホール、知事室、記者会見の行われる会議室、それにトイレ。

すべてをチェックして、一階に下りた。エレベーター・ホールでは、ゴミ箱や消火器などを、それまでよりも念入りにチェックした。三十年以上も前の一九七六年、この道庁ビルのまさにこのエレベーター・ホールで消火器爆弾が炸裂《さくれつ》し、二名が死亡、八十人以上の負傷者が出た。道警本部にとってはまだ忘れようのない記憶だ。

酒井が小島百合に訊いた。

「次に、大臣の泊まる札幌ロイヤル・ホテルに行きたいのですが、地図で見るとすぐ近くですね？」

小島百合は答えた。

「道庁敷地の端から、交差点をわたってすぐです。この本庁舎ビルからは、直線で二百メートル」

「大臣には、その距離も車に乗っていただきます」

「わたしたちは？」

「きょうは、車のルートを歩いてみましょう」

小島百合は、道庁本庁舎ビルの西側エントランスへと向かった。歩いて移動するなら、東側のエントランスを使うほうが都合がよいのだが。

道庁敷地の外側を回るように、小島百合たちはホテルへと向かった。

そのホテルは、札幌では最初の洋式高級ホテルとして知られている。かつて北海道の炭鉱王として財を成した男が創業したのだ。現在の本館建物は八階建てだが、東館は十七階建てで、道警本部ビルよりわずかに低いだけだ。昭和天皇も宿泊したことがあり、格式は札幌でいちばんということになっている。駅前通りと北二条通りに面していた。北二条通り側に、メイン・エントランスがある。上野大臣が道庁本庁舎ビル西側出入り口を出た場合、車は一度左折して三百メートルでこのホテルに着く。

このエリアは札幌の官庁街、オフィス街である。小商店が並んでいるわけではないし、通りはすっきりと直線だ。迷路状の路地などもない。警備はしやすいはずだった。上野大臣を狙《ねら》うテロ犯の立場から言えば、テロを実行するのは難しいということになる。

ホテルのロビーに入ると、酒井がレセプションで身分証明書を見せた。すぐに副支配人だという細身の五十男が現れた。官僚たちもよく着るようなダークスーツ姿ながら、印象は柔らかだった。

「ご苦労さまです」と、その副支配人は酒井に頭を下げた。「明後日の件ですね。よろしくお願いします」

副支配人は、山口《やまぐち》と名乗った。東京のホテル・オークラで修業したことがあるという。VIPの受け入れにも慣れているとのことだった。

小島百合たちは、その副支配人に付いて、ホテル内部を見てまわった。ロビー、エレベーター・ホール。それに、ロイヤル・イン・ロイヤルと名付けられた本館四階のエグゼクティブ・フロア。大臣が泊まる予定のスイート・ルームと秘書の部屋は、このロイヤル・イン・ロイヤルのフロアにある。エレベーターを使う場合、ほかの階の客はこの階で降りることはできない。

大臣のためのスイート・ルームは、ジョージアン・スタイルのクラシカルな調度でまとめられている。三間続きで、一間が大テーブルとカウチのあるリビング・ルームに当たる部屋だ。隅にキチネットとカウンターがある。大型の冷蔵庫も。リビング・ルームの両側には寝室があった。ひとつはツイン、もうひとつにはキング・サイズのベッドが置かれている。洗面所はリビング・ルームにも、寝室にもついている。

窓の下の通りは、北二条通りだ。向かい側は銀行の入ったオフィス・ビルだった。

酒井は窓から向かい側のビル群に厳しい視線を向けた。成田巡査が、酒井の横に立って前面のビルを小型のデジタル・カメラで撮影した。

酒井が副支配人に訊いた。

「窓ガラスは、防弾ですか？」

「いいえ」と副支配人は首を振った。「でも三層ガラスです」

「当日は、大臣のチェックイン前に、われわれが一度点検させていただきます」酒井は小島百合を示して言った。「彼女、道警の小島巡査が担当します」

小島百合は副支配人に頭を下げた。

副支配人も頭を下げて言った。

「当日は、わたしがご一緒します」

秘書の部屋も確かめたあと、宴会場へと向かった。警備関係者およそ百人の昼食会は、このホテルの中宴会場を使うことになっていた。

ここです、と案内されたのは、その中宴会場だった。丹頂《たんちょう》の間、という名で、正面に丹頂鶴《づる》を描いたタペストリーがかかっている。すでにステージが用意され、横断幕もかけられていた。「２００８洞爺湖サミット警備団昼食会」と、その横断幕には記されている。

宴会場のあるフロアには、隠し廊下があるのだとわかった。平面図で見ると、宴会場の外側をぐるりとその廊下が巡っている。サービスのための通路だ。通常は、ホテル利用客の目には触れない。

小島百合は、ホテル副支配人のあとについて、その通路を進んだ。

「この先に、セントラル・キッチンがあります。宴会場専用の厨房《ちゅうぼう》です」と、副支配人。

厨房で作られた料理は、この通路を使って運ばれるのだという。

副支配人が、右手のドアを示しながら言った。

「こちらは大宴会場。ここだけは、厨房と直接つながっています」

通路をさらに進むと、突き当たりに円窓のついたスイングドアがあった。そのドアを抜けると、広い厨房だった。ステンレスの什器《じゅうき》が整然と並んでいる。いまも二十人ほどの調理師たちが、白い帽子に白いエプロン姿で働いている。その隙間《すきま》を、黒っぽい制服姿のウェイトレスたちが忙しそうに歩いている。

小島百合は、初めて入るホテルの厨房の様子に、ついつい見入ってしまいそうだった。什器はステンレスだが、鍋《なべ》はどうやらほとんどがアルミ製らしかった。けっこう使いこまれた鍋もある。シェフの指示の声がときおり短く響いた。

酒井たちは、こうした厨房には慣れている様子だ。鍋や調理の手際などに目もくれていない。どうやら小島百合とは別のものに注意を向けているらしい。小島百合は、ここで自分が何を見るべきなのかもわからなかった。

副支配人が歩きながら酒井に言った。

「ここをまっすぐ歩けば、階段室。業務用のエレベーターも二基あります」

またスイングドアを抜けた。階段室だった。

ピンクの制服を着て、モップを持った中年女性がいた。清掃担当者らしい。彼女は小島百合たちに会釈して、階段を下りていった。

副支配人はエレベーターのドアの前へと進んで、下に向いた矢印のボタンを押した。

副支配人が言った。

「地下の駐車場に出ます。業者のトラックがいつも出入りしていますが、大臣のお車はいちばん近い場所に停《と》めていただこうと思います」

酒井が訊いた。

「調理師たちは、胸にIDカードを下げていませんね」

「ええ」副支配人はうなずいた。「顔でわかります。ウエイター、ウエイトレスたちは、見ていただいたように名札をつけていますが」

「厨房に部外者が入る可能性は？」

「うちの者がついていない限り、無理ですね」

ドアはすぐに開いた。四人が籠《かご》に乗り込んだところで、酒井がまた副支配人に訊いた。

「外部の業者に委託しているものは、何かありますか?」

「そうですね。大規模な宴会がある場合は、バンケッターが入ります」

「今回はどうでしょう?」

「夜にひとつ大宴会場を使いますが、昼間は入りません」

「ほかには?」

「営繕から清掃まで、ひととおりのことは自前ですが、うんと専門的なことになると業者に頼みます」

「たとえば」

「電気関係、ボイラー関係とか」

またドアが開いた。ひんやりとした、少し埃《ほこり》っぽくも感じられる空気が、エレベーターの中に吹き込んできた。

副支配人が先に立って歩きだした。小島百合たちも続いた。

エレベーターの前には、小型の保冷トラックが一台停まっていた。厨房で使う食材の配達なのだろう。作業着姿の男がひとり、台車に発泡スチロールの箱を積んでいた。

そのトラックと向かい合う格好で、黒っぽいセダンが停まっていた。

運転席のドアの前に立っていたのは、津久井卓巡査部長だ。小島百合たちの一行を待っていたような表情だった。

小島百合と視線が合うと、津久井は意外そうに目をみひらいた。小島百合は微笑して、黒いスーツの襟元につけたSPの襟章を指で示した。津久井もうなずいた。

副支配人が、津久井の前まで歩いた。津久井は身分証明書を副支配人にかざして名乗った。

「道警の津久井です。ここで待っているように言われました」

酒井が前に進み出て名乗った。

「警視庁警備部の酒井です。いま、小島さんと一緒に、上野大臣警護の下調べをしているところでした」

津久井は酒井にも身分証明書を見せて名乗った。

「津久井です。みなさんをご案内しろと指示をいただいています」

「結団式会場を見たいのですが」

「ここから七ブロックです。大通り西八丁目広場」

「歩いて行ける距離ではありませんね？」

「大臣なら、車で移動すべきでしょう。みなさんの車は？」

「本部からこのホテルまでは、歩いてチェックしてきました」

「お乗りください」

津久井は、まるで公用車の運転手歴が長かったかのように慣れた物腰で、後部席のドアを開けた。

酒井が言った。

「わたしは助手席に。成田と小島さんは、後ろに乗ってもらおう」

小島百合は酒井に訊いた。

「じっさいその日の乗り方は？」

酒井は、セダンを示しながら言った。

「わたしが助手席、後ろの右側に大臣、左側に大臣の秘書です」

「一台だけ？」

「いいえ。もう一台の助手席に成田が乗ります。結団式前後は、小島さんが同じ車の後部席に乗ってください。大臣の車の前を走ります」

「きょうは、わたしはうしろのどちら側に乗るとよいでしょう？」

「大臣の席に」と酒井は言った。

津久井が小島百合に言った。

「どうぞ、大臣」

小島百合は津久井に微笑して、その道警本部警備部の公用車後部席に乗り込んだ。


新宮昌樹は、署内にある食堂で焼き魚定食のトレイを持って、空いた席を探した。午後一時を過ぎているというのに、空席はあまりなかった。

サミット態勢が出来て以来、署内に目立ってひとが増えてきている。他県からの応援部隊も、道警本部やこの大通署の食堂を使ってよいことになっていた。JR札幌駅、それに札幌市営地下鉄駅などを警備する他県警の職員が、よく出入りしていた。どこの県警でも、制服姿で一般の食堂には出入りするなと指導されているはずである。となると、札幌市中心部の警備を応援にきている他県警警官は、道警関連の施設で食べるしかなかった。これがサミット会場である洞爺湖周辺や千歳空港を応援する部隊であれば、借り上げの専用食堂を使えるはずであるが。

奥のほうのテーブルで、四人組の若い女性警官たちが立ち上がった。彼女たちの制服は、ふだん見慣れたものとは微妙に形が違っている。新宮はそのテーブルへと向かった。四人の女性警官たちとすれ違うとき、振り向いて彼女たちの制服の背中を確かめた。神奈川県警と記されていた。

彼女たちが去ったあとのテーブルに着いて、昼食をとり始めた。

ほどなくして、そこに私服の警官がひとりやってきた。顔を見ると知り合いだった。新宮が稚内署で新任巡査としての勤務を始めたとき、刑事課の捜査員だった男だ。稚内署では、主にロシアン・マフィアがらみの事件を担当していた。新宮よりも七、八歳年長のはずだ。

「ここ、いいかい」とその男が言った。

浅蜊《あさり》という名だったろう。ヘビースモーカーだ。新宮は、この席が喫煙席だったかどうかを確かめた。警察官は喫煙者率が異常に高い職種のひとつだろうが、それでもいま署内では分煙が徹底されている。食堂も、喫煙席と禁煙席は分けられていた。テーブルの上には、灰皿はなかった。

「どうぞ」と新宮は言った。

浅蜊はトレイをテーブルに置いて、新宮の真向かいの椅子に腰を下ろした。

新宮は箸《はし》を止めて訊いた。

「異動ですか?」

浅蜊はうなずいて言った。

「応援だ。本部の警備」

「本部の?」

道警本部ビルは、この大通署から二ブロック西にある。なぜ彼がいまここに?

その疑問が顔に出たのだろう。

浅蜊は言った。

「あっちの食堂も、このところ満員なんだ。なんでちょっと出張《でば》ってきた。たいして変わりはないな」

「この一週間ぐらいのあいだに、いきなり増えましたね」

「明後日は、警備結団式もあるしな」

「警備の応援っていうのは、機動隊ってことですか?」

「いや」と浅蜊は、味噌汁《みそしる》をすすってから言った。「公安のほうだ。マークする対象が一気に増えたんだ。おれはロシア語ができるし」

「相手はロシア人?」

「というか、反プーチン勢力だ。いくつもの入国情報がある」

「サミットでテロをやる計画ってことですか?」

「名目的には、合法の宣伝活動ってことだろうが、つけあがらせれば、ほんとにメドベージェフに拳銃向けかねない」浅蜊は茶碗《ちゃわん》を置いてから、左手を上げて新宮を制するように言った。「あまり言わせるな。公安マターは、部外秘事項ばかりだ」

「わかってます」

「それにしても」浅蜊は食堂を見渡しながら言った。「警察もどっと集まってるが、アカもどっと札幌入りしてる。留置場が足りなくなるぞ」

「今朝、朝礼で、留置場は空けておけって指示が出ましたよ」

「そりゃそうだ。窃盗犯を百人見逃したところで、国家はびくともしない。だけど、アカやテロリストはひとりでも国家の土台を崩すからな。札幌にはいま、反グローバリズムとか反貧困の活動家が何十人も入ってきてる。サミット当日には、洞爺でも札幌でも反サミット・デモの予定だってよ。糞《くそ》の役にも立たないのによ」

新宮は、浅蜊のどこかテンションの上がった顔を見ながら言った。

「ハイになってません?」

浅蜊は苦笑した。

「そうか？　ようやく晴れ舞台がきたって感じだからかな。こういうときに、警備の応援でテロリストひとりでも挙げられたら、警官冥利《みょうり》に尽きるってものだろ。お前はいまは？」

「ずっとここの刑事課ですよ」

「何か大きな事件追ってるのか？」

「いいえ。余計なことは何もやるなって言われてます」

浅蜊はようやく思い至ったという表情になった。

「例の婦警殺しの一件か？」

「生活安全部長の自殺とか、百条委員会とか、いろんな件を含めてでしょう」

「干されてる、ってことだな。ということは、佐伯も一緒か？」

「同じ二係特別対応班。佐伯さんと自分しかいないチームですけど。佐伯さんを、知ってるんですか？」

「音楽隊でラッパ吹いてた男だろ？」

「テナーサックス」

「顔は知ってる。一緒じゃないのか？」

新宮は首を傾《かし》げた。どういう意味だ？

浅蜊は言った。

「さっき、JR駅で見た。ちょうど監視対象を追ってきたときだ。地下のコンコースですれちがった。あ、佐伯だとわかった」

「札幌駅のホームにいたんですか?」

「地下の駐車場から上がってきたように見えたな」

「さっき?」電話があったときだろうか。

「さっき」と浅蜊は答えた。「駅で別班と監視を交替した。昼を五分かそこいら過ぎたときかな。お前ほど、暇そうな顔じゃなかったぞ」

新宮は、さきほど佐伯からもらった電話を思い出した。

「ちょっと野暮用ができた」と佐伯は言っていた。声の調子は、けっして野暮用には聞こえなかった。何か気がかりでもできたかのように聞こえた。浅蜊は佐伯が、暇そうではなかったという。事実なのだろう。何か重大な用件ができたのだ。しかし、部下にもその中身を伝えられない。

いやなことを思った。部下には言えないことか?　たとえばあの郡司警部がしたような。

まさか。

新宮は首を振って自分の想像を打ち消した。

浅蜊はすでに新宮から視線をそらし、焼き魚を箸で突《つつ》いていた。

署長室には、どんよりとした沈黙が満ちている。車の排気ガスを充満させたように、部屋の空気は暗く、埃っぽい。異臭さえしていた。

松下巡査部長は、息苦しさに胸をかきむしりたい気分だった。

署長はいま窓を背にしたデスクの向こう側で腕を組み、口をへの字に曲げて虚空を睨《にら》んでいる。

いましがた松下が地域課長と共にこの部屋で一部始終を報告したあと、ずっとそのままだ。松下は、署長の怒声を覚悟していた。署長は大学卒枠のA分類採用の準キャリアだ。警務畑ばかりを喜んで歩いてきた幹部だ。言ってみれば、使命感よりも出世だけが関心事というタイプの道警本部警察官だった。逆に言えば、自分の出世や人生設計に関わることにはきわめて敏感になる男だった。あの郡司警部事件のあと、この小都市の警察署にも警察庁から監察が入ったとき、その四日前から署内を二度大掃除させた男だった。署にはファイル対象となる警官がふたりいたが、監察官が訪れる当日はわざわざそのふたりを本部に宿泊出張させて、彼らによる直訴という、もしもの事態を避けた。そんなような男だ。

この部下失踪《しっそう》をどう受け止めているのかは、おおよそ見当がついた。

やがて署長は腕を解き、舌打ちした。松下は身をすくめる思いで、つぎの言葉を待った。

署長が地域課長に言った。

「あんたには、日頃から部下のメンタルな部分にも注意を向けろと言ってきましたね」

慇懃《いんぎん》な調子だった。

松下の横で気をつけの姿勢を取っている荻野《おぎの》地域課長が答えた。

「は、そのとおりでした」

「指示は、実行されていたんですよね」

「あ、あの」荻野は少し言いよどんでから答えた。「そのとおりです。間違いありません」

署長は、松下にも目を向けてきた。

「荻野くんからは、当然あなたにも同じことが指示されていましたよね」

松下は言った。

「はい。部下のメンタルな面にも注意を払い、不祥事などないようにとの指示を受けておりました」

「なのに、どういうことなのだろう。もう三時間四十分、連絡が取れないんです。心当たりの場所さえ、あなたがたにはないときている。部下のことをどれだけ把握していたんです？」

松下は、荻野と共にうなだれるしかない。どう答えたって、この場面では無意味なのだ。何か弁明したことにはならない。

署長は言った。

「ほんとうなら、察知した時点で即座に報告してくるべきだった。なのにお手上げになってから、報告を上げてくる。わたしとしては、報告を受けた以上、ただちに方面本部に報告しないわけにはゆかない」

荻野が悔しげに言った。

「もう少し早く把握できていれば、とうに解決できていたと思うのですが」

おいおい、と松下は思った。それではまるでこのおれが初動を間違えたと聞こえるではないか。派出所の責任で探さずに、即時に地域課に上げるべきだったと言っているのか。それならば、とうに日比野を発見、身柄確保していたと。

松下は言った。

「事態の把握に手間取りました。事故か単なる連絡ミスの可能性も考えられたので、本人のことを思うと、もう少し待ってみようという温情がつい働きました」

署長は言った。

「警察組織に温情は不要です。警察組織を支えるものは、規律です。適格性のない警察官までかばってやるのは、結果として組織全体を危機に陥れる。わたしたちはあの郡司警部事件で、それを身に沁《し》みて知ったのではありませんでしたか」

松下は黙った。反論はしない。

隣で荻野があわてて言った。

「そのとおりです」

「最後にもう一度だけ確認します。地域課だけでは、もう解決は不可能ですね？」

荻野が答えた。

「はい。手に負えません」

「この責任は、課長、軽いものではありませんよ。報告したら、あなたの名前が記録に残りますよ」

「しかたがありません」

署長はもう一度舌打ちして言った。

「うちの署で、地域課の若い警官が、制服姿、拳銃所持のまま失踪。方面本部内手配を求めます。ということで、いいかな」

「はい」と、松下は荻野と同時に応《こた》えた。

署長はデスクの電話機に手を伸ばし、受話器を取り上げて内線ボタンを押してから言った。

「わたしだ。方面本部地域部長に直接つないでくれ。緊急連絡ということで」

署長は受話器を耳から離すと、松下と荻野を交互に見ながら言った。

「よりによって、サミット直前という時期に、拳銃携帯のまま警官が失踪ですよ。もし大事になれば、あなたたちの処分だけじゃすまない。わたしはもちろん、本部長の首まで飛ぶ。わかってますね」

松下はまたうなだれた。

そのとき署長室のドアがノックされた。

いいぞ、と署長が不機嫌そうに言った。

ドアを開けたのは、刑事課の捜査員だった。

「署長、いいですか?」

「なんだ?」

「いま、盗難の被害届がありました。四輪駆動車です」

「たかが!」と、署長は怒鳴った。「それくらいのことで」

捜査員は一瞬たじろいだ様子を見せたが、続けた。

「盗難車には、ライフルが積まれていました。被害に遭ったのは、北見の猟友会の副会長です。こういう時期なものですから、ご報告をと思いまして」

署長は激しくまばたきして、松下たちに目を向けてきた。

「関連はあるのか?」

松下は、その捜査員に訊いた。

「猟友会の副会長というと?」

捜査員は答えた。

「山城健三《やましろけんぞう》。設備業者です。有害動物駆除にはよく出るんで、ライフルは四輪駆動車に積んだままにしてあったそうです」

「盗難は自宅から?」

「はい。北見通運の近く」

独身寮のある公務員宿舎に近い。派出所の管轄地域でもある。

署長が、松下に怒気を含んだ声で言った。

「関連はありそうかと訊いている」

松下は署長に言った。

「独身寮近辺で、盗難車が発見されるのではないかと推測します。もし見つかったら、関連性は大です。日比野は、ライフルを持って消えたのでしょう」

言ったところで、背筋をすっと汗が落ちてゆくのを感じた。


小島百合たちの乗るセダンは、大通り西八丁目広場の北側に停まった。

南北に延びる西八丁目通りの広場寄りだ。

小島百合は車を降りて広場に入り、周囲を見渡した。大通公園は、一丁目から十一丁目まで、ほとんどの部分が一ブロックずつの区画で分けられている。東西がおよそ百十メートル、南北がおよそ八十メートルという長方形の広場が連なっているのだ。しかし、この西八丁目と九丁目だけは、二ブロックつながった長方形をしている。東西の長さがおよそ二百二十メートルある。ただし、九丁目側は小さなスロープなどもあって、児童公園ふうに整備されていた。西八丁目側は、石畳の平坦《へいたん》な広場である。四十メートル四方ほどの広場の周囲は芝生となっていた。

石畳の広場北側に、小さなステージが作られている。椅子を二十脚ばかり置けるほどの広さだ。明後日の式典のための、仮設のステージだろう。屋根は設けられていない。

成田亜由美が、一枚の図面を取り出した。広場とその周辺を簡単に図示したものだ。道路の広さ、取り巻くビルの名、大きさ、高さなどが記されている。

酒井勇樹がその図面を広げ、周囲に目をやりながら小島百合に説明した。

「この広場が、結団式の会場だと聞いています。さほど広くはないのですね」

小島百合も、広場全体を見渡して言った。

「立ったままの整列なら、かなりの警官が入れます。全員が参加するわけではないのでしょう？」

「県警ごと組織ごとの代表者だけです」

「椅子は使いませんよね？　だったら、千人近くは並ぶことができるんじゃないでしょうか」

「千五百、集まるはずです。応援一万五千のうちの、十パーセント」

「きっと壮観でしょうね。市民は式を見ることができるのかしら」

「無理でしょう。周辺の道路に、参加する機動隊や関連組織の輸送車が並ぶはずです。つまり、広場全体は、警察の車両で囲まれることになる。警察官以外は、式の参加者とマスコミしか中には入れない」

小島百合は小さく肩をすぼめて言った。

「お偉いさんたちは、ステージの上ですね?」

「ええ。待機はそれぞれのリムジンかバス。道警の音楽隊は、ステージの前に並ぶことになっているそうです。お偉いさんたちの車は、このステージの北側に並んで、式の終了を待ちます。ステージのうしろの通りの名前は?」

「北大《きた》通りです」

「北大通りの向こう側の歩道にも、警備の機動隊が配置されることになっています。というか、四方の通り全部そうです」

「広場は、二重三重に警察に囲まれることになりますね」

「そうですね」

酒井が、広場周辺のビル群に目をやった。小島百合も、彼の視線に合わせてビル群を眺めた。ステージ後方の左手では、ちょうどビルの建設工事中だ。壁面全体にシートが張ってある。十階ほどの高さのようで、屋上の奥で大型の建設用クレーンが動いていた。

酒井が言った。

「狙撃《そげき》の可能性も排除できませんね。当日は、警備が周辺のビルにもひとを配置します」

「話に聞く警視庁のSATですね」

酒井は直接には答えなかった。

「専門の部隊です」

成田が、またデジタル・カメラを取り出して、あたりを撮影している。

小島百合は酒井に訊いた。

「式が終わるのは？」

「十一時三十分。部隊ごとにここをそれぞれの車両で出発、持ち場に就きます」

「上野大臣は、ホテルに行くのでしたね？」

「各組織の代表者と昼食会。あのホテルの宴会場です。専用車で」

「大臣以外は？」

「大臣や警察庁長官などVIPはめいめいの車で移動。本部長クラスは道警のバスです」

小島百合の耳に小さくピープ音が聞こえた。そばにいた津久井が、イヤホンを自分の右耳に当てた。本部からの通信が入ったようだ。

津久井の表情が少し固くなった。

「はい。はい」と、短く応えている。

通信を聞き終えると、津久井が酒井に顔を向けて言った。

「ご案内の交替を命じられました。いまその要員が来ます。わたしはそこで本部に戻りますので」

小島百合は訊いた。

「交替は、いまだけ？　もうずっと？」

津久井は、自分もよくわからないという表情で首を振った。

「小島さんのチームからははずれたようです」

酒井はうなずき、小島百合に言った。

「西側の公園を見てみましょう」

小島百合は酒井のあとを追った。


交替要員の乗ってきた車で、津久井は道警本部ビルの警務部のフロアに戻った。

津久井の姿を認めると、教養課長が緊張した面持ちで近寄ってきた。

「すぐ会議室に行ってくれ」

「何か?」

「詳しくは知らん。偉いさんが集まってる」

何か緊急事態、あるいは非常事態の発生ということだろうか。

ひとつ上のフロアの指示された会議室に向かった。AV関連の設備も整った部屋だ。警備関連の重大会議のときに使われる。ドアの前に制服警官が立っていた。津久井は、きょう渡されたばかりの、首から下げる身分証明書を示して中に入った。

楕円《だえん》形の大テーブルがあって、十人ほどの男たちが席に着いている。さっと見渡して、ふたりの顔の判別がついた。

ひとりは、昨年洞爺湖サミットが決まったときに警察庁から異動してきた警備部長の磯《いそ》島浩一《じまこういち》警視正だ。細身のメガネをかけている。端整な顔だちで、ひと目見ただけでこの男がエリート官僚とわかる。二年間、外務省に出向し、ワシントン大使館付きであったという。

もうひとりは、警務部長の後藤淳平《ごとうじゅんぺい》警視正。髪をまるでアメリカ海兵隊の将校のように短く刈っている。某国立大学ではたぶん、文武両道型の秀才であったことだろう。あの郡司事件のあとに警察庁から送りこまれてきた男で、郡司事件以降の不祥事撲滅のために陣頭指揮を執っていた。この二年間で、彼が下した懲戒処分は三十五人。処分の前に依願退職した警察官が二十人いる。道警の現場警察官がひそかにつけた呼び名は、鬼平、である。

後藤の左隣にいるのは、たしか警務部人事第二課長だ。黒崎《くろさき》と言ったろうか。道警本部採用の準キャリア。警部補以下の警察官の人事を担当している。岩に彫った地蔵のような顔の男だ。

部屋の片側の壁にはスクリーンがしつらえてあり、そこに制服制帽姿の若い警察官の正面写真が大映しになっていた。

「座れ」と、ひとりが津久井に指示した。彼は地域部長だったろうか。大塚《おおつか》という名前だったはずだ。道警採用の準キャリアだ。

津久井は、大塚が示した椅子に腰を下ろした。

そこでドアが勢いよく開いた。本部長だ。郡司事件の翌年に異動してきたキャリア。奥野康夫だ。額が広く、秀才がそのまま大人になったような顔をしている。不機嫌そうな表情だが、津久井が思い出せる限り、彼はいつだってこの顔だったはずだ。

奥野は、そこだけ空いていた上席に腰を下ろすと、不愉快そのものという調子で言った。

「始めろ」

地域部長の大塚が書類を持って立ち上がった。

大塚は、スクリーンを示して言った。

「北見方面本部管内北見警察署の地域課警察官、日比野伸也巡査が失踪しました。この男です。報告が北見方面本部に上がったのは、午後一時二十五分。方面本部からここに上がってきたのは、午後一時四十五分です。いま彼の自家用車をとりあえず本部内手配としております」

奥野が、いらだたしげに言った。

「自殺じゃないのか？　大騒ぎするようなことか？」

大塚は、奥野に目を向けて言った。

「われわれも、むしろ自殺であってくれたらと願いますが、その可能性は薄いと見られます。日比野巡査は、制服姿で拳銃を携行したまま、本日午前九時四十五分から消息不明です。独身寮から本人の自家用車が消えております。また、関連ははっきりしていないのですが、日比野巡査の管轄区域内で、自動車盗難の届けがありました。地元猟友会の男の車で、車にはライフルと実弾が積んだままでした」

奥野の顔が強張《こわば》った。

「この時期に、ライフルが盗まれた？」

「関連はわかりません」と、大塚は繰り返した。「ただ、拳銃を持ったまま消えただけでもおおごとですが、同じエリアでライフルも消えたとなると」

奥野は、向かい側の席の後藤警務部長に訊いた。

「不良警官なのか？　ファイル対象か？　だとしたら、監督が甘かったんじゃないか？」

後藤警務部長が、手元の書類に目を落として言った。

「ファイル対象ではありません。優秀な模範警官です。父親も道警の警察官でした。日比野自身は札幌の私立大学法学部を卒業後、三年前、大卒採用枠のA分類で任官、初任が北見署地域課です。現在四年目に入ったばかりの二十六歳。独身です。この若さで、署長賞を受けています。本人は昨年度末に、警備部への転属願いを出しています」

「機動隊に入りたいと？」

「ええ。特別急襲隊に入りたいと」

「その願いが却下された理由は？」

「署長が、もう一年待てと止めたとのことです。優秀な警官ですので、手放すのは惜しいということだったと、さきほど確認しました」

「SATに入れるだけの人材なのか？」

「拳銃操作は、上級です。ただし、身長がSATの内規には足りません。正式に志願しても、異動は無理でしょう」

「問題は何だ？」と、奥野はいっそういらだたしげな声になった。「サミットが始まるってときに、巡査ひとりの失踪で、これだけの会議をやる必要があるのか？　失踪してまだ四時間だろう？　騒ぎすぎじゃないのか？」

後藤は言った。

「気になる点がひとつあります」

「先に言ったらどうだ」

「彼の父親、日比野一樹《かずき》警部は、二年前に事故死しています。当時本部生活安全部の企画課長でしたが、その前は薬物対策課長でした。北海道議会の百条委員会で、議会側が申請した証人でした。委員会前夜、石勝線の踏切で車がエンスト、そこに列車が突っ込んだために事故死しています」

奥野の表情が硬いものになった。瞬きが繰り返された。

「その事故というのは」と奥野は、言葉を選ぶように言った。「額面通り事故だったと受け取っていいのか？」

「かまいません。本部警務部は、そう判断し、そう決着がつきました」

「何か、含みのありそうな言い方に聞こえるが」

「噂があります。日比野一樹警部は事故死ではなく、自殺だったと」

「彼が自殺する理由は？」

「翌日、日比野は、道警に不利な証言も求められる可能性があった。当時、道警には内部告発する警察官が相次ぎ、本部全体がナーバスになっていました」

「だから、ほんとのことを言いたくないので自殺したと？」

「彼の身内もそう考えている節があります。失踪した息子の日比野伸也も含めて」

「自殺という推測と、失踪との関連がわからない。そもそも個人的な倫理観の問題だ。自殺するほどの悩みとも思えないがね」

「組織的な、あるいは上部からのプレッシャーがあったとしたらどうでしょう」

「だから自殺？　そして二年後に、それを理由に息子も自殺か？」

地域部長の大塚が言った。

「日比野伸也はまだ、生死さえわかりません」

奥野が言った。

「サミット・シフトで、道警職員がみな過労気味なのはわかっている。過労からきたストレスで自殺、と見なしていいんじゃないか」

そのときドアが開いて、制服姿の幹部が姿を見せた。一枚の書類を手にしている。

その幹部警察官は言った。

「よろしゅうございますか？」

奥野がうなずいた。

入ってきた警官は言った。

「日比野伸也巡査の自家用車が、Nシステムで確認されました。本日十二時三十二分に、足寄《あしよろ》町を通過しています」

　奥野が言った。

「地図を」

　大塚の部下らしき若い警官が、隅のコントローラーらしきものを操作した。スクリーンの画像が、若い警察官の顔から、北海道の地図に変わった。

　大塚地域部長が、部下を振り返って言った。

「北見から足寄の一帯を出せ」

　地図はすぐに道東地方にズームアップして、北見市の地名が映し出された。

　画面の左下のほうには、足寄の地名が見える。

　いま報告にきた制服の幹部は部屋を出ていった。

　大塚がペンライトを使って説明した。

「日比野巡査はきょう、JR北見駅前交番勤務でした。事務所荒らしかもしれないという通報があったので、ハコ長の指示で自転車で現場に向かいました。何ごともないことがわかったあと、日比野は現場を離れ、そのあと連絡が取れていません。現場を離れたのが午前九時四十五分です。北見署地域課は、奥野本部長が言われるように自殺の可能性も見据えて懸命に探しておりました。が手がかりがなく、午後一時二十五分に、北見方面本部に失踪を報告いたしました。方面本部はすぐに日比野の車も手配し、国道三十九号線留辺蘂《るべしべ》町温根湯《おんねゆ》と、同じく三十九号線大空町女満別《めまんべつ》、さらに国道二四三号線美幌《びほろ》町で検問を実施しております」

　地図の中心が北見から足寄側に移動した。

　大塚が、届いた書類を見ながら言った。

「足寄のNシステムは、足寄町の市街地の南、国道二四一と二の共通区間上にあります。ここを日比野の車は、十二時三十二分に通過しています。過去分の精査でしたので、これが判明したのは、いまから五分前です」

　奥野が言った。

「それは、何を意味しているんだ?」

　大塚は顔を奥野に向けて言った。

「ひとつ、彼はほぼ間違いなく自殺してはいません。ひとつ、彼には北見を離れるべき理由があり、意識的にどこかの目的地に向かっています」

「だから、どういうことなんだ?」

「失踪には計画性があったようです。日比野は、自分が失踪後ただちに方面本部内手配となることを覚悟していたのだと想像できます。どこか目的地に向けて移動するには、方面本部内手配のあいだに、管轄地域を出るべきでした。なので彼は、北見の市街地を西に出ると、すぐに国道三十九号線からはずれて南にルートを取った。おそらく津別《つべつ》で国道二四〇に入ったのでしょう。二四〇で釧北峠《せんぽく》を越えると、すでに釧路方面本部管内となります。道路は国道二四一につながっています」

「どうして北見方面本部は、二四〇では検問をしなかったんだ？」

「津別に向かう道は北海道道で、幹線道とは言えません。また、ふつう北見から津別に向かうには、国道三十九号を使います。盲点のルートと言えます」

「だけど使えるルートだった」奥野は腕を組み直して言った。「さっきの質問の答は？　自殺ではなくて、ずる休みでもいやがらせでもない。計画性のある失踪であると。だったらその理由と目的ってのはいったい何だ？」

「さきほどの警務部長の報告が気になります。道警本部全体がサミット警備に忙殺されているこのとき、父親の自殺の意趣返しでもやろうとしているのではないかと。ライフルの盗難が、無関係だとよいのですが、もし日比野がライフルを盗んで北見を出たのであれば」

大塚はみなまで言い切らなかった。誰でもその先にあることは想像できる。

奥野は言った。

「そういうつもりがあれば、二年前に彼は道警を依願退職していたのではないか」

「こういうときを狙っていたのかもしれません。いま現職警察官が拳銃かライフルで不祥事を起こせば、道警はすべての県警の笑い物になります。威信は失墜します。すでに北海道には、あちこちの県警の応援部隊が二千入っていますが、明後日の警備結団式以降はそれが一万五千となります。いわば道警は、満座の中で恥をかくことになります」

奥野は組んでいた腕を解いた。いましがたよりも、顔が緊張している。事態の重さがようやく理解できたという顔だ。どうやらこれは、鬱傾向のある青年警察官の心の病気の問題ではないのだと悟ったようだ。

奥野は言った。

「二年前には、洞爺湖サミットは決まっていなかった。なのに彼は、二年間この機会を待ったということか？」

後藤警務部長が言った。

「つい最近、何か彼が切れるきっかけがあったのかもしれません。いま、北見署に監察をやりました。監督状況と、日比野の私生活も徹底的に洗い出して、そのきっかけ、失踪の理由を突き止めます」

「それだけじゃ不十分だ。不祥事を止めろ。いまこの時期に、現職警官が空に向けて一発ぶっ放しただけでも、大失態だ。止めろ」

それまで口をはさまなかった磯島警備部長が言った。

「日比野伸也巡査を、本部内手配ということでかまいませんね」

奥野が言った。

「やれ。ただし、他県警にはぜったいにもらすな。何も起こらぬあいだに、道警が身柄を確保する」

「手配となると、たとえ地域的には北海道内だけのことであっても、他県警に協力を求めねばなりません。空港、駅、主要施設、海外公館には、もう他県警が張りついているんです」

「その場合、日比野伸也という男が、道警の警察官だと教える必要はあるのか？　こいつの車には、北海道警察とペイントされてるわけじゃあるまい」

「機動隊の一部、それにSATを、こいつのために回しますか」

「だめだ」と、奥野は声を荒らげた。「ただでさえ人手不足だ。SATも動員できん。すでに、反貧困の会やら反グローバリズム運動やらが北海道に入ってるんだぞ。この巡査ひとりのために、サミット警備を手薄にできるか。この件では、一義的に責任のある北見署の地域課、それに北見方面本部を動員しろ。北見署だけでは手に負えない場合、本部の遊軍を使え」

「捜索のための本部を設置しますか」

「いらん。まだ設置の要件を満たしていない」

「かしこまりました」

奥野は、話は終わったとでも言うように立ち上がった。

「いちばんいいのは、この巡査が自殺してくれることだな」

本部長が会議室を出て行くと、警備の磯島が出席者全員を見渡して言った。

「いまの本部長の言葉が結論だな。日比野伸也巡査を本部内非公開手配。身柄確保に全力を挙げる。現場警官には、それが北見署の巡査であることは教えなくてもいい。他県警にももちろん、詳細は知らせない。新聞、テレビにも秘密だ」

大塚が言った。

「日比野の車も、本部内A手配とします」

A手配とは、その車は犯罪者が乗っているか、もしくは現在犯罪に使用されている、という意味の緊急重要手配だ。タクシー会社にも連絡される。タクシー会社はその内容を自社のすべての無線機搭載タクシーに連絡する。車種、色、ナンバーが連絡されるので、都市部などでは反応がすぐに返ることが多い。

磯島が言った。

「このあとのことだが、手配の法的根拠が、いまのところ薄い。ここは服務規定違反ということで、警務さんが仕切るのではどうだろう。警備はサミットに専念させてもらいたい」

警務の後藤が反対した。

「形式的には服務規定違反だろうが、要素はすっかり警備案件だろう。あんたのところの責任でやってくれ。うちは協力を惜しまないが」

磯島がぎろりと後藤をにらんだ。後藤も磯島の視線を受け止めた。通常であれば、道警本部のナンバー2は警務部長である。しかしいまはサミット特別シフトだ。警備部は警務部と同格である。そのにらみ合いの勝負は、一瞬でついたようだ。責任逃れでは、磯島が勝ったのだ。

仕方がない、という顔で後藤が立ち上がり、スクリーンの北海道地図にペンライトを向けて言った。

「いまから一時間四十分ほど前に、日比野の車は足寄を通過した。これから想像できることは何だろう？」

後藤は、大塚に目を向けた。

「わたしには北海道の土地勘がない。どういうことが推測できるんだ？」

大塚が、やはり自分のペンライトを北海道地図に向けて言った。ペンライトが示したのは、十勝平野一帯だった。

「帯広に向かったか、それともショートカットで札幌方面に向かったかです。こういう時期ですので、やつの目的地は札幌ではないかという気がしてきました」

「検問態勢は？」

「すでに札幌に向かう幹線道、自動車道すべてで、うちの機動隊が検問を実施しております」

「すべてで？」

「十勝方面から日高山脈を越えるには、ルートは五つだけです。南から、国道三三六、国道二三六の天馬《てんま》街道、国道二七四の日勝《につしよう》峠、道東自動車道の狩勝《かりかち》第二トンネル、そして狩勝峠。いずれのルートも、このサミット態勢に入ってから、峠の石狩《いしかり》側で検問を実施中です。車で札幌に向かうことは不可能です」

大塚は、ペンライトで地図上にいくつか円を示した。ルートの石狩側、峠のすぐ下というわけでもないが、幹線道を走る自動車を完全に把握できるポイントだった。

後藤が確認した。

「ほかの交通機関はないのか?」

「本州方面に向かうなら帯広空港。それに石勝線か根室《ねむろ》本線の二系統の列車で、札幌方面に向かうことも可能です」

「駅での検問は?」

「札幌駅でやれます」

「間に合うのか?」

「十二時三十二分に足寄通過なら、帯広あるいは新得《しんとく》で列車に乗ったとしても、札幌到着は夕方になるでしょう。いま列車の時刻を確認させます」

大塚のべつの部下が、自分のモバイルPCを操作した。全員がその部下を注視した。

その部下が、モニターから顔を上げて言った。

「新得十三時十九分発という石勝線南千歳行きがあります。これには、日比野は間に合わないでしょう。新得十五時二十二分発、札幌行きもあります。札幌着は十七時十七分」

後藤は言った。

「北見署の地域課をできる限り早く札幌に移動させろ。札幌駅で見当たりだ。間に合うな?」

「日比野が列車を使うのであれば」

「警備からも遊軍を出す。とにかく、やつを札幌に入れるな。札幌に入られたら、たとえこの警備態勢でも見つけだすのは難しくなる」

「やつが札幌に向かう時点で、すでに身柄確保は決まったようなものです」

「そうか？」後藤は皮肉に言った。「やつのきょうの行動には計画性があるのではなかったか？　やつは警備態勢を承知の上で、きょうの行動に出たはずだ。すんなり検問に引っかかるかどうか」

大塚が、皮肉には応えずに逆に訊いた。

「遊軍は、どこにいます？」

後藤が津久井に顔を向けた。

「おれのところの遊軍は、とりあえずそこにひとりいる」

ほかの出席者たちが、一斉に津久井に視線を向けた。

津久井は軽く咳払《せきばら》いした。おれは、とりあえず、か。

後藤が言った。

「知ってのとおり、津久井巡査部長だ。道警本部の積年の膿《うみ》について、百条委員会で勇気ある証言をした警察官だ」

津久井は、その言葉が皮肉なのかどうか、判断できなかった。後藤警務部長は、あの郡司事件と裏金問題とに決着のついたあと赴任してきたキャリアだ。津久井が自分を売った、という認識はないはずだが。

後藤は続けた。

「去年の特別監察でも、いい働きをして警察庁からお褒めをもらっている。聞けば、うちにはなぜか津久井くんを煙たがる風潮があるとか。いま現場を離れているが、津久井くんを本部内で正当に評価させるためにも、この任務に彼を当てたい」

ということは、と津久井は後藤の言葉を翻訳した。ここで期待に応えれば、閑職への追放処分を解除し、あらためて捜査員にしてくれるということか。逆に言えば、この任務で失敗すれば、処遇は変わらない、という意味になるのだろう。

津久井は訊いた。

「わたしは、具体的には何をするのでしょうか？」

「追い詰めろ」と後藤は言った。「本部長の前では言わなかったが、日比野の目的は札幌の誰かの殺害だ。わざわざ勤務の日を選んで失踪しているのだからな。拳銃が必要だということだ。ライフルも盗んでいるとしたら、要人のテロだろう。簡単には近づけない相手の狙撃だ」

「それは、きょう明日の決行ということですか？」

「近日中のいつか」

「明後日、札幌で警備結団式があります。反サミット団体も集結している。サミット終了までは、連日政府の偉いさんも来道する。日比野の狙いは誰なんです？」

「わかっていたら苦労しない。お前はそれを調べて、目的地に先回りし、あるいは追跡して、日比野の身柄を確保しろ。本部長が期待するように、その際、彼が追い込まれて自殺を選んだとしても、それはそれでかまわん」

津久井はもう一度、後藤の言葉を吟味した。これは、日比野を自殺に追い込むことこそ一義的な目標、という指示か？

津久井はいやでも、二年前、自分が北海道議会の百条委員会に証人として招致されたときのことを思い出した。あのときは自分は同僚女性警官殺しの濡《ぬ》れ衣《ぎぬ》を着せられ、覚醒剤中毒で拳銃まで携行しているという情報さえ流された。危険なので、少しでも抵抗した場合は撃ってもよい、と現場には指示が出たという。もっとも後に真犯人がわかってからは、幹部はマスメディアの質問に対して「射殺命令など出してはいない」と答えている。正当防衛もしくは相手が銃器を持っていて放《ほう》っておけば犠牲者が出るという場面でのみ、拳銃、銃器を使用せよ、という通常の原則を確認させただけだったと。

二人目の証人として呼ばれていたのは、日比野一樹警部だった。その彼は委員会の前日に踏切事故で死亡している。

津久井は確認した。

「その追跡と身柄確保は、わたしひとりで？」

「もうひとり、いる」

後藤が、楕円形の奥のテーブルのずっと末席のほうをあごで示した。

風采《ふうさい》の上がらぬ中年男がいる。津久井の位置からは真横になっていて、それまで意識できていなかった。制服ではなく、スーツ姿だ。少しオールド・ファッションの黒いセルフレームのメガネをかけている。胃痛でもあるのか、垂れ目が少し哀《かな》しげに見える。津久井に頭を小さく下げてきた。

後藤が言った。

「内部監察のベテランだ。郡司の素行を内偵したのも彼だから、名前を聞いたことはあるだろう。警務一課の長谷川《はせがわ》哲夫《てつお》主任」

その名は知っていた。郡司事件が発覚したとき、その名も同時にささやかれた。まだ郡司警部が飛ぶ鳥を落とす勢いで、生活安全部も、そしてそのもっと上の幹部も郡司の無軌道ぶりを容認していたとき、この長谷川はひそかに郡司の覚醒剤密売買を内偵し、証拠を揃えていたのだ。言ってみれば、道警本部の膿を出すメス役となったのが彼だ。警務という、現場警察官には嫌がられるセクションにいて、黙々と職務をこなしてきた男のはずである。もう定年間近と聞いたことがあるような気がした。主任というポストも、もしかすると定年直前を意味しているのかもしれない。郡司事件のころ、彼はまだ警部補だったはずだ。本部で主任ということは、いま警部になっていなければならないのだから。

津久井も長谷川に頭を下げた。

それにしても、日比野追跡と身柄確保のために使える専従はこのふたりだけなのか？　失踪の理由や目的がわかってきた時点で、さらに増員される可能性もあるのか？

津久井は、日比野が北海道内のどこかの検問に引っかかってくれることを期待した。その程度の、計画性も狡猾《こうかつ》さもない単なる失踪であってくれたらよいと願った。自分は日比野を自殺に追い込まねばならぬような、強いモチベーションなど持ちようもないのだから。そして追い込めるだけの力量も。捜査現場を丸二年離れていたおれと、警務の内勤のふたりでは、できることなどたかが知れているのだ。

後藤が手元の書類をまとめながら立ち上がった。

「そういうことでいいな。情報はすべて警務に集約。二課長の黒崎くんが指示を出す」

それまでずっと無言だった人事二課の黒崎が、後藤の横でうなずいた。彼は会議中もずっと無表情のままだった。

後藤が言った。

「あとはまかせた」

津久井を含め、その場の全員が立ち上がった。

佐伯宏一は、その中古自動車販売業者の駐車場に自分の乗用車を入れて停めた。札樽《さっそん》自動車道小樽出口に近い一角だ。

事務所のガラス戸の向こう側で、彫りの深い顔だちの男がひとり、不審げに佐伯を見つめてくる。その顔だちは日本人のものではなかった。西アジアの男に特徴的な顔だ。前髪が額にかかっている。歳《とし》は五十近くに見えるが、じっさいはもっと若いのだろう。彫りの深い顔だちに、佐伯を含めた日本人は慣れていない。つい年齢を多く見積もってしまうのだ。

車を下りて事務所に向かい、男に身分証明書を提示して言った。

「ここの社長は?」

男は答えた。

「わたし」

「警察だ。大通署刑事課の佐伯。名刺をもらえるか?」

「警察が何の用です? 何かの捜査?」

「まず名乗れよ」

男は振り返ってデスクに歩き、名刺を一枚取り上げた。

佐伯は渡されたその名刺を読んだ。

「ハティ・トレーディング・カンパニー

代表取締役社長

アイユーブ・チョードリー」

佐伯はその名刺を持ったまま訊いた。

「前島博信はどうしてる?」

「誰です?」

少し不自然な反応に聞こえた。それほどまでに無関係を装いたいか？

「以前、ここであんたと同じような仕事をしていた男だ」

「知りません。ここはいまわたしの会社だ」

「ここでは、いつから？」

「一年」チョードリーはカレンダーに目をやってから言った。「一年七カ月前」

あの覚醒剤摘発事件の公判が結審したころ、ということになる。

「前島とは、全然面識はないのか？」

「同業者ですか？」

「あんたの業務は、中古車の輸出？」

「そう。だけど、自動車だけじゃない。機械、電気製品、雑貨。いろいろ扱う」

「ここで始める前は、どこにいた？」

チョードリーは不愉快そうな顔になった。

「わたしに、何か容疑でもかかっている？」

「いいや。前島のことを知りたいだけだ」

「わたしの以前のことと、何か関係はある？」

「もし以前も小樽で仕事をしていたんなら、前島のことぐらい知っているだろうと思って」

チョードリーの表情が一瞬強張ったように見えた。

佐伯がチョードリーを凝視していると、彼は言った。

「二年前から小樽にいる」

「前島を知ってるかい?」

「思い出した。二、三回どこかで会ってるかもしれない。同業者だから」

「いま、前島はどこにいる?」

「さあ。知らない」

「ここの事業を引き継いだんじゃないのか?」

「同じ場所だから。続いてるお客もいる」

「小樽の前はどこにいた?」

「新潟」

「前島がいまどこにいるかは、知らない?」

「知らない」

「同業者の耳には、噂ぐらい入るんじゃないか?」

「知らない」チョードリーは少し声の調子を強めた。「これは事情聴取なのか? わたしには時間がない」

「わかった」

佐伯は名刺を手帳のあいだに挟むと、チョードリーの事務所を出た。

こうなると、小樽に来て次に行くべき場所は、いくつもない。

津久井卓は、庶務係に拳銃携行命令書を渡して、警務部の拳銃保管室に入った。すでに自分のロッカーから私服用ホルスターを出して、腕に提げている。

金庫の中の棚に、拳銃を収めたトレイがずらりと並んでいる。道警本部警察官標準装備の短銃身リボルバー、S&WM37エアウエイトだ。拳銃は所属貸与である。個人装備品ではない。異動した先のセクションで、そのつど使用する拳銃を貸し出されることになる。

津久井はロッカーから自分の名の記されたトレイを引き出して、その拳銃を取り出した。

手続きをすませて警務部の大部屋に戻ると、長谷川はすでに拳銃をホルスターに装着していた。居心地が悪そうに、腰を繰り返しひねっている。

津久井が近づくと、長谷川はうんざりという顔で言った。

「なんで警務のおれが、拳銃を携行しなきゃならないんだろ」

津久井は肩をすぼめた。自分が答えられることではなかった。

「撃つのはあんたにまかせる、ってことでいいか。おれは毎年、拳銃操作訓練は最低の成績で通ってるんだ」

津久井は言った。

「役割を分担しましょう」

「おれは何をやればいい？」

「わたしの楯《たて》になってください。そのうしろで、わたしが撃つ」

長谷川は真顔で津久井を見つめてきた。冗談を言われたのかどうか、懸命に探っている
ような顔と見えた。

「本気か」と長谷川は訊いた。

津久井は微笑して言った。

「ええ」

「そっちの資質があるかどうか、知らんぞ」

「冗談です」

「本気と言った」

津久井は、呆《あき》れながらも言った。

「多少は冗談も言いながら、仕事をしませんか」

「そういうたちじゃないんだが」

「わたしも、拳銃撃ちまくりの警官じゃないんですが」

やっと長谷川は頰《ほお》をゆるめた。

「おれは、現場を離れてもう二十年にもなる。ずっと内勤だ。どうしてこういうことにな
ったのか、わからん」

「分析力を期待されたんでしょう」

「何の？」

「日比野についての。日比野の狙いがわかれば、目的地もわかる。身柄確保は容易になる。警務で把握している情報に、きっとヒントがある」

「それを調べるくらい、いまの立場のままでもできた」

「暇になったのは、いつからです？」

「サミット態勢中の遊軍を命じられたのは、四月一日だ。おれは、八月に定年になる。警部に昇進して、のんびりしてろってことになった」

津久井は、上着を脱いでホルスターを身体《からだ》に装着しながら言った。

「きっと上のほうは、サミット終了までは、長谷川さんに余計な監察のネタを拾って欲しくなかったんでしょう。いまここでもうひとつ郡司事件が発覚すれば、いよいよ道警の立場はなくなる。本部長は辞任ものだ」

「だから、情報から遠ざけたってことか」

「でも、また長谷川さんが必要になる事件が起きた」

「いいだろう。新しい動きがわかるまで、特別端末の前で、おしゃべりしよう」

津久井は上着のボタンをはめながらうなずいた。

その男は、小樽駅にほど近い市場の中にいた。通路の両側に鮮魚や野菜、乾物、雑貨といった小さな商店が並んでいるが、店ふたつおきぐらいに、空きスペースがある。閉店して撤収した店も、全体の三分の一ぐらいあるということだ。男のいる空きスペースは、安物のテーブルが三つと、スツールやベンチが置かれており、市場の従業員たちの休憩所のように使われている。

もっとも、いまその休憩所にはその男しかいなかった。熱心にゲーム機をいじっている。メガネをかけた、痩《や》せた老人だ。顔の皺《しわ》の多さと髪の薄さから、男は七十歳ぐらいに見えた。もっとも十年以上前、佐伯がこの男と知り合ったときも、いま同様七十歳ぐらいの年格好だった。渡辺一夫《わたなべかずお》という名だ。暗い色のウィンド・ジャケットを着ていた。

佐伯は、渡辺の向かい側に腰を下ろして言った。

「しばらく」

渡辺はゲーム機を操作する手を止めた。ひとり麻雀《マージャン》のゲームをやっていたらしい。彼は視線を佐伯に向けてきた。

「珍しい。何年ぶりです?」

「最後は、二年以上前か」

「小樽署に異動?」

「いや、大通署のままだ。こんなとこで何をやってるんだ?」

「いい歳ですからね。シルバー人材センターに登録して、仕事待ち」

「何の仕事だ?」

「雑用全般。草むしり、ゴミ捨て、荷造り、夜逃げの手伝い。わたしがここだと、どこで聞いたんです?」

「あんたの昔の居場所だ。堺町《さかいまち》の雀荘」

彼は十年ぐらい前まで、小樽の暴力団の息のかかったノミ屋にいた。得意客から中央競馬の賭《か》けを電話で受け、レースが終われば精算に出向く。ノミ行為はもちろん違法ではあるが、下っ端なので逮捕することは忍びなかった。彼を刑務所に送るよりも、ノミ屋を取り巻く世界の連中の動向について、彼を情報屋として使ったほうがいいと、彼と関わった捜査員たちは判断した。その判断が引き継がれて、佐伯も何度か彼に情報提供を頼んだことがある。もちろん、ただでというわけにはゆかない。いずれ対価の支払いは必要になるのだが。

渡辺は言った。

「夜はあっちにも行ってますがね。仕事はしてませんよ。さて、なんです?」

佐伯は、市場の中を見渡した。いまこの市場の中には、十人ほどの客しかいない。かつてはアメ横並の賑《にぎ》わいだったという市場だけれど、すっかりさびれてしまった。客も近所の年寄りだけと見える。駅の横の三角市場などは、観光客でそこそこの景気らしいが。

佐伯は視線を渡辺に戻すと、少しだけ声を下げて言った。

「前島って中古自動車売ってる男がいた。廃車はロシアに輸出していた」

「知ってますよ」と渡辺は言った。「いまは小樽から消えた」

「一度、やつを逮捕しかけた。ところが捜査は取り上げられて、その後前島は大きな事件の証人として登場してきた。その事情も知ってるな?」

「いや、事情は知りません。だけど、前島が北朝鮮のヤクザを引っかけた事件ですね」

「大掛かりなおとり捜査だった」

「道警本部と、地検と、税関とが組んだと聞きましたよ」

佐伯は驚いた。さきほど愛知県警の服部から、あの事件には函館税関小樽支署もからんだと聞かされたばかりだ。佐伯が初めて耳にする情報だったのだが、渡辺はそれを天下周知の事実だとでも言うようにあっさり口にしてのけた。

佐伯は自分の動揺を隠して言った。

「そうだ。押収された覚醒剤の量は十二キロだったかな。近年、道警が一度に押収した量としては、そうとうのものだった」

「もう判決が出ていましたよね。弁護側も控訴しなかった。で、わたしに訊きたいのは?」

「前島のことだ。いい商売やっていたのに、やつはいま小樽から消えているな。あいつ、あの事件にどの程度関わり、どうして消えたんだ? どこにいる? そういう話は耳にしないか?」

渡辺は、ゲーム機に手を伸ばした。電源を切ったようだ。

「噂でいいんですか。それとも詳しい情報がお望みで？」

佐伯は渡辺のその質問に、この事件にはやはり裏があると感じ取った。自分たち捜査員にも伝わっていない事情が、小樽の裏社会の関係者のあいだには広まっているということではないのか？　ふつうの刑事事件であれば、捜査の内容は道警の内部にはかなり容易に、しかも速く伝わるものだ。担当捜査員以外でも、捜査の進捗《しんちょく》状況がわかる。しかしこの事件については、耳に入ってくる情報が極端に少なかった。佐伯自身、新聞やテレビの報道以外で、この事件についての情報を耳にしたことがない。そのこと自体が逆に、事件の特異性を窺《うかが》わせるではないか。

佐伯は渡辺に言った。

「詳しくなくていい。だけど、正確なのが欲しいな」

「正確ということであれば、一日、時間をもらえますか？」

「かまわん。明日またここに来ればいいか？」

「携帯、持ってます？」

「馬鹿にするな」

渡辺は自分の携帯電話を取り出して、佐伯に言った。

「番号言ってください」

佐伯は渡辺と電話番号を交換すると、念のために訊いた。

「謝礼は？」

渡辺は笑った。

「どっちみち、捜査費なんて出ないでしょう？　実費が出たら、とりあえずその分だけお願いしますよ」

「わかった」

佐伯は、渡辺に小さく会釈して、市場の通路を出口へと向かった。

小樽で、もう少し調べてゆくべきことがある。

津久井は、長谷川について、警務部の一台の端末の前に進んだ。

警務部人事二課の隅の、パーティションで仕切られた一角だ。パソコン・ブースが四つ出来ているのだ。

長谷川の話では、それは人事情報にアクセスできる特別の端末ということだった。インターネットにはつながっておらず、本部内のやはりメイン・フレームと直接つながっているだけだ。ファイルのダウンロードもプリントアウトも禁止されているという。

人事情報の管理が厳しくなったのも、あの「道警最悪の一週間」のあとからだ。小島百合巡査が、自分のモバイル・パソコンからデータベースにアクセスしたことが遠因になっているかもしれない。あのとき以来、パソコンは職員ひとりひとりに支給されるようになったし、OSも最新バージョンに変えられた。逆に私物のパソコンは、職場に持ち込めなくなったのだ。いまなら小島百合のスキルをもってしても、警務関連の情報を勝手に引き出すことは難しいかもしれない。

長谷川は二課の課長補佐のデスクに歩いて何ごとか伝えた。補佐は引き出しからキーを取り出した。赤いプラスチックのタグがついたキーだった。それに補佐は一枚のメモも長谷川に渡してきた。

長谷川は受け取ったキーを指でもてあそびながら、ブースのひとつに向かった。津久井も続いた。

長谷川がブースのひとつの椅子に腰かけたので、津久井は空いている椅子を持ってきて、長谷川の横で腰をおろした。

長谷川は、いましがた担当課長補佐から借り出したキーを、端末本体に差し込んだ。パスワードを求める画面が現れた。長谷川は、やはり補佐が寄越《よこ》したメモを見ながら、パスワードを入力した。画面が変わって、道警本部警務部の人事情報のトップページとなった。

長谷川は、マウスをせわしなく動かしながら言った。

「日比野が失踪した理由がわかれば、目的地もわかる。そして、人間のやることはたいがい、履歴の中に予兆がある。警察の場合は、警務が扱ってる情報の中で、不祥事の芽や可能性がすでに把握されている」

津久井は訊いた。

「おれの情報からだと、何がわかります？」

長谷川は鼻で笑った。

「どうしておれが、あんたの情報を知っていると想像するんだ？」

「だって、郡司警部の素行を内偵したのは長谷川さんなのでしょう？　郡司警部を内偵すれば、部下のおれのことも調べなければならなかった」

「あんたは、覚醒剤の密売買などしない男だとわかってた。何かあった場合、組織の不正について告発なり証言なりをするだろうとも、想像がついていたな」

「根拠は？」

「忘れた」

「まさか」

画面に日比野伸也の顔写真が出てきた。

長谷川がその写真をクリックすると、履歴と身上書のフォーマットが現れた。

長谷川が、画面から目を離さずに言った。

「あんたの気質は、かなり特徴的だった。健康志向、ナチュラル志向が強い。薬と名のつくものは、風邪薬だっていやだろう？　酒もさほど強くない。覚醒剤を自分で扱えるタイプじゃない」

「郡司警部も、酒は飲みませんでしたよ」

「だけどやつは、カネが好きだった。学生時代から、カネには執着してた。麻雀の賭け金をめぐって、同級生とトラブルになったことも、警務は把握していた。親分肌で、あんたを含め、自分のまわりに崇拝者を作ることが人生の課題だった」

「それほど極端だったとは思いませんが」

長谷川は言った。

「見ろ、日比野の個人データ。採用かどうかの判断では、Aランク。父親が道警の警察官で、採用時の親父《おやじ》さんの階級は警部、本部生活安全部配属だ。親族三親等以内に犯罪者はいない。外国人と結婚もしくはつきあっている親族もない。本人の大学の成績も悪くないし、採用試験でも上位十パーセント以内に入ってる」

「パーフェクトな警官ってことですね」

「そうだな。日比野伸也は、警官の紋章を額に貼《は》りつけて採用されたような男だ」

「生まれたときも、額にその紋章はついていたのかもしれません」

「あんたは」と長谷川は口調を変えた。「例の警察庁指揮のおとり捜査では、ひどいPTSDになった。カウンセリングの中身は医者の守秘義務の範囲内だけど、警務の事情聴取では、あんたは自分が組織に見捨てられたと確信していた。組織不信が明快だった。いつかお返ししてやるという意識があったのさ。あんたの胸の深層にな」

「そんなこと、思ったこともありません」

「あって当然だ。もうひとつ、あんたが警官には珍しく体育会系の気質でもないことが、あの証言につながっている」

「高校では、アイスホッケー部でしたよ」

「高校までだろう？　あんたは小学生のころからピアノを習ってた。上下の関係なんて、あんたには屁《へ》でもないのさ。目立つのは自分ひとりでいいし、優秀で才能ある者なら上下の秩序に拘束されないとも信じてる」

「信じていませんって」

長谷川は、画面をあごで示して言った。

「日比野は姉とのふたり姉弟《きょうだい》。姉は看護学校に入っていま看護師。三年前に結婚して札幌居住。母親は札幌でひとり暮らし」

津久井も同じ画面を見ながら言った。

「帰るべき家が札幌にある、ってことですか」

「母さんのおっぱい欲しさに失踪したわけじゃないはずだ」

「きょう、検問に引っかからなかった場合、家を張るべきでしょうね」

「その時点で、固定電話の盗聴も進言するか」

「携帯を使うでしょう」

「何かやらかしてくれたら、微弱電波追跡の令状が取れるんだが、いまは無理だな」

長谷川は画面をスクロールさせた。

津久井は訊いた。

「おれが水村朝美《みずむらあさみ》殺しの犯人じゃないと、長谷川さんはすぐ判断しましたか？」

「否定できるほど情報はなかったけど、ひどく違和感は感じたな」

「どういう部分です？」

「あんたはひとりっ子。おふくろさんが可愛《かわい》がってくれたろう？　三人の叔母《おば》さんたちもだ。女に対して、そもそも憎悪がないはずだ。モテることを自然なことだと思っているし、恋人が去ろうとしたからといって、世界を失ったと思う種類の男じゃない。世の中には、自分を愛してくれる女性は大勢いる。女との関係が破綻《はたん》したところで、あんたはその女を殺す気にはなれない」

「刑事部屋では、その見方は甘すぎると言われるでしょうね」

「問題は父親かな、やはり」

「え？」

「日比野のほうだ」と長谷川が言った。

画面には、制服姿の中年男の顔が映し出されている。日比野一樹警部。二年前の日付で事故死と記されている。

津久井は日比野一樹警部とは面識があった。組織改編前、まだ津久井が生活安全部の銃器対策課で、あの郡司警部の部下として働いていたとき、日比野一樹警部は同じ生活安全部の薬物対策課長だった。あのころ、薬物対策課はたしか特別のチームを組んで、大きな事件を追っていると噂されていた。その事件がどんなものだったか明らかになるのは、道警最悪の一週間の最中だ。大掛かりな覚醒剤取り引きに関するおとり捜査が成功、北朝鮮の貨物船から十二キロの覚醒剤を押収してふたりを逮捕していたことを発表したのだ。発表になって初めて、薬物対策課の特別チームは、地検との合同捜査本部を作って捜査を進めていたのだとわかった。

郡司警部とは年齢が近いせいもあり、日比野は郡司とはわりあい親しかったのではないかと思う。少なくとも道警本部ビルの同じ生活安全部のフロアで、ふたりが言葉を交わしている情景は何度か見ていた。たぶん情報交換もひんぱんに行っていたことだろう。郡司警部の覚醒剤取り引きにせよ、薬物対策課と同じ情報を共有していなければ不可能だったはずなのだ。少なくとも最初は。

百条委員会では、その時期の郡司の犯罪との関係を訊かれることになっていたのだろうか。成り行きとしては、それはそれで全然おかしくないことではあるが。ただし、職務の内容が内容だ。委員会では言いにくいことも多々あったろうとは想像がつく。

その日比野は、二年前の四月一日、大規模な組織改編があった日に、生活安全企画課の課長に異動していた。

その経歴を見ながら、津久井は言った。

「命日が、明後日ですね」

「十七日。結団式のある日だ」

「偶然の符合でしょうか」

「いまのところはな」長谷川はキーをいくつか打った。「やっぱりわからんか」

「なんです？」

「日比野家の寺。墓」

「当時の新聞の死亡記事をあたりましょう」

「親父さんが死んで二年目。法事はふつうなら、するかな。最近は、最初のときに三回忌まで済ませたことにするのが多いらしいが。寺がわかれば、それも調べられる。あるなら日比野はそこに現れる」

「命日のことだけ考えても、どうやら日比野伸也の失踪には、親父さんの事故死が関係していますね」

長谷川が訂正した。

「事故死、と扱われた事件だ。親父さんは、つぎの日には議会に証人として呼ばれていた。本部内では、誰もが自殺だと思った一件なんだ」

「当時の追分署の検分記録を探しますか」

「このあと探そう。あと、親父さんの死の事情について、知ってる人間というと、誰になるのだろう」

「生活安全部長」

「飛び下り自殺していた。五日前に」

「では、次長あたりですか」

長谷川は津久井の言葉には応えず、また日比野一樹警部の情報をスクロールさせた。

「堅物だな。函館出身。三人兄弟の長男。函館の公立高校を出て、札幌の私大の法学部卒業。高校と大学では、野球部。任官後は、主に防犯、生活安全畑を異動している。部長賞二回。訓告、戒告を含めて処分歴はなし。監察対象になったこともない。タバコはやらない。酒はたしなむ程度。奥さんとは、上司の勧めで見合い。この歳では、見合いってのは珍しいほうだろう」

「奥さんはどんなひとです」

「結婚時は、団体職員。警察犬協会札幌支部勤務。いまは近所のコンビニへパートに出ている」

長谷川がしばらく無言となった。津久井は三十秒ほど黙って画面を見つめていたが、何も思いつくことはなかった。

長谷川が画面を日比野伸也の情報に戻したところで、津久井は訊いた。

「彼の失踪理由と目的に、見当はつきましたか」

長谷川は難しい顔を津久井に向けて首を振った。

「親父さんの命日が近いことはわかった。彼はたぶん、父親の墓に線香を上げるためにくる」

「命日ですか」津久井の口から、無意識に言葉が出た。「墓に花をたむけに」

「それだ」

「え」津久井はまばたきして長谷川を見つめた。「なんです?」

「日比野は、親父さんの墓に花をたむけにくるんだ」

「言葉どおりの意味ですか？」

「花をたむける、ってことが何の暗喩《あんゆ》なのかが問題だ」

「わかりやすく言ってください」

「親父さんの死の裏の事情がわかれば、それがわかる。命日に何をやることが、親父さんの墓に花をたむけることになるのか」

長谷川はその場に立ち上がると、ブースの横のデスクにいた女性職員に声をかけた。

「すまんが、コーヒーを買ってきてくれないか。いま端末の前から離れられないんだ」

三十代の女性職員は、微笑して立ち上がった。津久井は自分の分のコーヒーも、彼女に頼んだ。


佐伯宏一は、新聞縮刷版を読むことを諦《あきら》めた。

小樽市立図書館の閲覧室だ。さっきから、地元新聞の過去の縮刷版を積み上げて、関連の記事を探していた。目次と索引から、小樽が舞台となった覚醒剤摘発事件の記事、それにこの事件の公判記事を読もうとしているのだ。しかし、断片的な情報ばかり。一時間粘って探したが、要約やまとめにあたる記事は見つからなかった。

それでも、わかったことがひとつだけある。覚醒剤を密輸入したとして逮捕された北朝鮮貨物船の船員は、最後まで無実を主張したこと。貨物船の船長も同様。弁護団は、事件全体がでっちあげという立場だ。

公判はおよそ半年で結審し、船員は懲役四年六ヵ月、船長も懲役三年の実刑判決が出た。被告たちは控訴しなかった。ふたりともいま服役中である。警察官の立場から言えば、被告が有罪判決に対して控訴しなかった、というだけで、冤罪《えんざい》の線はないと判断できる。ただ、いくつかの記事も微妙に匂《にお》わせているが、でっちあげの空気もかすかに匂う。なにより、証拠、証言がきれいに揃いすぎている。あいまいさや解釈の余地のない証拠、証言が、定規ではかって整理されたように、公判で提示されているのだ。犯罪捜査がすべてこのような証拠と証言を揃えることができるなら、警察官の仕事はどれだけ楽なことか。そんなふうに少しぼやきたくなるような印象さえ受ける事件なのだ。

佐伯は、地元紙の担当記者の名前をメモした。この記者は、事件当時小樽支局勤務だったらしい。発生から公判終了まで、この事件を担当したようだ。どうやら小樽から札幌まで、公判の傍聴にもきていたらしい。札幌本社が北海道議会百条委員会のあと、道警の裏金問題の取材に記者の総動員をかけているとき、彼はコツコツと、このあまり話題にはならなかった事件を追いかけていたようなのだ。

佐伯は、自分の携帯電話を取り出すと、閲覧室からロビーに出て、知り合いに電話をかけた。彼はその新聞社の本社編集部にいる。年齢が近いので、わりあい話しやすい新聞記者だった。

　相手が出ると、あいさつも抜きで佐伯は訊いた。あんたのところに大島繁《おおしましげる》っていう記者がいるが、まだ小樽支局だろうかと。

　そのとおりだと相手は答えた。

　その電話を切ると、佐伯は縮刷版からメモした番号に電話をかけた。

　女性が出た。佐伯は、道警本部大通署刑事課の佐伯と名乗り、大島繁記者と話したいと伝えた。相手の反応は、予想どおりのものだった。ご用件は、と訊かれたので、直接話したいと応えた。すると、こちらからかけ直すので電話番号を、と言われた。佐伯は素直に自分の携帯電話の番号を教えた。

　電話を切ってから、佐伯は思った。大島繁という新聞記者は、いまの佐伯と逆に本社の道警担当記者の誰かに電話をかけ、佐伯という刑事についての情報を訊《たず》ねたはずである。実在するのか、相手になって問題のない相手か、予想できる用件は何かと。

　縮刷版を返してまたロビーに出ると、電話があった。未登録の番号だった。

「佐伯です」と、携帯電話を耳に当てて佐伯は名乗った。

「お電話いただきました、大島です」

　佐伯は、すぐに用件を切り出した。

「二年前の、北朝鮮船員が逮捕された覚醒剤密輸入摘発事件のことで、少し情報をご提供いただけないかと。大島さんはずっと公判を傍聴していらしたようだ。これは公務ではありません。通常の捜査活動の一環ではないのですが」

相手は沈黙した。

佐伯は、沈黙の理由もわかった。いきなり見知らぬ刑事からこう切り出されて、警戒しない新聞記者はいない。ましてや、その後の裏金問題の報道をめぐっては、道警本部とこの新聞社とは一時期「戦争」状態にあったのだ。

佐伯はつけ加えた。

「わたしは当時、札幌の自動車盗難事件の捜査にあたっていて、小樽の前島という男の逮捕状を取るところまでゆきました。でもこの事件は握りつぶされ、その後前島は、あの覚醒剤事件で証人として登場した。少し腑《ふ》に落ちないところがあるのです」

大島繁が言った。

「公判の中身なら、地検に申請すれば閲覧できますよ。もう終わっていますから。ご存じかと思いますが」

「その手続きを取っている時間がないのです」

「わかりました。どこかでお目にかかりましょう。わたしは今夜は都合が悪い。明日では？」

「急いでいます」

「では、いまからでは？　小一時間、余裕があります」

「そちらに伺いましょうか」

「いまどちらです？」

佐伯は小樽市立図書館と答えた。すると大島は言った。観光循環バスの中で話しましょうと。

愛知県警の服部同様、佐伯と接触していることを、佐伯の所属する組織にはあまり知られたくないということのようだ。佐伯が同意すると、大島は言った。

「市民会館通りバス停に、いまから十分後に観光循環バスが着きます。それに乗ってください。わたしが次の停留所から乗ります。いちばん後ろの席が空いていたら、そこに乗っていてくれませんか」

「混《こ》んでいたら？」

「大丈夫です」

十分後、佐伯は観光循環バスの後部席に腰を下ろすことができた。まだ観光シーズンではないせいか、バスは空《す》いていた。三組の客が乗っていただけだ。

バスは、五号線を東に走り、日銀前通りで左折した。そこはゆるい坂道で、港方面におりてゆくことになる。市立美術館の前で停まると、三十代の男が乗り込んできた。メガネをかけて、ジャケットに共色のパンツ姿。大きな革のショルダーバッグを肩にかけている。

これが大島だろう。

男は近づいてきて訊いた。

「佐伯さん？」

「大島さんですか?」

「ええ」

大島が佐伯の隣に腰をおろした。お互い視線を交わさずに話す体勢だった。

佐伯は、二年前の覚醒剤密輸事件について、決着に納得のゆかない思いを感じている、と率直に話した。もっと裏のある、べつの顔を持った事件なのではないかと感じているとも。もちろん、愛知県警の服部から聞いた話は出さなかった。

しゃべり終えると、大島が訊いた。

「公判は傍聴しました?」

「いや、一度も」

「ニュースは読まれてますよね」

「きょう、あんたの記事をあらためて読んだ」

「当初から、弁護団はあの事件そのものがでっちあげだと主張していた」

「おとり捜査自体は、あったように見える」

「引っかけようとした。おとりになったのは、前島。それに、パキスタン人のジャマーリー」

「ちょっと待ってください。その主語はなんです? 誰が引っかけようとしたんです?」

「捜査チーム」

「道警本部の?」

「合同です。札幌地検との」

「主導したのは？」

「地検でした。地検の某検事の指揮下で、道警本部の特別チームが動いた。前島とパキスタン人を使って北朝鮮の船員キムと接触、覚醒剤の密輸を持ちかけた」

「地検の某検事というのは、誰になります？　記事には登場してこなかった」

大島繁は答えた。

「伊藤芳樹《いとうよしき》。当時の札幌地検次席検事。その上司が中村智司《なかむらさとし》検事正」

「現場担当は？」

「道警本部、薬物対策課の特別チーム」

「公判で問題になった部分は、どこなんです？　キムは、覚醒剤の密輸そのものを否定していますが」

「逮捕時の状況です。検察側は、キムとジャマーリーとの受け渡しの場で職務質問、ジャマーリーの荷物から覚醒剤を発見したので被告を逮捕、と主張した。被告はそもそも覚醒剤など持っていなかったと主張しているんです。その覚醒剤はジャマーリーのものだろうと」

バスは、旧日銀ビルの前で右折した。堺町の交差点に向かうのだろう。

佐伯はちらりと窓の外の様子を見てから、大島に訊いた。

「ジャマーリーも、おとりだったのですね」

「そうです。ジャマーリーが取り引きの場に持っていった見せ金の一千万円は、合同捜査チームが用意したものでした。弁護側による質問で、ジャマーリーがそう答えています」

「受け渡しの現場は、現認されているのですか」

大島が答えた。

「している、と警察の証人は言っています。取り引きの現場をひそかに包囲、じっさいに物の受け渡しがあったところで、現行犯逮捕だったと」

「その場にいなかった船長も捕まっていますね」

「船員逮捕のあと、船内捜索が行われました。船長のリの居室から、十二キロの覚醒剤が見つかった。起訴状では、リ船長が共犯ということでした」

「被告側の主張は？」

「持ち込んでいない、と突っ張ってました。そもそもその前日に、小樽税関支署は、船内をあらためているんです。覚醒剤が見つかって、あらためて捜索したら、こんどは十二キロもの覚醒剤の包みが見つかった。不自然だろうというのが、弁護団の言い分」

「反論は？」

「小樽税関の職員が証人として出ましたね。最初の捜索は形式的なものだった。見落としたのだと」

「ジャマーリーっていうのは、どういう人間なんです？」

「小樽で貿易の仕事を始めたばかりの男です。それ以前は神戸にいたとのことでした」

「覚醒剤で前科などは？」

「なかったのでしょう。それが問題になってはいなかった」

「どういう経緯でこの事件に関わったんです？　大島さんの記事では、よくわからなかった。というか、前島、ジャマーリー、被告らとの関係がよくわからない。事件の構図を整理すると、どういうことです？」

大島は、記憶を探るような顔となってバスの天井を見上げてから語り出した。

あくまでも起訴状の中身とその他証人たちの言葉によれば、ということである。

以前から札幌地検には、小樽に入港する北朝鮮籍貨物船が覚醒剤を運んでいるという情報が寄せられていた。地検は道警本部と協議し、とくに疑いの濃厚な船の乗組員に対しておとり捜査に出ることを決めた。いっぽう道警本部のほうにも、中古車輸出業の前島から情報が寄せられていた。北朝鮮の船員から覚醒剤取り引きを持ちかけられているという。

地検と道警本部の合同チームは、前島に対して、取り引きをあっせんするよう指示、船員が引っかかってくるのを待った。

その貨物船が入ってすぐに、前島に標的の船員から連絡が入った。売却先と直接取り引きしたいとのことだった。前島は合同捜査チームが指示していたジャマーリーを紹介した。次の入港時の夜の取り引きが決まった。

チームは取り引き現場に捜査員を配置、受け渡しの瞬間を待った。キムはジャマーリーのと落ち合うと、互いにブツとカネを示し合い、引き渡しとなった。ブツがジャマーリーの手にわたったところで捜査員たちが、覚せい剤取締法違反でキムを現行犯逮捕したという。

被告側の主張はこうだ。

キムは前島と接触したことはある。それは中古自動車が欲しかったからであって、覚醒剤の取り引きを持ちかけたことはない。ジャマーリーについては、前島が何か必要なものがあれば調達する男として紹介されただけ。その夜、ジャマーリーのほうからぜひ会いたいと言われて、自分は用件が何かもわからず会いに行くと、いきなり逮捕された。ジャマーリーが持っていた鞄《かばん》の中から覚醒剤が出てきたと言われたが、自分には見覚えがない。警察から見せられたショルダーバッグも、自分のものではないと。

翌日逮捕された船長のリも、覚醒剤を持ち込んだことを否定した。船内で発見されたという十二キロの覚醒剤にも心当たりはない。自分は税関の職員か捜査員が持ち込んだものだと思うと。

大島は、そこまで話すと、締めくくるように言った。

「あの当時はまだ、北朝鮮の拉致《らち》問題の余韻があって、相手が北朝鮮ならいくら叩いてもかまわないという風潮があった。わたしも事件が起こって公判が始まるまでは、この事件の裏など考えることもありませんでしたよ」

佐伯は言った。

「その言い方ですと、いまはちがうと言っているように聞こえます」

「公判が始まって、被告や証人たちを目の当たりにしてからです。検事にせよ、検察側の証人たちの態度にせよ、何かこう」

　大島はちらりと横目を佐伯に向けた。

　佐伯は言った。

「何か？」

「きれいすぎるんです。見事な、破綻のないストーリー。証人たちの証言は、誰のものも、何度も練習したような滑らかさでした。五W一Hも明快だった。ふつうの公判では、証人たちはあのように、そのまま記録して間違いなしの日本語になっているような証言はしません。言いよどんだり、思い出そうとしたり、前後を言い直したりする。完全に忘れていることもある。日本語としても不完全なものになります。なのにこの証人たちは、パーフェクトでした」

「たとえば、何か例を挙げることはできますか？」

「そうですね。逮捕のときの、捜査員のひとりの証言がそうだった。鞄のやりとりを、彼は三十メートル離れた位置から見ていたそうです。検察側が示したふたつの鞄を、彼はそれを見たといい、どちらが誰のものでどちらがどうだったかを、正確に証言しているんです」

「どんな鞄です？」

「キムのバッグということになっていたのは、粗末な暗褐色のズックのショルダーバッグ。北朝鮮製です。ジャマーリーの鞄は、黒いナイロンタフタ生地の国産ショルダーバッグ。

傍聴席からは、判別がつきましたが」

「明るければ、三十メートルの距離でも可能かもしれない」

「この季節の午後六時半です。日はとうに落ちている」

「場所は、照明などないところですか?」

「小樽港の日本農産倉庫の脇。道路から建物の陰に折れたところです。暗い」

「証言したのが捜査員なら、記憶はあとから補強されたり整理されたりして、整然としたものになることはあるでしょう」

「それでは証言とは言えない。台詞《せりふ》です」

「ほかにはどんな例が?」

「前島とキムが最初に会った場所です。前島は、堺町のハマナス食堂のどの席かまで詳しく証言した。窓際のいちばん奥。キムにスープカレーをごちそうしたとも。でもハマナス食堂は、当日は臨時休業だったのです。ガス漏れ事故があった。弁護側がそれを指摘した」

「証言は撤回されたのですか?」

「前島はしました。その隣のピエモンテという店と混同したと。でもこの店のメニューには、スープカレーはないのです」

「勘違いか?」

「キムから取り引きが持ちかけられた、という前提が崩れます」

「ほかにもありますか?」

「前島は、朝鮮語を話せない」大島の口調がわずかにゆるんだように聞こえた。「キムは日本語がまったく駄目です」

「日本語ができない、と装う外国人犯罪者は多い」

「ジャマーリーは、キムとは日本語と英語で話したと証言した。キムは英語も話せない」

「キムの言い分ですね」

循環バスは、堺町の交差点に入った。メルヘン交差点と名付けられている。その名のせいで、周囲の本物の石造りの建築物も、まるでテーマパークの張りぼてのように見える。ふた組の客が立ち上がった。その交差点の停留所で降りるようだ。

大島も立ち上がった。

「わたしもこれで」

佐伯は、引き留めなかった。バスが停まって、大島は少し身体を揺らしながら通路を歩き出した。

佐伯は、その大島の背に礼を言った。

「わざわざ、どうも」

バスがその交差点を発進してから、佐伯は時計を見た。まだ午後の三時を少しまわったばかりだ。

逮捕劇のあったという午後六時三十分の現場に立ってみる必要があった。

しばらくこの町で時間をつぶさなければならない。

長谷川が、端末の前で背を伸ばし、溜《た》め息をついた。

津久井は長谷川の横顔を見た。定評のある彼の分析力は、まだ解答にたどりついていないようだ。

もうかれこれ一時間近く、長谷川はその端末で日比野伸也と日比野一樹に関する人事関連情報を精査していた。とくに日比野一樹の死に関する関連情報だ。彼の「命日」がどうやら日比野伸也失踪のキーワードらしいとまでは想像がついている。ではその日がなぜ「命日」となったのか、その理由を探っているのだが、これと思える情報に行き当たらないのだ。

ダウンロードもプリントアウトも不可というデータなので、津久井はときおり長谷川の指示に従ってノートにメモを取った。

長谷川が立ち上がって言った。

「トイレとタバコ」

津久井が立ち上がろうとすると、長谷川が制した。

「いい。小便までつきあわなくても。それに、ここをこの状態で空けるのはまずい」

もっともだった。使用が制限された端末である。画面にデータを呼び出した状態で、無人にしてはならない。

長谷川がブースを出ていってから、津久井は自分のノートに目を落とした。

日比野一樹の死の前後の情報が、走り書きされていた。

まず彼が事故死したのは、二年前の四月十七日。午後の十時二十二分。石勝線の川端ダム踏切で乗っていた自家用車が立ち往生、列車がそこに突っ込んで、日比野は即死した。追分署が現場を検分しているが、事件性はないと判断して、とくべつの捜査は行っていない。

彼の死は、道警最悪の一週間と呼ばれる、自殺者や他殺者が続いた時期に起こった。それは、暴走した刑事、郡司警部が逮捕され、覚せい剤取締罰則違反で有罪実刑判決を受けた後のことであり、裏金問題の内部告発も噴出していた。北海道議会が百条委員会を設置して、調査に乗り出していた時期でもある。

また、警視庁にならい、機構の大幅改編が行われた直後でもあった。組織犯罪への対応を強化するため、刑事部の捜査四課、暴力団対策課と生活安全部の銃器対策課、薬物対策課を統合して、組織犯罪対策局が新設されたばかりだったのだ。この組織犯罪対策局は、本部長が直接管轄することとなった。刑事部の捜査四課は組織犯罪対策局の捜査四課となり、暴力団対策課は組織犯罪対策課に、生活安全部の銃器対策課、薬物対策課は銃器薬物対策課という一個の部局となった。

しかし改編、統合は必ずしも円滑にはゆかなかった。機構は変わったけれども、その時点では、ビルの中での執務場所が変わったわけではなかった。捜査四課はそれまで通り刑事部のフロアにあったし、じっさい四課の面々も自分たちを刑事部の捜査員と誇っていた。逆に銃器薬物対策課はなお生活安全部のフロアにあって、意識的には生活安全部所属のままであった。指揮系統の実態も、名目上とは異なっていた。ひとことで言えば、組織は混乱していた。

そんな時期、四月十日、羽幌署の地域課警察官、笠井《かさい》寛司《かんじ》巡査部長が、勤務地焼尻《やぎしり》島駐在所で拳銃自殺。

翌日、道警本部生活安全部防犯総務課の水村朝美巡査が他殺体で発見された。道警本部は一時、水村朝美殺害犯は、恋人であった道警本部銃器薬物対策課の津久井卓巡査部長とみなした。津久井は本部内手配された。

翌朝、生活安全部長が自宅集合住宅から飛び下り自殺した。彼が水村朝美殺しの真犯人だった。

その日は、北海道議会でこの件に関する第一回の百条委員会が開かれ、組織上、郡司警部の部下であった津久井卓巡査部長が証人として呼ばれて証言した。津久井は守秘義務を免除されたうえで、裏金作りは組織的に継続してきたこと、自分も空領収書を作るなど、この悪弊に手を染めてきたことを証言した。さらに彼は質問に答えて、郡司警部の暴走は組織が容認したことであって、個人的な不祥事ではないと証言した。

この日の午後には、警察庁の首席監察官が道警本部に入った。午後の三時から緊急に幹部が招集され、監察官から厳しい事情聴取を受けた。事情聴取の中身は伝わっていないが、聴取後、警務部長が自分の部屋のテレビにゴルフ・コンペ優勝のときのトロフィを叩きつけて壊したというのは語り種《ぐさ》となっている。

日比野一樹警部の事故死は、この百条委員会からさらに五日後である。翌日には二回目の百条委員会の事情聴取が予定されており、日比野一樹は議会側の申請により、証人として出席することになっていた。

弁護側は、証人のこの死について不審を口にした。事故死という判断にも納得がゆかないと。自殺だったのではないか、という見方は、当初からささやかれた。たしかに日比野一樹は、ここ警務部のデータベースの情報から判断しても、生真面目《きまじめ》すぎるタイプの警察官だった。ひょっとして組織の腐敗について証言しなければならないという立場に追い込まれて、そのストレスがそうとうのものだったろうとは想像がつく。公務員としての誠実さと、道警という組織の不文律とのあいだで、彼は悩み抜いたことだろう。しかも郡司事件では、郡司のエス、つまりスパイと、上司が自殺している。日比野一樹が、その選択の誘惑に負けたとしても、けっして不自然ではなかったのだ。

ただ、と津久井は考え直した。

自分の百条委員会証言は、その直前までは組織を破壊する大悪事と、関係者誰もが考えていた。津久井自身もナーバスになったし、組織の側も証言をやめさせようと躍起になった。ところがいったん証言してしまうと、その衝撃は思いのほか小さいものだったのだ。北海道のマスメディアがたしかに大きくは扱ったけれど、世論が道警許さずと沸騰することはなかった。拍子抜けするほどに、それは世間を震撼《しんかん》させなかったのだ。それはいわゆる「読み込みずみ」の事実だったか、津久井が証言するまでもなく、道警の不正と郡司事件の組織的背景は、世間の常識となっていたのかもしれない。

津久井の証言から五日後のその日、その夜の時点ではどうだったろう。百条委員会から職場に戻った津久井は、周囲から腫《は》れ物にでも触るように扱われた。拒絶や排斥はなかった。せいぜいが、苦々しげな敬遠、といった程度のものだった。猛烈な嫌悪の刃《やいば》を覚悟していた津久井にとって、周囲のその反応は想像外のものだった。じっさい、あの日道警本部ビルの中での話題は、津久井の証言よりもむしろ、生活安全部長による部下の女性警官の殺害とこれに続く自殺のほうだった。百条委員会のほうは、二番手三番手の話題だったろう。あの夜には、日比野一樹はけっして思い詰める必要もなくなっていたのではなかったろうか。

とすれば。

津久井は、自分の想像がいやな方向に向くなと身構えた。自分自身にとっても、その想像の向き先は気持ちよいものではないのだ。

すでに悩む必要性も薄れたことについて、生真面目で思い詰めるたちの人間に対して、何らかのプレッシャーが働いたということだろうか。

津久井はコーヒーの紙コップに手を伸ばした。紙コップは空になっている。津久井は立ち上がり、さっきも自動販売機からコーヒーを買ってきてくれた女性職員に、もう一度と頼んだ。

そこに長谷川が戻ってきた。

「どうした？」長谷川がふしぎそうに訊いた。「迷子になったような顔だぞ」

津久井は訊いた。

「長谷川さん、おれが百条委員会で証言した日、そのことを聞いてどんなふうに思いました？」

長谷川はまばたきした。

「何だ？　何て言って欲しいんだ？」

「正直な感想を。この裏切り者、ぶっ殺してやれと思いました？　自殺してくれたらよかったのに、とか」

長谷川は肩をすぼめて言った。

「正直なところを言えば、こんなことにびびっていたのかとは思ったな」

「というと？」

「いったん誰かが口にすれば、ばかばかしいことだったとわかったってことだ。お前がうたったのは組織存続に関わる秘密だと思い込んでいた連中がいたけど、道警は思いのほか健全だったし、自己治癒力もあったってことさ。上のほうはどうか知らんが」

「わたしは警察学校の総務係に飛ばされました」

「いじめやいびりはあったか？」

「個人的には、全然」

「お前さんの証言の日、むしろおれがびっくりしたのは生活安全部長の自殺のほうだ。しかも女性警官を殺してる。キャリアの大不祥事だ。そういう事件がもっと続くんじゃないかと、そっちが気になった」

「公判で組織に不利な証言をするぐらいのことは、誰も問題にしないとわかった？」

「あの時点ではわかったわけじゃない。だけどいま思うと、あの日潮目は変わったな。新聞記者におおっぴらに会うやつが増えたし、公然と幹部批判も出てくるようになった。少なくとも、あの日、ノンキャリの職員や警官は、平静だったぞ」

その記憶は、津久井自身の印象とも合致する。でも、幹部たちはどうだったろう。キャリアによる部下殺しと自殺。津久井の件よりはむしろそちらの事件のために、恐慌が起こっていておかしくはない。

平静な現場に対して、幹部はすべてに過剰に反応したのではないか。日比野が証言するその百条委員会に向けて。

プレッシャー。そしてジレンマ。いちばんてっとり早い解決策。すでにその事件をめぐってのふたつの前例。

津久井は、いましがたの会議で奥野本部長が放った言葉を思い出した。

いちばんいいのは、この巡査が自殺してくれることだな。

あれがキャリアたちの、部下による不祥事が出た場合の基本的な発想スタイルだとしたら……。

そこに、二課長黒崎からの呼び出しがあった。津久井たちは、端末の電源を落とし、キーをはずしてから、黒崎のもとに向かった。

津久井たちが黒崎のデスクの前に立つと、黒崎は手元のメモに目を落としてから言った。

「日比野伸也の手配の車が、帯広でひっかかった」

津久井は、間も置かずに訊ねた。

「日比野本人の身柄は？」

「なし」と黒崎はいまいましげに言った。「乗ってたのは、北見の若い阿呆《あほう》がふたりだそうだ。JR北見駅近くのパチンコ屋の駐車場で盗んだそうだ。これ以上のことは上がってきてない」

「帯広署の警官と直接話してかまいませんか」

「ああ」

津久井は警務部の固定電話から帯広署を呼び出し、名乗って用件を伝えた。折り返し本人から電話をするという。二分待つと、固定電話が鳴った。交換の声のあとに、帯広署警備課の巡査が出た。

津久井はその巡査に、車発見の事情、運転者の供述を訊ねた。

車を抑えたのは、十勝大橋《とかちおおはし》手前の検問場所でのことだったという。列の中から逃げようとする車があったが、すぐに同僚たちが押さえた。本部内手配のあった車だった。若い男がふたり乗っていた。ひとりは十八歳。ひとりは二十歳。手配の氏名の男は乗っていなかった。

職務質問すると、ふたりはその車を盗んだと認めた。すぐに窃盗容疑でふたりを現行犯逮捕。午後二時三十二分である。

警備車両の中で尋問すると、ふたりはJR北見駅近くのパチンコ屋の駐車場で盗んだと供述した。エンジンはかかったままだった。すぐに乗って、北見を離れた。午前十時三十分ごろだ。ガソリンが尽きるまで、その車で遊ぶつもりだった。帯広を目指したのは、手頃な距離の都会だったからだという。ナンパしようとふたりで計画していた。

津久井は巡査の言葉をひとつひとつ繰り返して、長谷川にも伝えた。

車の中に、事件性の感じられるものはないか、どんなものが残されていたかを訊ねた。とくに不審なものはないという。CDケース。釣り雑誌。運転時の専用らしきデッキシューズ。

サイドポケットとグラブボックスの中はと訊ねると、車検証とロードマップとのことだった。栄養剤の空きビンも二本。

津久井は礼を言ってその電話を切った。

長谷川が訊いた。

「何がわかった?」

「日比野は」と津久井は、歩きだして答えた。「私服に着替え、制服を持ってJR北見駅から列車に乗った」

「北見駅には、交番もあるのに?」

「日比野はNシステムも警察の手配の方法もよく知っています。多少は無理をしてもJRを使いたかったんでしょう」

「同僚に見られたら、一発でアウトだ」

「北見駅の施設配置の詳細はわかりませんが、パチンコ屋の駐車場から駅構内まで、見られずに歩いて行けるのでしょう。ただし制服ではいくらなんでも目立ちすぎる」

「ひとは、知ってる人間ならよく見分けられる。後ろ姿でも、何を着ていても」

「帽子をかぶり、メガネもかけたか。ゆったりしたジャケット。身体の線を隠すパンツ。いかにも旅行者というような荷物」

津久井は一課のフロアに上がると、長谷川に言った。

「長谷川さんのパソコンは、ネットとつながってますよね」

「何をするんだ?」

「JRの時刻」

「時刻表を見るほうが早い」

「そうでしょうか」

警務課の長谷川のデスクで、津久井はパソコンのマウスを持ち、ネットにつないだ。JR時刻表、石北本線と入力し終わらないうちに、横で長谷川が大判の分厚い時刻表を開いていた。

「九時四十五分から消息不明ということだから、上り方面で可能性のあるのは、オホーツク四号。十時十九分。乗るのは可能だ」

「次は？」

「少なくとも旭川まで行ける列車となると、四時間後。オホーツク六号。十四時十九分」

津久井は自分の腕時計を見た。三時四十分になろうとしている。

北見署の地域課警官たちが札幌駅での見当たり捜査のために乗ったとすれば、そのオホーツク六号になる。とすれば、日比野が同じ列車に乗っているはずはない。

「オホーツク四号は、そのあとの停車駅の時刻は？」

「旭川十三時十一分。札幌十四時四十五分」

津久井はもう一度時計を見た。とうに列車は札幌に着いている。

長谷川が言った。

「やっぱり失踪から三十五分後の列車に乗るのは、難しくないか。非番の日ならともかく、制服も着替えなければならなかった」

「露顕を少しでも遅らせるため、一応は勤務に就いたのか、それとも、きょうでなければならなかったか。いずれにせよ、車が見つかっているんです。日比野はまちがいなくオホーック四号に乗った」

「そして、もう札幌に入っているってことか」

「やつのおふくろさんの家に急ぎましょう」

「この時間は、近所のコンビニじゃないか」

「日比野は、母親のもとに帰るんじゃない。寝ぐらに向かうんです」

「派手なことは、くれぐれもあんたにまかせたぞ」

津久井は、思いついて長谷川に頼んだ。

「警務には、二年前の組織図、人事配置の表などありますか？」

「二年前のものなら、ロッカーの奥のほうに」

「借り出したい」

「どうするんだ？」

「日比野警部の苦悩の理由を推測したいんです。それに、日比野一樹と日比野伸也の警察学校同期の名簿。現在の配置」

「持ってくる」

一分待つと、長谷川が模造皮革のショルダーバッグを肩にかけて戻ってきた。縦長の、本部の共済会でいつも安売りしているバッグだ。長谷川はさらに、黄色っぽい表紙の冊子を手にしていた。

「行こう」と長谷川が言った。

佐伯宏一は、その現場に立って周囲を見渡した。

小樽運河の裏手、と言ったらよいのか、港の中の倉庫街を通る道だ。前後には続いていないので、長さは二百メートルほどになるだろう。左右は無骨で素っ気ない古い倉庫ばかり。この通りで唯一窓が多く明るい印象を見せているのは、通りの奥、左手にある合同港湾事務所のビルだ。そのビルの先には、港湾事務所と観光船の待合室の入った二階建てのビルがある。

いまはまだ午後の四時前だから、通りは明るい。しかし午後の六時すぎともなれば、この倉庫街はほとんど真っ暗になるのではないか。街灯もあることはあるが、ここは繁華街のような明るさにはなりえない。

いま北朝鮮の貨物船が入ったという第二埠頭《ふとう》も見てきた。ロシアからの貨物船がちょうど出港してゆくところだった。甲板にぎっしりと廃車を載せていた。いや、日本の基準では廃車だが、ロシアでは中古車として売買されている車だ。多少修理すれば、どれもみな動くはずである。

その埠頭からこの現場まで、うんと長く見積もっても三百メートル。もし船員が船に戻るべき門限の午後七時まで、小樽市内を散策しようとすれば、浅草橋へ向かって必ず通るルートの途中である。地検の起訴状によれば、キムは受け渡しをこの日本農産倉庫の裏手と指定し、その時刻に覚醒剤を持ってやってきたという。捜査員たちは、この通りに三台の捜査車両を停めて、その取り引きの瞬間を待ったということになっている。

現場自体に、不自然さは感じられなかった。もしキムが本当に覚醒剤を売るつもりだったとしたら、やはり自分の船からはあまり離れない場所での取り引きを望んだことだろう。ここに捜査員が配置されていて、取り引きの一部始終を現認していたということも、とくに不審ではない。ただ、自分がもし覚醒剤取り引きをするほどの男だとしたら、この通りの様子にはかなり神経質になるだろうとは思う。夜、この通りに車が三台停まっていたら、この取り引きは危険だ、というセンサーが働きそうな気がする。

いや、と佐伯は思い直した。日本人としての、そして警官としての偏見で、北朝鮮の船員と聞けば誰でも覚醒剤ぐらい入手できると考えてしまうが、その前提は正しいか？　あの国では覚醒剤は外貨獲得のための統制生産物であるはず。国家の支援を受けたルートを通じて、日本に輸出されているはずだ。一介の貨物船の船員がいい値での取り引きを持ちかけられたところで、そう簡単に調達できるものかどうか。

だけれども、と思い直す。では札幌地裁で判決が出た後、どうしてキムとリは控訴しなかった？　無実なら徹底して争ってもよかったと思うが。それともそう考えるのは、自分のように日本の裁判の公正さを疑わない人間だけだろうか。無実の罪で逮捕され起訴され理不尽な有罪判決を受けてしまうと、ひとはあんがい萎《な》えてしまうのかもしれない。暴力団員のあいだでさえ、懲役が四年前後なら、ぐずぐず言わずに黙って収監されたほうがいいと語られている。このふたりの場合は、キムが四年半、船長が三年の判決。争うよりも受け入れたほうが得という判断が働いたかもしれないが。

いずれにせよ、この事件についてはまだ予断を持つべきではない。

佐伯は携帯電話を取り出し、写真撮影モードにしてから、その通りの様子を六枚、写した。夜にももう一度、逮捕のときと同じ時刻にこの通りを撮影してみるつもりだった。

六枚の写真を点検してから、佐伯は六枚とも自分の公用メールアドレス宛《あて》に送信した。

つぎは、前島とキムが最初に会ったというレストランに行ってみる。

津久井卓は、捜査車両を道警本部ビルの地下駐車場から発進させた。長谷川は助手席だ。

長谷川が、日比野の生家の電話番号をナビに入力した。すぐに画面に札幌市内の小縮尺の地図が現れた。日比野の母親が住む家は、札幌市の東側、豊平《とよひら》川を渡って六キロほどの住宅地の中にあるようだ。

捜査車両が北二条通りに出てから、長谷川が言った。

「さて、何が気になるって?」

津久井は視線を前方に向けたまま答えた。

「日比野一樹警部が死んだときの配置、ポスト、直属上司、監督責任者。そして、郡司事件発覚の時期の配置。警察学校同期で親しい同僚の名。現在の職場」

「ひと息に言うな」

「死んだときの、直属上司を教えてください」

長谷川は助手席で、冊子を広げ始めた。

車が創成川《そうせい》を越えたところで、長谷川が言った。

「当時、日比野一樹警部は、生活安全企画課。課長だ。死んだのは石岡《いしおか》生安部長の自殺の五日後だから、後任はまだ決まっていなかった。となると、臨時的に生安兼任だった小野《おの》田《だ》刑事部長か」

「百条委員会に証人として呼ばれたのは、どういう理由なのでしょう。郡司事件は組織主導の事件だと確認したいなら、石岡生安部長を証人にすればよかったはずです」

「そいつは、道議会に訊け。だけど石岡は最初の百条委員会の直前に自殺していた。百条委員会が最初に要請していたのは石岡部長だったかもしれないが、証人台に立たせようがない。いっぽう郡司と日比野警部は、いわば隣り合うセクションで、かたや拳銃、かたや麻薬を摘発していた。ふたつの組織には何らかの関係があったのではないかと想像するのは、ふしぎじゃない」

「わたしは、そういう関係のことはまったく知りませんでしたが」

「郡司があれだけのことをやってたのも、気がつかなかったんだろう」

「途中から、係長は」津久井は言いなおした。「郡司警部は、完全に独立独歩、わたしにもまったく情報を教えないようになりましたし」

長谷川は愉快そうに言った。

「部下にも秘密、ってこと自体も組織の指示だったのかもしれんな。次、警察学校同期の名簿？」

「親しくて、悩みを相談しそうな同僚は誰なのか、探したくて」

「それについては、書類を見なくても言える。宮木俊平。五年前まで、本部捜査一課だった。いま札幌手稲署交通課だ」

「どうしてそう確信持って言えるんです？」

答がなかった。津久井は横目で長谷川を見た。長谷川は、何かためらっているような顔だ。

車はいま豊平川にかかった。この橋を渡ると、向こう側は札幌市白石区《しろいし》となる。軽産業の事業所が多くなる地域だ。もちろん住宅も混在している。

車が橋を渡りきったところで、長谷川が言った。

「もう六年前だ。宮木を監察したことがある。暴力団幹部からカネを受け取っているという告発があったんだ」

「実際にあったんですか？」

「いや。周辺からあたっていって、日比野警部にも事情を聞いたんだ。疑惑は晴れた」

長谷川たちが匿名の内部告発を受けて宮木の周辺を洗い始めたとき、宮木は警察学校同期の日比野と親しいことがわかった。同じ本部に勤務していたし、私生活でもつきあいがあるようだった。本部内の囲碁愛好会のメンバー同士でもある。夫人連れで一緒に台湾旅行もしている仲だった。

警務部は日比野を呼んで事情聴取した。このとき、日比野は警務部の監察をすでに把握していた節があった。宮木と暴力団との癒着の情報について話を向けると、日比野は薬物対策課の隠密捜査で、宮木に協力してもらっていると語り始めたのだ。その中身はこういうものだった。薬物対策課で使っている情報提供者同士が、つまらぬことでいさかいを始め、へたをすると双方の警察との関係が闇《やみ》社会にすっかり知られてしまうことになりそうだった。まずいことに情報提供者のひとりは、広域暴力団の構成員だった。

薬物対策課は、というか日比野は、もうひとりの情報提供者を切ることに決め、宮木に汚れ役を頼んだ。宮木は捜査一課の捜査員として、双方と面識があった。宮木は切るほうの情報提供者を、すでに内偵ずみの犯罪容疑をちらつかせて脅し、なんとか北海道から逃走させた。さらに、去った情報提供者の残していった利権を、もうひとりの情報提供者に渡した。おかげで、薬物対策課のネットワークはほころびることなく済んだ。残ったほうの情報提供者は、自分が警察の中に協力者を作ったのだと信じ込んだ。おかげでその情報提供者と薬物対策課の関係はいっそう価値あるものになった。

宮木に協力を求めた件は、へたをすると宮木の警察官人生を破滅させかねない危険な謀略だった。日比野の協力要請に対して、宮木のほうもそれが組織上オーソライズされた要請であることの証明を求めた。べつの言い方をすると、道警のより上のレベルからの指示を要求した。

日比野たちの薬物対策については、本部長が執心していた一件であったから、日比野は当時の生活安全部長と本部長にこの件を伝え、もしものとき宮木の疑惑が晴れるようはかった。部長と本部長は了解し、宮木に対して部長が直接口頭で、この一件での薬物対策課への協力を指示した。

宮木が受け取ったというカネは、と日比野は言ったという。当然ながら宮木は一銭も自分のポケットに入れていない。生活安全部長のもとに届けられていると。

出来すぎた話である、と当時の警務部は感じた。長谷川も含めてだ。しかし、日比野が明かした事実の真偽を確かめることは難しかった。いや、できない相談だった。カネがもし生活安全部長に渡っていたら、いや、そのうちの一部でも本部長に渡っていたら、そのキャリアふたりについても警察庁に報告しなければならなくなる。裏金作りは当時の道警本部では常識だったから、もし警務が本気になれば、部長の引き出しからも、本部長の口座からも、正体不明のカネが出てくるのは確実だった。部長も本部長も、それがいかなる違法性もないカネであるかを証明することはできないのである。逆に言えば、宮木に指示したかと問うことはすなわち、部長、本部長に不正なカネが届いたかどうかの監察まで進まざるを得ないということだった。そのことを覚悟したうえで、なお宮木の追及を続けるべきかどうか。

けっきょく警務部は、宮木の追及を断念した。

しかし、翌年三月末で部長と本部長が異動となり、道警本部を離れた。警務部は、今回だけは目をつぶる、という意味をこめて、宮木を転属させた。刑事畑の長い捜査員を、札幌手稲署の交通課に異動させたのである。この件はこれで決着している。

結論はこういうことだ。日比野は宮木を救うためならば、自分の警察官人生さえ賭けてくる男なのだ。このストーリーを組み立てることは、日比野にとって大博打《ばくち》だったはずである。しかし日比野はその賭けに踏み切り、いわば警務部を脅しにかかったのだ。お前たちも職を賭して監察を続けるかどうかを決めよと。生活安全部長と本部長、ふたりの幹部と対決する決意があるなら、宮木の取り調べを続けてみよと。日比野と宮木の仲は、それほどのものだったのだ。

車は、国道十二号線を走っている。ナビは、三百メートルほど先の交差点で左折するよう指示していた。

話を締めくくって、長谷川は言った。

「おれには、うるわしい話なのか、汚ねえ話なのか、判断つかんよ、まったく。ひとつだけ言えるのは、この数年、薬物対策は道警の最大課題だったってことだな。本部長陣頭指揮の案件だった。関係者はまるで特権でもあるみたいに振る舞っていた」

津久井は言った。

「本部長の指示となれば、じっさい特権があったんでしょう」

「そんな中では、日比野はまだましな部類だったかもしれない。その特権を、親友を救うためにしか使わなかったんだから」

「ふたりの仲はそれほどだったんだ。宮木警部が、日比野警部の死の真相について、何か知っているといいんですけど」

「失踪した日比野の目的まできちんと教えてくれたら、もっといい」

ナビに従って道を左折し、さらに一キロほど進んだ。一戸建てばかりの住宅地に入った。様式に統一性のない建物が、屋根の角度も向きもばらばらに並んでいる。

幹線道路から一本はずれて、その建物を探した。百メートルほど徐行させてすぐに見つかった。サイディング・ボード貼りの、無落雪工法の住宅だった。玄関脇に屋根のついた駐車スペースがあったが、車はない。居間らしき部屋の窓のカーテンも閉じられている。

津久井は車をそのまま通過させた。日比野伸也がいる可能性に賭けて、玄関の呼び鈴を鳴らしてみるか。それともとにかくまず日比野の母親の職場を訪ね、事情聴取か。

長谷川が言った。

「その先を曲がって、もうひと回りしてくれ」

「訪ねます？」

「ここまできたんだ。無人であることだけでも確かめておこう」

住宅街の中の細い道を二回左折した。もう一回左折すると、また日比野の母親の家に出るというときだ。ふいにルームミラーに黒い乗用車が大きく映った。ライトをパッシングさせている。

津久井は、ブレーキを踏みながら言った。

「警察かもしれません。停めます」

長谷川が首をひねってうしろを見た。

津久井が車を完全に道路の左端に寄せて停めると、うしろの車も停車した。助手席からおりてきたのは、短髪でコートを着た男だった。顔に見覚えがある。

津久井が運転席のドアのウィンドウを下ろすと、そのコートの男が外に立って、驚いた顔を見せた。

「あんたか」

機動捜査隊の長正寺《ちょうしょうじ》警部だ。彼はかつて津久井に射殺許可が出たとき、命令に疑問を抱いて佐伯たちの真犯人探しに協力したとか。これまで津久井は長正寺ときちんと言葉を交わしたことはなかった。

津久井は言った。

「日比野伸也失踪の件で、母親を訪ねようとしてたんです」

「おれたちが張ってる」と長正寺は言った。

「警部がみずから?」

「サミット特別シフトだ。若いのは大半、警備の応援に出てる。ここをうろついて欲しくない」

「家には、誰も?」

「いない。母親は近所のコンビニだ」

津久井は長谷川の顔を見た。彼は、ならばここには用はない、という顔だ。

長正寺が訊いた。

「日比野伸也の失踪、目的は何かわかってるのか?」

「いいえ。でも、たぶん」

「何だ?」

「親父さんの命日が近い。墓参りでしょう」

長正寺はほんの少しのあいだ真顔で津久井を見つめてから、肩をすぼめた。

「派手な墓参りだ。道警一万人の警官に、花道作らせてるんだ」

そういう見方もできるか。へたをすると、それにプラス全国の県警や警視庁からの応援一万五千。

津久井は言った。

「邪魔はしません。このまま消えます」

「そうしてくれ」

津久井は、二年前の一件のお礼の意味もこめて頭を下げ、ウィンドウを戻した。

佐伯宏一は、イタリアふうの名前のそのレストランに入った。

大島の情報の中に出てきた店だ。前島とキムが会ったという店。ふたりがスープカレーを食べたという店。

観光客の多い堺町通りに面した倉庫を改装した店だった。外壁は暗灰色の凝灰岩で、中は太い梁《はり》がむき出しだった。二十席ほどあるテーブルは、三分の一ほどが、観光客らしき様子の中年男女で埋まっていた。

奥の窓際のテーブルに歩いて椅子に腰かけ、注文を取りにきたウエイトレスに言った。

「スープカレー」

若いウエイトレスは笑った。

「お客さん、申し訳ないんですが、うちはスープカレーやってないんです。メニューにあるものだけ」

佐伯は訊いた。

「昔から、まったく？」

「ええ。いちおうイタリアンの店なんで」

「お勧めは？」

「全部ですけど」

佐伯は壁のメニューを見て注文した。

「スパゲッティ。ペペロンチーニ」

ウエイトレスが去ったところで、佐伯は上着のポケットから手帳を取り出した。

さっき小樽に着くまで、自分の関心は、あの事件で前島がどういう役割を果たしたのか、公判結審後小樽から消えたことに何か理由があるのか、ということだった。

いま、興味はもう少し広がった。事件の全容はいったいどんなものだったのか、というポイントだ。道警本部と札幌地検とが組んだ合同のおとり捜査。チームはなにかいかがわしいパキスタン人までデコイにつかっている。結果は、大量の覚醒剤の摘発。

しかしあの大島という新聞記者がほのめかしたように、事件全体が虚構という可能性さえ見え隠れし始めている。少なくとも佐伯自身は、そのような印象を持ち始めている。

事件はほんとうにあったのか？

水をひとくち飲んでから、腕時計を見た。

午後の五時になろうとしていた。被疑者逮捕の時刻まで、あと一時間半もある。

佐伯は自分のただひとりの部下である新宮昌樹巡査に電話をかけた。

「はい」と、新宮の若い声が出た。何か指示でも期待しているような声だ。

「きょうは遅くなる」と佐伯は言った。「ホワイトボードに、そう書いておいてくれ。お前も、定時で退《ひ》けろ」

「はい」こんどは、不満そうな声。

「暇であることを喜べ」と佐伯は言った。「いい勉強の時間なんだから」

さきほどのウエイトレスが通りかかった。ちらりと佐伯に目を向けてくる。お客さん、携帯は外で、とでも言っているつもりなのかもしれない。

佐伯は携帯電話を切って、ポケットに収めた。

北見署警備課の大滝孝治《おおたきこうじ》巡査は、臨時的なきょうの夜間勤務に就くため、地下のロッカールームに入ったところだった。もうロッカールームは、失踪した日比野伸也巡査の一件で持ちきりだった。理由や居場所について、誰もが勝手な想像をたくましくしていた。ということは、確実な情報は何ひとつないということだった。地域課から五人か六人の警官が、札幌に派遣されたともいう。日比野巡査の目的地が札幌である可能性が高いということで、見当たりと身柄確保を指示されたのだ。

よりによって、という署長のぼやきも耳にした。サミット警備態勢に入っているというのに、若い巡査が振り回してくれるなと。

どうやら署長は、この件は若い巡査にありがちな心の悩みから発生した問題だと認識しているらしい。

たしかに、と大滝はロッカーの前まで歩いて思った。日比野はどちらかと言えば、メンタルな問題に悩んだり、思い詰めたりするタイプのようには見えていたが。それにしたって、それが吹き出すタイミングを自分でコントロールできるなら、苦労はしない。いまがサミット警備態勢にあることを嘆いても始まらないのだ。むしろ日比野の悩みにまったく気づかなかった地域課長の監督責任こそ、問題にすべきだろうに。

ロッカーの扉を開けた瞬間に、異変がわかった。

出動服が消えている。なくなっていた。通常の冬季用制服と帽子、コートはある。活動服も活動帽もある。なのに、出動服はなくなっていた。ヘルメットもない。籠手《こて》も。要するに、いわゆる機動隊の制服が一式、消えていた。

大滝はその場で振り返った。

報告しなければならないが、おれはいま、ロックをはずして扉を開けたのだったか？それともこのごろときどきやるように、ロックされていない状態で、扉を開けたのだったろうか。

隣のロッカーを使う同僚が、ふしぎそうに大滝を見つめてきた。

「どうした？　顔色変えて」

大滝は、その同僚に顔を向けてまばたきした。

「出動服が、なくなってる」

周囲にいた同僚たちの視線が、一斉に大滝に向けられた。

その吹き抜けのロビーで、小島百合は警視庁SPの酒井勇樹に言った。

「ここは、まるで要塞《ようさい》ですね。どこにも警備の隙がない」

洞爺湖を見下ろす丘の上のホテルだった。

札幌から車で二時間半の距離、洞爺湖サミットの主会場となる施設である。かつてこのホテルの建設資金を融資したために、北海道の銀行がひとつつぶれた。それほどに建物にも内装にもカネをかけたホテルだった。建設当時といまは所有こそ変わっているが、いまだにこれを上回る豪華さのホテルは、北海道にはできていない。どこの国の元首を迎えても、施設が貧相という評価を受けることはないはずである。

しかも、湖岸からこのホテルに通じる道は一本だけ。独立した古城のように建つホテルであるから、その一本の道さえ押さえてしまえば、警備はしやすかった。洞爺湖町の市街地にも、温泉街にも、幾重もの検問所。原生林の中を、藪《やぶ》をこいで接近するという方法もないではないが、最新のハイテク監視装置と警察官が、厳重に周囲を固めている。蟻《あり》のはいでる隙間もないほど、という表現は修辞ではなく、事実の表現だった。上野麻里子大臣の警護は、このホテルの中では少し楽になると思えた。

酒井は言った。

「たしかに、わたしがこれまで経験してきた中では、最高の警備環境です。地の利がいい」

「大臣を狙う男は」

「カラスは」と、酒井は周囲に視線をやりながら言った。

このロビーには、ホテルの従業員の姿も五つ六つ見える。女性SPの成田亜由美巡査はいまカウンターのそばでベルガールに何ごとか話しかけている。

「カラスは」と小島百合は言い直した。「こんなに警備の厳しいところに飛び込んではこないでしょう」

「でも、その可能性だけは考えていたほうがいい。派手な玉砕を夢見るタイプかもしれませんから。こういう場所での特攻なら、しょうもないギャラリーが拍手するかもしれないし」

「そんなひと、います？」

「おかしいのは、小島さんもずいぶん見てきたでしょう？」

「それはそうですが」

酒井は腕時計を見て言った。

「では、札幌に戻りましょう。小島さん、夕食はどうされます？」

小島百合は、質問の意味を素早く考えた。

これは、家庭があるか、亭主がいるか、という質問だろうか。それとももう一歩進んで、お近づきになりたいという意味か。いや、ただ単に、この時刻からの夕食を心配してくれただけか？

小島百合は、期待を気取られぬように自分も腕時計を見た。午後五時十五分。札幌に帰り着くのは、八時前になるだろうか。

小島百合は言った。

「ぺこぺこで札幌到着ですね。役所の近くで食べようと思います」

「わたしも、どこかで食べなきゃなりません。もしよければ、ご案内ください」

「ええ、かまいません」

小島百合はかろうじてガッツポーズをこらえた。


コンビニエンス・ストアの奥の狭い事務所で、日比野明子《あきこ》は首を振った。

「まったく何も知りません。聞いていませんでした」

表情は不安そうだ。息子の失踪と聞いて、彼女が何を想像したのか見当はつく。そもそも夫も、事故死とも自殺とも語られる死に方をしているのだ。想像がその方向に向くことはけっして不自然なことではなかった。

津久井は言った。

「若い巡査には、ありがちなことです。まだ何か起こったわけじゃないんです。ご心配なく。ただ、何か心あたりがあれば、おおごとになる前になんとかしたい。いかがです?」

「心あたりなんて、何も」

「悩みごととか。恋人との喧嘩《けんか》とか」

「ガールフレンドはいたようじゃありません」

長谷川が訊いた。

「悩みなんかも? 同僚との折り合いとか、上司の悪口とか」

「全然です」

「そういえば、明後日は、ご主人の命日になりますね。日比野警部の」

「はい。でも、とくに法事はありません。墓参りには行こうと思いますが」

「お墓はどちらです?」

「里塚《さとづか》霊園です」

「お寺は?」

「白石の、全乗寺というところですが」

「そうですか。伸也くんは、その墓参りのために所轄を離れたなんてことは、考えられませんかね?」

「法事はないのに? もっとも命日だと申請すれば有給休暇は取れるでしょう。消えたりはしません」

長谷川は、ちらりと津久井を見てから、声の調子を変えた。

「わかりました。突然で失礼しました。もし連絡があったら、とにかくすぐに所属長に連絡するよう、伝えてください。こういう時期ですので」

日比野明子はうなずいた。

「洞爺湖サミットですものね。わかります、警察が神経質になるのも。もし電話があったら、必ず連絡するように言いますので」

長谷川も言った。

「ほんとにありがちなことです。数時間の職場放棄なら、処分なんてことは考えなくていいんですから。とにかく所在だけをはっきりさせるようにお母さんから」

「はい。必ず」と日比野明子は、また大きく何度もうなずいた。

津久井は、日比野明子に名刺を渡して、その事務所を出た。

駐車場に停めた車の中で、津久井は長谷川に訊いた。

「印象はどうです？」

長谷川は、シートベルトを締めながら言った。

「嘘《うそ》は言っていないと見たな。あの驚きは本物だ」

「日比野警部の命日を訊いたとき、反応をどう感じました？」

「一瞬、悔し気に見えた。ちがうか？」

「びくりとしたように見えました。理由はそれか、と思い当たったような」

「そうだったか。母親は、息子はあの死に方についての処理に不満を持っていると、わかっているということか」

「たぶん、母親本人も持っている」

「次は、宮木のところに行ってみるか。札幌手稲署」

「はい」

津久井は車を発進させた。

二日前　夕

道警本部ビルの警務部のフロアで、警務部人事二課長の黒崎はつい大声を出した。

北見署の署長から連絡があったのだ。機動隊の出動服一式が紛失。日比野伸也巡査の失《しっ》踪《そう》との関連も疑われると。

「馬鹿野郎！」と、黒崎は思わず怒鳴ってしまった。日ごろ自分は自制心が強く、感情を表に出さない男だと自負していたから、この自分の怒鳴り声には自分自身で驚いた。彼は一回深く息を吸い込んでから続けた。

「何か、きみは、道警からこのタイミングでテロリストのシンパを出したと、察庁《さっちょう》に報告しろと言うのか。北海道に応援にきている各県警に対して、あんたのところの機動隊員の顔をひとりひとり確かめてくれと、要請しろと言うのか。そいつがほんとにあんたのところの警官かどうか、偽物が紛れ込んでる可能性があるから、ひとりひとり本人チェックをやってくれと」

言い終わってまた深呼吸した。

フロアの部下たちが全員自分を見つめていた。ぽかりと口を開けている者もいる。

黒崎が受話器を電話機に叩《たた》きつけるように戻すと、部下たちはみなまがまがしいものでも目撃したかのように、黒崎からすっと目をそらした。


宮木俊平警部は、とうに札幌手稲署を退勤していた。

しかし手稲署の交通課で長谷川が短く、監察だ、と名乗ると、交通課長はすぐに反応した。四の五の言わず、理由を訊《き》くこともなく、宮木警部の携帯電話を教えてくれた。手稲署から教えられた携帯電話に、長谷川が電話した。彼はいま、JR手稲駅前の居酒屋にいるという。津久井は手稲署から車を手稲駅前へと回すことにした。

手稲駅前に向かっているとき、車載の方面本部系無線に指令が入った。

津久井は耳を澄ました。

「十七時二十分、黒崎課長からです。北見署では、警備課職員の出動服一式が紛失しているとわかりました。日比野伸也巡査との関連は不明ですが、関係部署は留意せよとのことです。以上」

長谷川が、鼻で笑って言った。

「偶然かな。もし日比野がやったことだとしたら、かなり計画的だ。目的も見えてきたな」

津久井はステアリングを握ったまま長谷川を横目で見て訊いた。

「目的って何です？」

「道警を振り回すことだ。制服警官が拳銃《けんじゅう》を持ったまま消えて、しかも機動隊の出動服まで
なくなっている。警備の現場は大混乱となるぞ。県警同士、ののしり合いまで出てくる。

警備どころの騒ぎじゃなくなる」

「サミット自体は、まだふた月以上も先ですよ」

「その点は解せないな。現場を混乱させたいなら、サミットに近い時期のほうが効果的
だ」

「その分、署内の管理も厳しくなるかもしれない」

「やはり、命日に関連があると考えるのがいいのか」

「出動服を盗んだとなると、誰かにそいつを渡して、テロをやらせようってことかもしれ
ない」

「日比野伸也の背後関係なんて、ピュアなものだったはずだ。思想的背景もないはずだ
し」

「過激派ではなく、例の真理教みたいな宗教と関わっていたのかもしれません。あの事件
だって、警官の信者は何人もいたはずですから」

「北見署は、いまそっち方面のことも調べているはずだが」

「でも、制服であろうと出動服であろうと、ひとりだけでは警官を装うことは難しい。も

うひとり、失踪した警官はいないんでしょうか」

「少なくとも」と長谷川は言った。「道警からは出ていない。きょうの午後五時の時点では、他県警からも出ていない」

「これから出てくる、って意味ですか」

「その蓋然性《がいぜんせい》はあるってことだ」

「よその県警から失踪者が出たら、これは組織的な事件だと見なすべきでしょうね。そうなったら、ぼくらのチームでは、追うのは無理だ。特別の態勢が必要になる」

「そのときは、おれはおろしてもらう。おれは警務畑なんだ。刑事じゃない」

「もう少しつきあってください」

津久井たちの車のすぐ前方を、のろのろと軽自動車が走っていた。津久井は加速してその車を追い越した。宮木警部は居酒屋にいるのだ。彼が酔わないうちに、大脳の働きが明晰《めいせき》なうちに、彼と話をしなければならなかった。

三分後に、津久井たちは手稲の駅前通りに到着した。宮木がいるという居酒屋は、駅から百メートルほどの距離の商店街の中にあった。津久井は居酒屋から三十メートルほど離れた場所に車を停《と》め、公安委員会の駐停車許可証をダッシュボードの上に置いた。魚を焼く匂《にお》いがそこまで匂ってきた。

店に入ると、宮木俊平警部はどれかすぐわかった。店のいちばん奥の四人掛けテーブルで、面白くなさそうな顔でグラスを傾けている中年男がそれだ。テーブルには焼酎《しょうちゅう》のボトルとポットがある。

宮木のほうも、津久井たちに気づいた。首を倒して、こちらだ、と言っている。

テーブルまで進むと、自己紹介して津久井は宮木の隣に腰をおろした。長谷川は宮木の真正面の位置だ。

その腰のおろしかたに、宮木は不自然さを感じたのかもしれない。

「おれの監察なのか。それとも、おれは何かの被疑者なのか?」

津久井は、つい自分が被疑者に対する刑事のような振る舞いをしたことに気づいて苦笑した。

「あんたのことじゃない」と長谷川が言った。「あんたの友達のことだ」

「誰?」と、宮木が訊いた。

宮木は死んだ日比野一樹警部と同い年だから、いま五十二歳のはず。しかし、皺《しわ》が多く、脂気が抜けた肌のせいか、六十歳近くに見える。白いものの多い髪も薄かった。仕事に、あるいは人生そのものに疲れきっているのではないかという印象があった。

長谷川が言った。

「日比野一樹警部」

宮木は、鼻で笑って言った。

「自殺した。二年前に」

「自殺なのか、やっぱり?」

「ああ」

「断言する根拠は？　道警は、事故死と判断してるが」

「おれは、日比野が死ぬ直前まで、電話で話していた。やつが踏切に自分から入っていったことを、おれは知っている」

津久井は長谷川と顔を見合わせた。長谷川は衝撃を受けているようだ。こんな証言がいきなり飛び出すとは、予想していなかったのだろう。

宮木は言った。

「それを、いまごろ何だ？」

長谷川が、衝撃から立ち直った様子で言った。

「どうしてそのことを、直後に証言しなかった？」

「さあ」宮木はグラスを口に運んでから言った。「自殺じゃ、いろいろ差し障りがある。事故死で処理されるなら、それでいいと思ったのさ。遺書もなかったようだし、保険金も下りる」

「彼は鬱病《うつびょう》だった？」

「いや。ストレスは抱えていたけど」宮木は逆に訊いた。「言えよ。いまごろ、どうしてこんなことを？」

長谷川が目で合図したので、津久井が答えた。

「息子さん、日比野伸也巡査が、きょう北見署から失踪した。制服のまま、拳銃も持ったままで」

　宮木の目がみひらかれた。初耳だったようだ。

「何かやったのか?」

「何も。ただ無断職場放棄で、本部内で捜索と身柄確保が指示されている。わたしたちも、捜索チームなんだ。心当たりは?」

「ない」

　答えかたが早すぎた。何か知っているなと、疑わせるに十分な答えかただった。

　長谷川が訊いた。

「仲也巡査とは親しいな?」

「まぶだちの息子だ。面識はある」

「最近、いつ会った?」

　こんどは答えが遅れた。

「だいぶ前だ」

「いつだ?」

「通夜のときだな」

「最近のことを訊いてる」

「いつだったかな」

「携帯を見せてくれないか」

宮木は、少しだけ背を起こした。

「真面目《まじめ》に訊くけど、おれは何かの被疑者か？」

「ちがう」

「携帯の履歴を見たいなら、令状を取ってこいよ」

「伸也巡査を、懲戒免職にしてもいいのか。いまなら、まだ処分は免れる。彼は警官でいられるんだぞ」

「おれとどう関係がある？」

「まぶだちの息子だろ。ずっとこのまま、警官をやらせてやりたいだろ」

「本人が決めることだ」

「最近会ったのはいつだ？」

宮木は目を伏せ、目の前のグラスに視線を向けた。グラスには四分の一ほど、透明の液体が入っている。お湯割りの焼酎なのだろう。

宮木はまたそのグラスを持ち上げると、残っていた焼酎をすべて喉《のど》に流しこんだ。そこに女性店員がやってきた。津久井は長谷川と自分のために、ウーロン茶をふたつ注文した。

長谷川がもう一度訊いた。

「伸也と最後に会ったのはいつだ？」

宮木は、長谷川の目を見ずに答えた。

「五日前だ。日比野の誕生日。やつは札幌にきていた。墓参りしていた」

「ということは、会ったのは偶然か」

「おれも墓参りのつもりだった。命日じゃないけども、やつの誕生日だったから」

「そこでどんな話を？」

「世間話」と宮木は答えた。「お悔やみ。それだけだ」

長谷川が質問を変えた。

「伸也巡査は、驚いていたか？　親父《おやじ》さんが自殺だと知って？」

「そんなことを言ったと言ったか？」

「言ったんだろう？」

「とっくに知ってた」

「あんたが、補強してやったんだ。最期の瞬間まで話していたのはおれだと。どんな話だったんだ？」

「お悔やみだって」

「日比野警部との最後の話だ」

「聞いてどうする」と、宮木は津久井にも顔を向けてきた。

津久井は言った。

「日比野伸也巡査の失踪の理由がわかる。おれたちは、この失踪は親父さんの死の真相に関連があると推測している。それがわかれば、伸也巡査の先回りをして身柄を確保できるように思う。何かおおごとをしでかす前に、止めることができる」

「死の真相も何もない。日比野は、次の日の百条委員会で証言するのを避けるため、死んだ。伸也が失踪した理由は知らん。何も関係はないだろう」

「もうじき命日だ」

「じゃあ、墓参りにくるんだ」

「五日前にしたばかりなのに」

長谷川がまた質問を変えた。

「委員会に出たら、日比野は何を答えなければならなかった? あの週は、誰もがうちの役所の腐敗について証言しだしたときだ。ここにいる津久井も、百条委員会で証言した。郡司の暴走について、組織の了解があったと認めるくらい、なんのことはなかった。死んで守るような秘密じゃなかった」

宮木は鼻で笑った。

「組織の腐敗について語ることと、誰かの腐敗について語ることは別じゃないか?」

「個人名を出すことになったと?」

「日比野は、堅物だった。委員会に証人として呼ばれ、宣誓のあとに質問されたら、もう嘘《うそ》をつくことはできないような種類の男だったよ。質問次第で、個人名も出すことになったろう」

「どういう理由で、どういう名前が出ることになるか、教えてくれないか。あの日、直属上司の石岡生安部長は自殺したばかりだった。日比野警部が証言することで、日比野自身も悩むことになるような人物って、誰だったんだ?」

「知らん」宮木は首を振った。「日比野は名前は出さなかった」

「だけど、あんたはそれが誰か知ってる」

宮木は応《こた》えずに、長谷川を見つめ返しただけだった。否定していない。宮木は確実に、それが誰なのか知っている。

津久井は言った。

「当時の組織を考えると、日比野警部の直属上司といえば、本来なら石岡生安部長。ところがあのひとは自殺していた。その上となると、刑事・生安兼任の小野田部長ということになる。そういう理解でいいか?」

宮木は押し黙ったままだ。津久井はその表情の裏を読み取ろうとしたが、読めなかった。その沈黙には、肯定の意味はないように受け取れた。では、誰なのだ? 小野田ではないのだとしたなら。

長谷川が言った。

「黙っていると、日比野伸也巡査を止めることができない。やつを救おうという気にはならないか?」

宮木は言った。

「こんどのことと、それとは、関係はないだろう。日比野伸也は、北見近辺のどこかで、ばつの悪い立場に追い込まれているだけじゃないのか？」

「たとえば？」

「飲みすぎたとか、ふらふら女とどこかにしけこんでしまったとか」

「そういうタイプの巡査だったか？」

「よくは知らない」

店員が、ウーロン茶のグラスをふたつ運んできた。宮木がその店員に、焼酎のボトルを一本、追加で注文した。

長谷川が言った。

「まだ飲むのか？」

宮木は鼻で笑って言った。

「酒は、とりあえずいやなことを忘れさせてくれる」

「そうか？　そのことばかり考えるようにならないか？　いまお前さんが何を考えているのかは知らないが」

「仕事のことさ。配属。おれは刑事畑を二十二年間歩いてきた。そんなに悪くない刑事だったって自負もある。刑事部長賞も三回。だけどいまは、交通課で、若い連中に要領を教わりながら、反則切符を切ってる。考えてるとしたら、そのことだな」

「不満か？」

「道警のベテランたちはみんな、おれと似たようなものじゃないか」

たしかに道警本部は、郡司事件の発覚のあと、不正防止を犯罪撲滅よりも優先課題として、大規模な人事異動を繰り返している。同じセクションには七年、同じ地域には十年というのが、異動の際の基準だ。あつものに懲りて膾《なます》を吹いたのだ。その結果、道警には、その地域に精通した警官も、その職種で高い専門性を持つ捜査員もいなくなった。ありとあらゆる職場から、ベテランが消えたのだ。

その結果は、現場での失態続きと犯罪検挙率の大幅低下となって現れている。しかし本部はまだ、この人事の基準を見直すつもりはない。検挙率を上げることよりなにより、第二の郡司を出さないことが至上命題だった。いま道警には、この宮木のようにくさって、よくない酒を飲んでいるかつての「ベテラン」たちが、大量発生している。もっとも、長谷川の情報では、宮木が手稲署交通課に異動になったのは、むしろ監察の内偵の結果ということらしいのだが。

長谷川が小さく溜《た》め息をついて言った。

「きょうは、あんたとはまともな話はできそうもないな」

「然《しか》り、ごもっとも」と、宮木がふざけたように言った。

「きょうは退散する。もし日比野伸也から電話があったら、職場に戻るよう説得してくれ。説得に応じないなら、おれたちに連絡してくれ」

長谷川は自分の名刺をテーブルに滑らせた。津久井も長谷川にならって、自分の名刺をテーブルの上に置いた。宮木は、ちらりとその名刺に目を走らせただけだった。

長谷川が、椅子から立ち上がって言った。

「ひとつだけ忠告したいんだが」

「なんだ?」と宮木が顔を上げた。

「できるだけ早く上司に相談して、心療内科でカウンセリングを受けろ。このままではあんた、万引きで捕まるか、血を吐くか、首を吊《つ》ることになるぞ」

「あんたの仕事ができる。喜べよ」

「警務として言ってるんじゃない」

「じゃあ、誰が言ってる?」

「同じ警官《まっぽ》だ。お前と同じ警官が言ってるんだ」

宮木はもう一度鼻で笑った。長谷川が店の出入り口に向かって歩き出したので、津久井も立ち上がって長谷川を追った。

店を出るとき、津久井は振り返ってもう一度宮木を見た。

宮木は両手でグラスを押さえ、テーブルを見つめていた。いや、焦点はテーブルの上で結ばれていなかったかもしれないが。

車に戻ると、長谷川が言った。

「本部に戻ろう。今夜は本部で仮眠かな」

津久井は同意して、エンジン・キーをひねった。

佐伯宏一は、その場に立って周囲に目をこらした。

小樽運河の二本港寄りの道路だ。両側に倉庫が建ち並ぶ、例の事件の取り引き現場だった。

午後の六時半。あたりは暗い。倉庫での荷役作業は終わっており、一台の車の通行もない。街灯はその二百メートルほどの長さの通りの前後に一基ずつあるだけだ。通りの中に立つと、その照明は逆光で、通りの暗さをむしろ強調している。倉庫自体の出入り口の上にも、小さな明かりをつけているところはある。しかし、三十メートル離れた場所から、黒と焦げ茶色のバッグを見分けられるような照度ではない。通り全体は、夜に沈んでいる。逆に、この通りにいま三台の乗用車かワゴンでも停まっていれば、その影は逆光の中に浮き上がって目立つのではないか。日中も思ったように、禁制品の取り引きをしようという意志がある人間なら、この通りにある車には危険を感知するはず。それを無視できるのは、自分が犯罪を実行しているとは夢にも考えていない人間だけだろう。

佐伯は通りをゆっくりと歩き、取り引き現場だったという倉庫の暗がりまで進んだ。そこは建物が少しだけ引っ込んでいる場所で、街灯の明かりは完全に遮られている。もしここでブツとカネを交換するとしたなら、懐中電灯が必要になる。大島の話には、懐中電灯のことは出てこなかったが。

さて、ここで覚醒剤《かくせいざい》とカネが交換された。それを現認したうえで、捜査員たちが車を飛び出し、ふたりの身柄を押さえた。起訴状ではそう語られたという。しかし、この現場は逆に、捜査員と被疑者、おとり以外の目はない場所だ。通行人もない。車もなければ、仕事中の者もいない。禁制品の取り引きにはうってつけの場所、と言えるが、逆に言えば、誰かを陥れるにも絶好の場所だということだ。口裏合わせは容易であり、誰か偶然の目撃者によって、その証言が否定されることはない。

事件はほんとうに存在したのか？

またその疑念が強まった。

佐伯は、胸の鼓動が速くなってきたのを意識しながら、その暗がりを出た。まだ断定的なことは言えないけれども、疑う余地はある。たしかに。

小島百合は、先にタクシーを降りて、その店の前に立った。

狸小路《たぬきこうじ》と呼ばれる札幌の古くからの商店街のはずれ、八丁目だった。この通りのやや西寄りに、昭和初期に建てられた古い三階建てのビルがあり、その一階にジャズを聴かせる店があるのだ。ブラックバード。マスターの安田《やすだ》も、かつては道警の警察官だった。結婚を機に退職したあと、この店を始めた。ふだんはＬＰレコードをかける酒場だが、ときどきはライブがある。数年前、ソニー・ロリンズが札幌で公演したとき、ステージがはねたあと彼がひょっこりやってきたという。連れてきたのは、当時道警音楽隊でテナーサックスを吹いていた警官だ。楽屋に上がり込み、一曲ぜひ聴いてくれと懇願して「サキソフォン・コロッサス」を演奏、そのあとロリンズをこの店に案内してきた。店の壁には、そのときマスターが撮ったロリンズの写真が掲げられている。

酒井勇樹が、小島百合の隣に立ってビルを見上げてから言った。

「このお店ですか。雰囲気よさそうですね」

「ジャズがお嫌いでないといいんですけれど」

「そんなに嫌いじゃありません。よく聴くってほうでもないけど」

小島百合は、その店の重い木製ドアのノブに手を伸ばした。

小島百合たちが洞爺湖のウィンザーホテルから札幌に帰り着いたのは、午後の八時だった。小島百合は酒井と成田の宿泊しているビジネス・ホテルの近くの郷土料理のレストランに二人を案内し、食事をした。酒井が小島百合の食事代を持ってくれた。ごちそうになるべき理由もなかったが、おかげでお返しをするという理由ができた。小島百合は少しだけお酒はいかがですかと、この店に酒井を案内してきたのだった。成田亜由美は、明日が早いのでと、誘いを断った。

店には、丸テーブルが七つ置かれており、ばらばらに三組の客がいた。カウンターはすべて空いている。

マスターの安田が小島百合に黙礼し、カウンターを勧めてきた。小島百合はカウンターに着くことにした。ハーフコートをドアの脇のハンガーにかけると、小島百合は奥へと進んでカウンターのスツールに腰をおろした。

酒井が、興味深げに店内を見渡しながら、小島百合の右隣のスツールに腰かけた。

マスターが、まったくなれなれしげな様子を見せずに言った。

「いらっしゃいませ」

しばらくでした、とも言わない。たぶんこれは、この客商売の作法なのだろう。

酒井が小島百合に訊いた。

「カクテルでお勧めは?」

小島百合は、マスターに質問を預けた。

「きょうのお勧めは?」

マスターが訊いた。

「気分はいかがです? ハイになりたいところか、落ち着きたいか?」

「落ち着きたい」

酒井が言った。

「すっかり振り回してしまいました。もう時間外です。リラックスしてください」

マスターが言った。

「エメラルド・クーラーかモヒートはいかがです」

「モヒートを」

酒井は言った。

「ぼくには、ジンフィズを」

かしこまりましたと、マスターは離れていった。

「カクテルがお好きなんですか？」と酒井。

「ときどき飲む程度です。ほんとうはワイン」

「グルメなんだ」

「全然。イタリア料理が好きなので、いつのまにか少しワインも飲むようになって」

そのあと小島百合は、しばらくのあいだ、きょうの現場チェックを話題にした。二日後の警備結団式会場と、上野大臣の泊まる札幌市内のホテル、視察先のウィンザーホテル。そしてその途中の道々。いま自分の関心はそれ以外にないという表情で。酒井も、適当に合わせてくれている。個人的な話題になるのは、もう少しお酒が入ってからでいいだろう。

ふたりの前にグラスが出てきた。小島百合はグラスを持ち上げた。酒井が乾杯に応じてきた。グラス同士が触れて、透明な音が小さく響いた。

酒井が、ジンフィズをひと口飲んでから言った。

「こういうセクションなんで、なかなか酔うということができないんです。完全に非番という日の前の夜だけ、少し飲む程度で」

「もう何年になるんですか？」

「八年」

「そもそもお嫌いなセクションではないんでしょう?」

「大好きですよ。いまうちの役所では、かなり人気の職場になってますし」

「優秀な人材ばかりが集まっていると聞いています」

酒井は微笑した。

「ぼくが志願したころは、むしろ体力と格闘技の腕が決め手でしたよ」

「何をされているんです?」

「合気道です」

「あまり格闘技系の体格には見えませんが」

「それで、ハンテン担当にされたのかもしれません。あのひとは、ごついのはつけてくれるなと、うちのトップに要請したとか聞いています」

小島百合は笑った。あの大臣なら、それくらいのことを言っておかしくない。できればイケメンばかりで、とても注文をつけたのではないか。

カウンターの内側で、ちらりとマスターが視線を向けてきた。酒井の素性を考えているのかもしれない。酒井はいまSPのバッジははずしているが、濃紺のスーツに赤いタイというファッションは、見るひとが見ればSPという看板を胸に下げているようなものだ。

仕事の話はやめておこう。

小島百合は訊いた。

「酒井さん、いちばん好みの音楽は、どんなものです?」

「笑わないでください」

酒井は、湘南《しょうなん》のイメージの強い日本人グループの名を口にした。もう三十年もヒット曲を出し続けているグループ。でも酒井の年齢では、あのグループのファンという男は少ないのではないか。

「意外ですか?」

「少しだけ」

「連中と大学が一緒なんです。大先輩たち」

なるほど、その大学の名を出されると、酒井の印象とはよく合っているという気がする。もしかすると、酒井は案外、大学時代は軟派であったのかもしれない。あのグループの曲を車に満たしながら、中央高速道を走った男か。

一杯目のカクテルはすぐに空いてしまった。酒井のほうのグラスには、まだジンフィズが残っている。少し速いペースで飲み過ぎた。

小島百合は、マスターに同じモヒートを注文した。その二杯目が出てきたとき、ドアが開いた。

入ってきたのは、佐伯宏一だった。この季節の彼のトレードマークのような、ステンカラーのコート姿。前ボタンはすべてはずしている。小島百合と目が合って、佐伯はかすかに驚いたように見えた。彼の視線はすぐに小島百合の右隣の酒井に走った。

いらっしゃいとマスターがあいさつし、カウンターの右奥の席を勧めた。

佐伯はコートを脱いで自分の左のスツールの上に置くと、マスターに注文した。

「ビールを」

小島百合は、カウンターに少しだけ上体を傾けて、佐伯にあいさつした。

「こんばんは」

佐伯が、視線をそらしたままうなずいた。

「こんばんは」

「ご紹介します」と小島百合は軽い調子で言った。「こちら、SPの酒井さん。警備結団式の事前チェックで」

「どうも」と、佐伯がぶっきらぼうに応えた。

小島百合は言った。

「わたし、きょうから本部の警備に出向になってしまったんです。VIPの警護の応援で」

佐伯はようやく小島百合に顔を向けてきた。

何か胸に気がかりでもあるような表情だ。

「おれは相変わらずだ」と佐伯は言った。「こういう時期だってのに、暇なままだ」

小島百合は、佐伯の言葉の自嘲《じちょう》には気づかぬふりを装って、酒井に紹介した。

「大通署刑事課の佐伯警部補です。サックスを吹くんです」

酒井がおおげさに驚いた。

「あの女性警官殺しを担当された佐伯さん？」

「ご存じなんですか？」

「あの事件のことは、うちでも有名です。キャリアが自殺した事件ですね」

「ええ。その一件で、お偉いさんたちはちょっと佐伯警部補を苦手に感じているようで」

佐伯の前に、生ビールのグラスが出た。

酒井が佐伯に顔を向けて言った。

「光栄です」

佐伯は愛想笑いひとつ見せず、グラスを口に運んだ。カウンター席に、少しだけ気まずい空気が流れたような気がした。

マスターの安田がすぐに小島百合たちの前にやってきた。

「お代わりいかがですか」と、酒井に訊いた。

まだ酒井のグラスは空いていない。

酒井は言った。

「いや、これだけでけっこうです。明日早いので、そろそろ失礼しなければ」

酒井はグラスの残りの酒を飲み干すと、スツールから腰を浮かせた。

小島百合はあわてて言った。

「もう？」

「ええ。戻ります。おいくらかな」

「約束したじゃありませんか。ここはわたしが」

「いいのかな」

「ぜひ」

酒井は床に立つと、佐伯に一礼した。

佐伯は口をへの字に曲げたままうなずいた。

「それじゃ、小島さん、おかげで立派にこの任務果たせそうです。よろしく」

酒井は靴音を店のハードウッドのフロアに響かせて、店を出ていった。

小島百合は佐伯に目をやった。面白くなさそうだった。彼がいま、酒井と小島との関係をどのように誤解したか、いや誤解しようとしているか、想像がついた。

佐伯に弁解しなければならないようなことではない。そう思いつつも、佐伯の表情が気になった。彼はもしかして、嫉妬《しっと》している？

「こんどの」と小島百合は言いかけた。

「誰を」と、佐伯も同時に口を開いた。

「なんです？」小島百合は訊いた。

「誰を警護するって？」

「某大臣。明後日、結団式であいさつするためやってくる」

「大通署から出向するとは」

「こういう時期だから」

「手柄も挙げた」

「偶然ですけど」

「あいつが、東京から派遣されてくるのか?」

「酒井さん? ええ。大臣と一緒にやってくる」

「格好いい男だな」

「スーツのせいでしょう」

またドアが開いた。小島百合はすぐに反応して振り返った。

入ってきたのは、酒井ではなかった。戻ってきたかと、一瞬期待してしまったが、現れたのは新宮昌樹だ。佐伯の部下。

新宮は、小島百合と佐伯の顔を認めると、破顔してカウンターに歩いてきた。

「おふたり、いたんだ。どうしたんです? 真ん中空けちゃって。おれ、入っていいですか」

佐伯がグラスの残りのビールを飲み干すと、立ち上がった。

「ごちそうさま」

小銭をカウンターに置いたので、小島百合は訊いた。

「もうお帰り?」

「ああ。邪魔してしまった」

「そんなことはないんですけど」

「札幌には、いくらでもバーはあるのに」

「そうですね。ちがうバーでもよかった」

新宮が、小島百合と佐伯の顔を交互に見て、ふしぎそうに言った。

「どうしたんです？　何かありました？」

マスターが新宮に訊いた。

「何にします？」

佐伯はコートに腕を通しながら、店を出ていった。

新宮がまた小島百合に訊いた。

「佐伯さん、最近何かありましたかね。ぼくにも冷たいんですが」

小島百合は、思わず鋭い調子で言った。

「ぼく、にも、冷たい、って、どういう意味？」

新宮は狼狽《ろうばい》を見せた。

「あ、いや、べつに」

小島百合は立ち上がって、マスターに訊いた。

「おいくらですか」

マスターは、数字を書いた紙片を、カウンターの上に滑らせてきた。

小島百合は、酒の代金を払って立ち上がった。もう酒井にも佐伯にも追いつけないことは承知していた。店を出たら、ひとりコートの襟を立てて、冷たい風の吹く四月の街に踏み出すだけだ。地下鉄の駅に向かって、足元を見ながら歩くだけだ。

村瀬香里は、もうひとつの足音を意識した。

この舗道の上には、自分の足音のほかにもうひとつ、誰か別の人間の足音が響いている。午後十時半の、自分の住む集合住宅のそばだ。大通りから住宅街の中に折れて、あと百メートルというところ。この時刻、このあたりは通行人が途切れる。タクシー以外には通る車もなくなる。

きょうは村瀬香里は、三人の客を相手にしたところで、体調不良となった。仕事になりそうもない。やむなくマネージャーに言って、早退させてもらったのだ。

本来なら明日の朝までが勤務だけれど、今夜はたぶんそんなに客はないはず。サミット警備態勢になってから、歓楽街・薄野の警備も厳しくなった。客引きが徹底的に取り締まりを受けている。非合法の中国式マッサージ店のオーナーも何軒か手入れを受け、派手に営業していたハプニング・バーも踏み込まれた。この冬にはソープランドの火事があって、客と従業員四人が死んだ。そのことも影響しているのか、札幌大通警察署はいま、薄野を無菌室にでも変えようとするぐらいに、大量に警官を薄野地区に投入している。違法すれすれの風俗営業は、軒並み「サミット不景気」にあえいでいた。薄野を巡回する警官たちの姿を見れば、風俗業の常連客だって二の足を踏む。しばらくは我慢しておこうという気持ちにもなる。このところこの商売はあがったりなのだ。

もっとも、薄野を警戒している警官たちの制服の背には、よその県警の名もよく見る。薄野を警戒しているのは、北海道警の警官ばかりじゃないのかもしれない。

マネージャーは言っていた。制服警官ばかりじゃなく、私服刑事も薄野に入り込んでいるそうだ。客の身元についてはチェックを厳しくしているが、少しでも怪しいと思ったら、本番の要求は絶対に受けるなと。店の方針ですと突っぱねろと。香里自身、この一週間で三人、要求を断っていた。そのぶん、収入は減っているのだが。

香里は少しだけ、足を速めた。耳を澄まして、もうひとつの足音を聞いた。その足音も、歩調を速めてくる。ただし、リズムは香里のものよりもゆっくりしている。大股《おおまた》ということだろう。男だ。

尾《つ》けられている?

いやでも、六日前のことを思い出す。あのストーカー野郎との一件。殺されるかもしれないという恐怖から警察に相談、そして最後はそのストーカーの自宅侵入と、女性警官による発砲、逮捕という顛末《てんまつ》だった。あとで教えられた。そのストーカー、鎌田光也は、帯広で殺人も犯していた男だという。香里が第二の犠牲者となる可能性はきわめて高かったのだ。

あいつが、また追ってきた？

振り返ることができなかった。もしそこに、自分が想像したとおりのものがあったならば。自分はたぶんパニックを起こして、凍りつくことだろう。足がすくみ、ただ呆然《ぼうぜん》と立ち尽くして、そこを襲われることだろう。鎌田光也に。

そんなはずはない、と、鼓動が速まったことを意識しながら自分に言い聞かせた。あいつは小島百合巡査の発砲で肩に銃傷を負い、いまは警察病院だ。住居不法侵入の現行犯で逮捕ということになっているが、傷が完治したところで、こんどは殺人容疑で逮捕される予定と聞いている。つまり彼は、事実上、警察の留置場にいるのと同じ状態。外に出てこられるはずはないのだ。

でも。

鎌田光也は脱走したのか？　脱走して、お礼参りのためにいまここにやってきた？

香里は腰の脇のポシェットに手をかけ、慎重に腰の前へと移動させた。携帯電話を取り出して、小島百合に連絡しよう。

すぐに思い直した。まだ早いかもしれない。自分がほんとうにあとを尾けられているのかどうかも、わからないのだ。気のせい、あるいはただの偶然ということもありうる。

香里は、携帯電話を取り出すのを止《や》めた。もしうしろにいるのが鎌田だった場合、香里が携帯電話を取り出した瞬間に飛びかかってくるかもしれない。あいつにそんなきっかけを作ってやらないほうがいい。

自分の集合住宅が見えてきた。香里はもう少しだけ足を速めた。足音の響きから、あいつはたぶん二十メートルくらいはうしろにいるはず。その距離があるなら、なんとか自分の部屋に駆け込めるのではないか。キーを差し込んでロックをはずすのに、そんなにまごつかなければ。

心なしか、うしろの足音のリズムが速くなってきたような気がした。近づいてくる。急接近してくる。

恐怖に耐えきれなかった。香里は集合住宅の入り口に向かって駆け出した。うしろの誰かもダッシュした。

入り口に飛び込み、階段を駆け上がった。きょうはピン・ヒールでなくてよかった、と、香里は一瞬だけ呑気《のんき》なことを考えた。先日買ったばかりの、ハーフブーツなのだ。うしろの誰かも、入り口に飛び込んできた。

踊り場を曲がったところで、捕まった。コートの裾《すそ》をつかまれた。香里は悲鳴を上げた。しかし悲鳴は口からは洩《も》れなかった。男の左腕が、香里の口をふさいだのだ。香里は目をつぶって身をすくめた。

男が自分を抱くように覆いかぶさってきた。一瞬、その身体《からだ》の感触に記憶があるような気がした。その大きさ、固さ、動き。そして匂いさえも。

耳元で、その男が言った。

「香里。おれだ。日比野だ」

その声。よく覚えている。

香里は目を開けた。

かつて客になってくれた男の顔が、目の前にあった。少しだけ、商売を離れてもつきあったことのある顔。日比野伸也巡査。彼が微笑している。

香里はふっと安堵《あんど》の吐息をついて、その場にへたりこんだ。

一日前

佐伯宏一は、定時十分前に大通署の刑事課フロアに入った。

すでにデスクには半分ぐらいの職員が着いている。新宮昌樹の姿は見えなかった。コーヒーカップを持った捜査員が通りかかった。職務の情報よりも、署内の人間関係やら人事やらの情報にやたらに強い男だ。陰では回覧板とか放送局とか呼ばれている。佐伯よりも二、三歳年上の警部補だ。

彼が寄ってきて、愉快そうに言った。

「まだ見つからないってさ。北見署長、これで降格確実」

佐伯は訊《き》いた。

「何の話だ？」

「知らないのか？　昨日から、本部はあたふたしてるというのに」

「おれは昨日はずっと出てたから」

回覧板は教えてくれた。昨日、北見方面北見署の地域課警官、日比野伸也巡査が勤務中に消息不明となった。制服を着て、拳銃《けんじゅう》を携行したままだ。いまのところ事件に巻き込まれたという様子はなく、事故のようでもない。何か理由があっての失踪《しっそう》と推測されるが、本人とはまったく連絡が取れず、想像できる立ち回り先にも姿を見せていないという。偶然なのか、北見署管内では昨日、ライフル銃の盗難があった。また、警備課警察官の出動服一式の紛失がわかった。

本部は、日比野伸也巡査を無断職場放棄で本部内に手配、早急の身柄確保を指示したという。

回覧板は言った。

「本部には、追跡班が作られた。津久井もメンバーだそうだ」

佐伯は確認した。

「日比野って、もしかして二年前に事故死した日比野の身内か？」

「そう」と回覧板は言った。「死んだときは、組織替えがあったばかりで、あのひとは生安の企画課長だった。うちの最悪の一週間の最後の仏さんだった」

ふと思いついて、佐伯は言った。

「あの一週間から、ちょうど二年目だな」

「そうだよ。日比野課長の命日も明日だ」

回覧板は佐伯のそばを離れていった。

佐伯は貸与品のノート・パソコンを開き、起動した。昨日撮って送った写真を、整理しておきたかった。

メーラーを開いたところに、新宮が現れた。

あいさつのあとに、新宮がおそるおそるという調子で言った。

「昨夜、お邪魔でしたか?」

佐伯はモニターから目を離さずに首を振った。

「いや」

「何か、小島さんも怒ってたみたいで」

「怒らせたんだろう」

新宮は次に続ける言葉を失ったようだ。椅子《いす》に腰をおろしてから、口調を変えて訊いてきた。

「きょう、おれ、何かやることは?」

「ない。適当にお勉強か情報収集してろ」

「はい」

新宮の返事は、かすかに不服そうだった。

昨日と同じ会議室に、二十人ほどの道警の警察官が集まった。全員私服である。

議長席にいるのは、警務部人事二課長の黒崎だった。昨日出席していた部長級の幹部たちは、きょうは姿を見せていない。

　黒崎は、面白くなさそうな顔で出席者の顔を見渡してから口を開いた。

「北見署の日比野巡査が失踪してから、もうすぐ二十四時間になる。昨日の午後十時から新しい情報を耳にしていないが、その後は？　北見署」

　津久井は黒崎の視線の先を見た。四十歳前後の、顔を知らない男だ。かなり緊張した顔だった。

「北見署の地域課は」と、その男が手元の手帳に目をやりながら言った。北見署地域課の課長補佐だろうか。「昨日十四時十九分北見発のオホーツク六号で、地域課警官八人が札幌に入りました。班をふたつに分け、ただちに四人が札幌駅で見当たりに入っています。四人は千歳空港に向かいました。昨日のうちにさらに合計で十二人を増援、本日あらたに六人も札幌入りして、わたしたちに合流します」

「足どりはわかっていないのか？」

「いまのところ、まったく」

「事故でも自殺でもない？」

「それを窺《うかが》わせるものはありません」

「まったく、か」

「全然です」

「ライフルは？」

「まだ見つかっていません」

「出動服は？」

「同じです。署内はもちろん、出入りのクリーニング屋にもあたっていますが」

「そもそも札幌に入ったかどうかの確認は？」

「JRの協力をもらえることになりました。札幌駅構内二カ所に設置してある監視カメラの映像を、きょうこれからチェックに入ります」

黒崎は、津久井と長谷川のほうに顔を向けてきた。

「母親とか、親戚《しんせき》とかは？」

津久井がまず答えた。

「母親には連絡なし。これは信用してよい言葉かと思います。生家はいま、本部機動捜査隊が張りついています」

「ほかに何か、足どりの手がかりになるような情報は？」

こんどは長谷川が答えた。

「警務にある関係者の資料を見る限りでは、目的も立ち回り先も判断つきません。父親の命日が明日、ということだけが、関連を窺わせますが」

「死亡現場と、墓には？　ひとは？」

「踏切付近には、追分署が。清田区の日比野警部の墓には、機動捜査隊が行っています」

黒崎がまた北見署からきた地域課の署員に訊《たず》ねた。

「管内で、適当な未解決事件はないか。日比野との接点があって、母親宅の盗聴と、携帯電話の微弱電波探査の令状が取れそうなものは」

問われた北見署員は、困ったような表情を見せた。

「思い当たりません」

「やつの軽犯罪など、把握していないか？」

「おりません」

「二十六歳の、やんちゃな盛りの男の子だろう。風俗で羽目はずしたというようなことはないのか？」

「方面本部では、管轄内では絶対にやるなと厳しく指導しておりますので」

「部屋の捜索もやっているんだろう？　非合法のＤＶＤなど出てきていないのか？」

「報告を受けていません」

「調べさせろ。もしそれがあれば、使えるかもしれない」

北見署員は、声を出さずに首を縦に振った。

黒崎は、また長谷川に顔を向けた。

「学校同期は当たったか？　いちばん親しい男には、何かしら思い当たることがあるんじゃないか」

長谷川は言った。

「すでに当たっています。いい情報はありませんでした。きょうもそっち関係で動く予定です。わたしのほうからも質問いいでしょうか」

「なんだ?」

長谷川は北見署員に訊いた。

「紛失した出動服のサイズは?」

北見署員が答えた。

「XLです」

「どうも」

黒崎が言った。

「結団式まで未解決なら、本部長の首が飛びかねない。あと二十四時間しかないんだ。この件は、きょう、日が暮れるまでに解決しろ。絶対にだ」

黒崎は立ち上がって入り口のドアに身体《からだ》を向けた。

出席者たちがまだ全員立ち上がらないうちに、黒崎は会議室を出ていった。

小島百合は、朝の点呼が終わり、昨日の勤務内容を課長補佐に報告したあと、補佐に言った。

「きょう一日、警察学校に行きたいのですが」

課長補佐は、首を傾けた。詳しく話せということのようだ。

小島百合は言った。

「昨日、警視庁警護課と上野麻里子大臣の警護計画について、打ち合わせました。わたしは担当SPの支援だけと思っておりましたが、もしもの可能性がないわけではないと伝えられました。明日のために、少し身体を慣らしておきたいのですが」

補佐は愉快そうに訊いた。

「テロ計画でもあるのか?」

「国務大臣にはいつも、その危険はあると聞きました。とくに上野大臣は女性閣僚ということで、警護課もとくべつな警護態勢を敷いているそうです」

「それは、あっちの警護課からの指示か?」

「いいえ。昨日の打ち合わせで、わたしが必要性を感じたものです」

「警察学校で、射撃訓練か?」

「それと、うまく教官のタイミングが合えば、逮捕術のほうも」

「かまわん」補佐はうなずいた。「ずいぶん積極的だな」

「うちの役所にとって、とびっきり大事な仕事ですので」

「行って来い」

小島百合は礼を言って頭を下げた。

酒井勇樹と成田亜由美は、いまごろ千歳空港から羽田に向けて帰路についたころである。

明日あらためて北海道にやってくる。そのとき自分は、あのアテネ・オリンピック出場選手よりも頼もしく見えるチーム・メンバーでいたかった。強姦《ごうかん》殺人犯を撃って逮捕した、という手柄はたしかに自分のアドバンテージだが、もしものとき、つまり千載一遇の……。

そこまで考えてから、小島百合は自分の想像が不謹慎だったと気づいた。想像すべきは逆のことだ。つまりもしもの突発事態に自分がこれ以上はないというほど適切に対応するなら、自分はポイントを稼げるかもしれない。

補佐のデスクの前から自席へ戻る途中、小島百合は決めた。やはり黒いパンツスーツを新調しよう。その日は、あるいはわたしの最高の晴れ舞台になるかもしれないではないか。それが公の部分でなのか、私の部分でなのかはわからないけれど、ともあれカード三回分割でスーツを新調する価値があるだけの日だ。

頭の中で、いくつかのブランド名が点滅を始めた。

渡辺一夫は、昨日と同じ市場の同じ休憩所にいた。昨日と同じテーブルに着いていたが、ゲームはしていない。目の前に置いてあるのは、月遅れの『趣味の囲碁』だった。

佐伯は渡辺に近づき、声の聞こえる範囲にひとがいないことを確認してから、渡辺一夫の向かい側の椅子《いす》に腰をおろした。

渡辺が皺《しわ》の多い顔で会釈してきた。

佐伯は言った。

「面白いことを耳にしたようだな」

渡辺は言った。

「こんなことが面白いんですか？」

「おれには面白いかもしれない。前島はどこだ？」

「裁判で一回証言したあと、消えたんですよ。商権をすっかりべつのパキスタン人に譲って」

「いい商売をしていたんだろう？」

「おとりを持ちかけられて乗ったんだ。そのときは、苦しかったんじゃないですか。だけど、そのあとしばらくは羽振りがよかったようです」

「理由は？」

「非合法輸出の黙認。前島はあの事件で、道警本部と札幌地検と函館税関小樽支署に恩を売ったんです。盗難車の売買、非合法中古車の輸出が、許されていた」

「そこまでやっていたのか」

「前島の評判は、裏社会にも聞こえていました。やばいビジネスをやっているってね。おとりにするためには、引っかける側は前島にそういう評判が立つよう、仕向けなければならなかった」

「それは、あんたの解釈か？」

「べつのひとから聞いた解説ですよ」

「素人の船員を引っかけるのに、それほどの仕掛けが必要かな」

「最初は、素人相手の計画じゃなかったのかもしれません。ほんとうに北朝鮮とつながる組織に、持ちかけていたんじゃないでしょうかね。これはわたしの解釈」

佐伯は自分の想像を整理して言った。

「おとり捜査だと気づいた組織は、手を引いた、ということか？」

また思い出した。前島を逮捕に向かったときの、あいつの異様な怯《おび》えかた。あれはたしかに、罠《わな》にはめようとしてばれた相手からの報復と勘違いしたせいかもしれなかった。そう考えるなら、やつが拳銃を向けてきた理由にも納得がゆく。

渡辺は言った。

「なので合同チームは、途中から計画変更。でっちあげでもかまわん、ということになった。前島は、誰でもいいから北朝鮮の船員と接触するよう、動きまわるようになった。あのころ前島が、北朝鮮船員に接触しようと必死なのを、港の関係者は覚えているそうですよ」

「だけど、素人相手のでっちあげなら、覚醒剤《かくせいざい》は出てこないだろう」

言ってから、佐伯はあらためて動揺を感じた。愛知県警の服部と話したときに思い至ったことではあるが、やはり覚醒剤は、合同チームのほうが用意していたのか？　それが用意可能だった組織は、地検や税関ではなく道警であったろう。なによりあのころ道警の本部には、拳銃でも覚醒剤でも自由に調達できる警部がいたのだ。

郡司が、公判で組織の承認があったと証言したということ。覚醒剤は、自分のためだけに調達したのではないと言ったということ。

つまり。

背筋を冷たいものが流れ落ちた。おとり捜査で押収された覚醒剤は、郡司警部が入手し、おとり捜査用に合同チームに提供していたものなのか？　つまり郡司警部の覚醒剤密売買は、組織に黙認されていた、という程度のことではない。少なくともおとり捜査で押収された十二キログラムについては、組織の指示により調達したものだったということだろうか。

自分があの事件のでっちあげ説を信じなかった根拠は、とにもかくにも覚醒剤がじっさいに押収された、という一点に尽きる。ブツが出てきた以上は、弁護団が言うようなでっちあげや冤罪《えんざい》説は通用しないだろうと。しかし、なるほどどこに郡司警部の存在を介在させて考えると、でっちあげは不可能ではなかったのだ。十二キログラムの覚醒剤は、捜査側が用意できた。

ということは、郡司事件は、まだ解明されていないということにもなる。公判で明らかになった以上の裏がある。闇《やみ》がある。

渡辺が、愉快そうに佐伯の顔を見つめていた。いい情報でしょう、とでも言っているようだ。あんたはこれにいくら支払う気があるかと、訊いているようでもある。

佐伯は動揺を隠して訊いた。

「前島は、どんな理由で、どこに消えたんだ?」

「一度おとり捜査に協力したとなれば、もう盗品売買程度のことでも、裏の業界じゃ相手にされません。公判で証人として出たことで、小樽にはいられなくなった。その時点で、当然お目こぼしもなくなる。お役所さんの側からすれば、むしろ前島がべつの犯罪でぱくられて、余計なことをしゃべったりしないか、心配が出てきた。前島は小樽から消えるしかなかった」

「どこに消えた?」

「茨城だそうです。鹿島《かしま》。スクラップを扱っていると聞きました。古物商の認可を受けて。誰かが便宜をはかってやったんでしょうね」

「茨城か」

「ついでの情報もあります」

「もったいつけないでくれ」

「前島の片棒を担いだパキスタン人は、得体のしれない男だった。北朝鮮の船員を引っかけるためだけに、小樽に現れた。公判での証言が終わったあと、やつもいなくなった。前島も消えて、その事業はチョードリーというパキスタン人が引き継いだ。合法の仕事のほうですけどね」

「ふたりのパキスタン人は、関係があるんだな」

「大きなファミリーのなかのふたり。やっぱりおとり捜査に協力したということで、チョードリーはべつの事件での逮捕を免れ、ファミリーには小樽での事業があっせんされた」

「確実な情報か?」

「わたしには判断できません。ただ、そういう話があるというのは、ほんとうです」

「税関小樽支署までチームを組んだ、っていう部分は、どの程度信用できる?」

「その三つが組まないと、前島は盗難車を輸出できなかった。当時、やつだけが盗難車を輸出できていたんですから。それに、最初その北朝鮮の船から覚醒剤は出てこなかった。船内捜索の前日、船に乗っていたのは税関支署の役人たちです。税関抜きでは、事件のでっちあげは不可能でした。小樽の裏稼業の人間たちは、税関まで引っ張りこんだでっちあげだったことを、全然疑っていません」

「それを証明するものはないか?」

渡辺は笑った。

「わたしは警察じゃないんです。証拠集めなんてことは、とてもできない」

佐伯は、右手を額に当てた。目眩《めまい》を感じたのだ。そんな気分がしただけか。それともおれはいまほんとうに卒倒するところなのか?

長谷川がアクセスしたデータでは、日比野伸也と警察学校が同期の警察官は、札幌市内の所轄だけで十二人いた。このうち、学校でとくに親しく、卒業後もつきあいがあると見られる同期生はふたりだ。ほかに一期上がひとり。卒業直前のカウンセリングで、交友関係のデータは警務に集まる。

「ひとり目」と長谷川が言った。「坂本孝《さかもとたかし》巡査。大通署交通課」

津久井は訊いた。

「署に行きますか。まず電話しますか」

「行ったほうが話は早い。電話でこの件について説明するのはきつい」

道警本部から三ブロック歩いて、津久井たちは大通署に入った。

交通課のフロアで課長補佐に会い、用件を伝えた。

課長補佐は、日比野の所属を聞いて、驚きを見せた。

「この手配って、うちの警官のことだったのか」

長谷川が言った。

「よその県警が大勢入っているんで、おおっぴらにはできないんです」

課長補佐は、勤務割の表を確かめてから言った。

「坂本はいま、道庁前広場にいる。きょう十時から、洞爺湖サミットを成功させよう道民キャラバンってパレードがあるんだ。チーフに連絡しておく」

津久井は長谷川と顔を見合わせた。道庁前広場にいるとなれば、道警本部ビルから直接そちらに向かった方が早かった。

北海道庁は、二町四方の敷地を持っており、鉄の塀で囲まれている。かつては、塀の代わりに土塁があったという。つまり北海道庁は、城砦《じょうさい》として作られた地方政庁の跡地にあるのだ。このため、札幌市を日本史上最後に建設された城下町だと呼ぶ専門家もいる。

坂本孝巡査は、その道庁の旧本庁舎、通称赤レンガと呼ばれる西洋建築の前にいた。

津久井たちが道庁前広場に出向いたとき、すでに用件を承知していた。つい「紅顔の」と表現したくなるような、白い肌に赤い頰《ほお》の青年だった。

「自分は何も」と坂本は言った。「電話も受けていませんし、これまでとくに役所に対する不満も聞いたことはありません」

長谷川が訊いた。

「親父《おやじ》さんの死については、何か言っていなかったか?」

「いいえ。自分は親父さんの通夜にも出ましたが、とくに。あの日はショックを受けているようでしたので、慰めの言葉をかけるだけでしたが」

「その後は? 何回も会っているんだろう?」

「正月と、お盆と。そんな程度です」

「やつは、あまり札幌には帰っていなかったのかな」

「よくとんぼ帰りはしていたみたいですけど」

「最後に会ったのは？」

「今年の正月です。同期が四人集まって、酒を飲んだ。そのときもとくに、何か気になるようなことは言っていなかったな」

長谷川が、そのときのほかのふたりの名を訊いた。さきほど長谷川がリストアップしていたふたりのうち、ひとりが一致した。

長谷川が言った。

「いまなら、まだ処分は避けられる。電話があったら、とにかく出頭を説得してくれ。手に負えないなら、おれたちに」

「はい」と、坂本は屈託なく言った。「自分もあいつを、辞めさせたくありませんから」

坂本巡査を勤務に戻してから、津久井は長谷川に訊いた。

「いまの言葉も、信用できますよね」

長谷川がうなずいた。

「日比野が何かやろうとしているとしたら、その件に相棒はいないだろうな。身内にも友達にも連絡していない。完全に密行だし、ひとりでやる気になっている」

「それって、まったくテロを想定しているように聞こえますが」

「そんなことはない。おれは、北見署で新人巡査いびりでもあったんじゃないかと気になっている。そっちの可能性も見えてきた」

津久井は、長谷川が何を想像したのかわかった。つまりいじめ自殺？　あるいは、いじめを苦にしての失踪。あるいはあてつけとしての怠業。

「何か根拠でも?」と津久井は訊いた。

「盗まれた出動服は、XLだ。日比野伸也は、警務のデータではMサイズ。体格に差がある。日比野が盗んだとしても、自分が何か犯罪に使うつもりじゃない。盗まれた警官とのあいだに、何かトラブルがあったかとも思える。嫌がらせで出動服を盗んだとか」

「サイズの問題だけですか?」

「いまの坂本の雰囲気。やつもどちらかと言えば、ごつい体格の警官たちにいびられそうなタイプだ。あの坂本と仲がよかったということは、たぶん日比野も似たタイプだったんだ。データでは見当もつかなかったが」

津久井は少し考えてから、長谷川に言った。

「出動服の件は、捜査攪乱《かくらん》のため、という分析はどうです?」

「ありうるな。まだ失踪の目的も理由も絞れない」

「友達のあとのふたりは、どこでしたっけ?」

長谷川は、メモを見ながら言った。

「豊平《とよひら》署と、西署だ」

佐伯が大通署に帰り着いたのは、正午少し前だった。

新宮昌樹はデスクにいなかった。佐伯の指示に従って、町場の情報収集にでも行っているのだろう。

佐伯は自席でいま自動販売機で買ったコーヒーを飲みきると、すぐ立ち上がった。

きのう愛知県警の服部から、そしてきょう小樽の情報屋、渡辺から聞いた話の裏を取りたかった。

いちばん情報を持っているのは、もちろん道警本部の警務部だろう。道警の警官のあいだに流れている話では、あの郡司の一件は定年近い警務の職員がひそかに内偵を進めた結果、発覚したのだという。郡司警部は当時、銃器対策課で飛ぶ鳥を落とす勢いであったから、その内偵自体が上の不興を買いかねないものであった。しかしその警務の職員は、パーフェクトに証拠を揃《そろ》え、周囲からの裏付けを取った上で、直属上司に郡司の監察を進言したという。

その内偵は当然、郡司に深く関《かか》わっていた札幌の闇《やみ》社会の人間にも知られてしまった。警務での検討が始まった直後に、郡司の情報提供者が札幌南署の顔見知りの刑事のもとに出頭した。覚醒剤を持参してだ。自分と郡司警部との関係が、闇社会に知られた可能性があったからである。保護を求めて、男は出頭したのだった。彼はすぐに、郡司警部による銃器と覚醒剤の密売について明かした。

内偵結果とその情報提供者による証言を受けて、警務部人事一課は郡司を取り調べ、数日後、逮捕した。

郡司の取り調べが続いているあいだに、札幌拘置所では、駆け込んだ郡司の情報提供者が口の中に自分の靴下を詰めて窒息死した。自殺であると判断されている。

その翌日、こんどは銃器対策課長として郡司の直属上司であった幹部が自殺した。彼はそのとき手稲署の次長で、警務が事情聴取をおこなったばかりだった。彼は事情聴取で郡司の不祥事について自分は無関係、何も知らないと警務に答えたあと、自分の乗用車で札幌市外の公園に行き、そこの公衆便所で首を吊《つ》ったのだ。

現職警部の逮捕と、関係者ふたりの不審死。すぐに新聞が事件の不可解さを書き立て、この件は道警本部全体を揺るがすスキャンダルとなったのだった。

佐伯は、階段を降りながら思った。

まさかこの件で、本部警務部に問い合わせるわけにはゆかない。彼らが郡司事件の裏を知っているとしたら、隠していることにも何か理由があるのだろうから。

大通署の正面エントランスを出て、佐伯は大通公園へと向かった。やはりこのような場合、意地の悪い好奇心で、警察並みの情報を集めたはずの人間たちに聞くのがよい。

佐伯がいま思いついたのは、一年前まで道警本部担当だった地元ブロック紙の記者だった。郡司事件を判決言い渡しまで追った男と聞いている。

裏金問題が発覚した後、その新聞社と道警本部との関係は、一時期戦争状態と言ってよいほどのものとなった。その新聞社の社員や記者を、どんな微罪でもよいから引っ張れと命じた道警の幹部もいたはずである。うっかりその新聞社の記者との接触が知られたりしたら、たちまち内部告発者の疑いをかけられて、警務部に監視されることになった。警備部公安担当の尾行さえつくことになったのだ。いまはそのときほど険悪な関係ではないが、それでもその新聞社との接触を不快に思う幹部はいるだろう。なので昨日の大島との接触同様、それは慎重に、秘密裏にやらねばならなかった。

歩道を歩きながらうしろを確かめ、携帯電話から電話をかけた。道警本部の刑事部にいる親しい男だ。

相手が出たので、佐伯は前置き抜きで言った。

「小松雄作《こまつゆうさく》の携帯番号、知りたい」

少し待て、と相手は言った。ひとの耳のないところまで移動しているのだろう。

「いいか、言うぞ」

「ああ」

相手は八桁《けた》の数字を二度繰り返した。佐伯も二度繰り返して、その数字を記憶した。

相手は言った。

「頭は、いちばんポピュラーな番号だ」

佐伯は礼を言って切った。

すぐに、〇九〇と入力し、いま覚えた八桁の数字を続けた。

二回のコールで、その新聞記者が出た。

「はい?」

怪訝《けげん》そうだ。無理もない。こちらの番号は向こうには登録されていない。

佐伯は言った。

「大通署刑事課の佐伯宏一と言います。この番号は、本部の吉村《よしむら》から聞いたんですが」

「ああ、佐伯さんというと」

二年前の婦警殺し事件を事実上解決した刑事として、小松も覚えていてくれたようだ。

「お名前は聞いています」小松の口調は敬意のこもったものとなった。「わたしに何か」

「小松さんは、郡司事件をずっと追いかけてきたと伺っています。わたしは内部にいながら、あちらの事件には疎い。少し情報をもらえないかと思って」

新聞記者に、情報が欲しい、とねだることは、相手の期待にも応《こた》える用意があるということだ。

小松が訊いた。

「郡司事件のどの部分です?」

「公判の過程です。どんな証人が出て、どんな証言があったのか、そのあたりを聞かせていただけないかと」

「何かまた動き出したのですか?」

「そのことは、お目にかかってお話しします。じつは、昨日は御社小樽支局の大島さんにも、話を聞かせてもらっています」

不審なら大島に問い合わせてくれ、という意味だった。

小松は言った。

「いまちょっと手が離せないことをしているんですが、十五分後にわたしから電話してもかまいませんか」

「ええ」

佐伯は携帯電話を畳むと、さらに大通公園に向かって歩いた。

小松からの電話は、十分後にあった。

「時間を作りました」と小松は言った。「お昼をご一緒しながらいかがです?」

「いいですね。勘定はそれぞれで」

「うちの社からひとブロック離れたところに、安橋《やすはし》というそば屋があります。その二階はいかがです。部屋を取っておきます」

「すぐに行きます」

小松はこの十分のあいだに大島と連絡を取ったはずである。佐伯という刑事が何に関心を持ち、何を調べようとしているのか。調べる目的は何か。それを訊いたはずだ。

また、佐伯を知る誰かべつの新聞記者にも、佐伯のひととなりを確認しているはずである。裏金問題については道警の対応も新聞社のキャンペーンもいちおう決着を見ているとはいえ、お互い同士が不信の目を向け合っているという状況は変わっていないのだ。

札幌方面豊平警察署は、広い公園を背にした警察署だった。

かつてその公園は墓地だったということもあり、改築前の建物の留置場には幽霊が出るという話があった。ひとりも留置者のいない夜、宿直者を呼ぶ声がかすかに聞こえてくるのだという。もちろん宿直の警官がその房の前まで行ってみても誰もいない。あるいは、留置者から隣の留置者が何かぶつぶつ言っているので眠れないという苦情が出たりする。

建物の改築直前のころ、新任の巡査がその房にひとの姿を見たことがあった。無人のはずの房の奥に、やせた中年男が座っていたというのだ。巡査は同僚を呼んだが、この日は留置場はひとり収容していただけ。その房にはひとがいるはずもない。寝ぼけたのだろうということになった。ところが、数日置いてべつの巡査が同じことを体験した。さらにまた数日後に、かなり年配の巡査も。冗談ではすまされない話となったので、道警本部は留置場の一時閉鎖を決めた。留置場が必要となった場合は、隣の白石署のを借りることとしたのだ。

閉鎖中に、署長の黙認のもと、祈禱《きとう》と御祓《おはら》いの儀式が行われた。もちろん公共施設で公費を使ってできることではない。解体工事を請け負う建設会社が、工事の前に作業の安全を祈願する、という名目で実施したのだ。その日、祈禱師は、ずいぶん気の強い建物ですねと言いながら留置場スペースに入った。その瞬間、問題の房の窓ガラスが内側から外に吹き飛んだという。

豊平署に着く直前、長谷川がこの話を津久井に教えてくれた。これから訪ねる豊平署の勝野《かつの》忠志《ただし》巡査は、豊平署の総務課留置係職員なのだ。

豊平署に着くと、勝野忠志巡査は留置場監視の仕事を一時同僚に替わって、総務課のオフィスに出てきた。

津久井が日比野伸也巡査の失踪の件を伝えると、彼は驚いたように言った。

「やっぱ」

予測していた？

津久井は興奮を抑えて訊いた。

「心あたりでも？」

「あ、いや、そんなことはないですけど」

「やっぱ、というのは？」

「そんなこと言いました？」

「いま」

勝野は頭をかいた。彼はさきほど会った坂本とは逆のタイプだ。背はさほど高くはないが、目が細く、下膨れの顔で、少し運動不足気味と見える。身体全体が重そうだ。

津久井は、坂本に会ったあとの長谷川の言葉も思い出した。いびり。日比野伸也本人がどんなタイプかは知らないが、坂本とこの勝野巡査を比べるなら、自分にはむしろ勝野のほうが、同僚や先輩たちからいびられるタイプのように見える。

勝野は、周囲に目をやってから、言いにくそうに言った。

「会議室借りませんか?」

長谷川は了解して、総務課フロアの隅の会議室を借りることにした。

テーブルが一脚あるだけのその小さな部屋に入ると、勝野はまた少し控えめな声で話し出した。

「あいつ、おとなしそうに見えて、けっこうとんがってるところがあるんですよ。おれたちよりは沸点はずっと高いから、なかなか感情を爆発させたりしない。だけど、切れたときは、まわりがちょっと引くぐらいに大爆発します。失踪って、もしかして何か、とうとう切れるとこまで行ったのかも、って気がしたんです」

長谷川が訊いた。

「たとえばどんなことがあった?」

「爆発したことですか?」

「そう。切れたこと」

勝野はまたあたりに視線を向けた。ひとの耳がそうとうに気になっているようだ。しかし、いまの勝野の声量なら、会議室の外に洩れることはない。

「警察学校で」と、勝野は少しだけ声を小さくして言った。「おれ、同じ班でしたけど、ちょっと運動神経鈍いから、からかわれてたことがあったんです。おれの同期って、半分ぐらいは高校や大学で、何かしらの運動部に入っていたって連中です。ほとんどは格闘技ですけど」

ひとり、身長が百八十七センチという男がいた、と勝野は言った。花園大会にも出たという、もとラグビー選手だった。彼は鈍重な男には生理的な嫌悪感すら持っていたらしく、警察学校の課程が半年を過ぎるころには、小さな意地悪を勝野にしかけてくるようになった。勝野の動きを真似《まね》て笑ったり、食堂で足をひっかけたり、逮捕術の訓練中に勝野を本気で締めにかかったりといったことだ。彼はたぶん、勝野を自主退学に追い込みたかったのだろう。日比野伸也や坂本孝が心配してくれたけれども、勝野はまともにその男とやりあう意志はなかった。そのままいびりが続くのであれば、ほんとうに退学を言い出そうというところまで追い詰められた。

修了まであとひと月ばかりというとき、その男はやはり格闘術の訓練のさなかに、勝野の首を押さえつけながら、はっきりと脅したという。貴様のような男は道警の恥だ。まともな警官にはなれない。卒業せずに退学しろと。

夕食のときに、勝野はこの話を仲間たちに伝えた。自分は退学すると。すると日比野伸也はフォークを持って立ち上がり、まっすぐにその男のテーブルへと進んだ。ウォームアップなし、予告なし、猶予を与えることもなしに、日比野伸也はいきなりフォークをその男の顔に向けて突き出したのだ。眼球に突きたてるつもりだったのかもしれない。相手は咄嗟《とっさ》に顔をそむけたので、フォークは頬をわずかにえぐっただけで済んだ。まわりの警官たちがすぐに日比野を押さえ込んだ。しかし、警察学校の食堂で、同期の警官の顔にフォークを突きたてようとしたのだ。誰もが戦慄《せんりつ》し、凍りついた。腕力には自信があるはずの、その相手さえも呆然《ぼうぜん》としていた。頬を押さえた彼のてのひらのあいだからは、血がしたたっていた。

日比野は、はがい締めにされながら、低く落ち着いた声で言った。

「冗談をやったんじゃないぞ。勝野に謝るか、いまおれを殺すか、どちらかひとつだ。おれを殺す度胸はあるか?」

その場のすべての者が、相手の男を注視した。勝野の目にも、そのとき日比野が放っているものは、行き着くところまで行かねば止まることのない激情と見えた。狂気と呼べるだけのものであったかもしれない。もし相手が日比野に報復しようとしたなら、たしかに殺す以外には収めようもなかったろう。

食堂内が凍りついている中で、その相手の男はうなだれ、小さな声で勝野に言った。

「すまん」

日比野が言った。

「声が小さい」

「すまん」と、相手は顔を上げて、最初よりも大きな声で言い直した。

騒ぎに気づいて、食堂に教官のひとりが駆け込んできた。彼はたぶん、瞬時に事態を察したことだろう。もしかすると、警察学校のどの期でも、似たようなことは起こるのかもしれない。

「どうした？　何だ？」と教官は、その場の面々を見渡して訊いた。

日比野伸也が言った。

「そいつに訊いてください」

相手のほうは、首を振って言った。

「何でもありません」

「その血は？」

「うっかりテーブルの角で」

「何もないんだな？」

「ありません」

「騒ぎもこれで終わりだな？」

「これ以上ありません」

「医務室へ行け」

相手はうなだれたまま、食堂を出ていった。

勝野は締めくくった。

「あのときの日比野には、おれたちもびびりましたよ。あんなふうに切れる男だとは思っていなかった。まったく前段階なしに、いきなり歩きだして、フォークであの男の目を刺そうとしたんですから」

津久井はふっと息をついてから確認した。

「そいつ、北見署配属ってことかな」

「いいえ」勝野は答えた。「一年ぐらい前に退職したと聞いています」

津久井は長谷川の顔を見た。警務なら、そのことを知っているだろうと。

長谷川が言った。

「小林《こばやし》って巡査だ。機動隊だった。非番の日に大酒を飲んで暴れて、事実上の諭旨免職」

「いまも札幌ですか？」

「いや」長谷川は北関東の県警の名を出した。「あっちで、警官再志願だ。照会があった。こっちも、公的記録以上のことは言えなかったので、採用された」

勝野は、その情報は知らなかったらしい。目を丸くしていたが、すぐに微苦笑となった。

その県警は、日本の警察官志願者の最後の受け入れ先だと言われている。どの県警の採用試験にも落ちた者が、年齢制限のもっともゆるいその県警に最後の希望を託すのだ。逆の言い方をするなら、地元出身の警察官は別として、そこにはどの県警も採用を控えた警察官志望者が集まる。もちろん、偏見で語られる噂《うわさ》に過ぎないが。

長谷川が言った。

「警察学校のその件は、警務では把握していなかった」

津久井は、自分がつい昨日まで警察学校の職員側で見聞きしたことを思い出しながら言った。

「せっかく採用した警官を、不祥事ではやめさせたくない。いまの話程度のことであれば、なかったことにするのは、いつでもあることのようです。当事者たちが反省することのほうに期待をかけて」

「頬にフォークが刺さった」

「傷害事件としては立件されていません。その程度の傷だってことでしょう」

勝野は言った。

「しばらくガーゼ当ててましたが、小林にも見栄《みえ》があったんでしょう。休まなかったし、痛いという素振りも見せませんでしたね」

長谷川が訊いた。

「やつのそういう性格が変わっていないとしたら、思い当たることはないか？」

勝野は首を振った。

「所轄がちがいますから、あいつが何に切れそうになってたか、わかりません」

「切れたと思うのか？」

「事故じゃないなら、そうじゃないかと」

「最後に会ったのは？」

「正月です。坂本と一緒でした。酒を飲んで、カラオケに行きました」

「一次会だけ？」

「カラオケが二次会でした。カラオケで散会です」

「わかった」

長谷川が勝野にも、もし連絡があれば出頭させるよう言い含めた。日比野に警官を続けさせたいなら、いまならまだ間に合うのだからと。勝野はうなずいた。

豊平署を出たところで、津久井は長谷川に言った。

「日比野は、意外な一面を持っている男でしたね」

長谷川が、ポケットからミント入りの飴《あめ》を取り出して口に放《ほう》り込んだ。

「警務のデータでは、衝動的に何かやるようなタイプには見えなかったけどもな」

「こんどの件は、計画的に見えますよ」

「消えるつもりになったというだけで、十分に衝動的だ。しかも、日比野は警察官人生をいつでも投げ出す意志がある。警官を続けるよりも優先順位の高い何かを持っているんだ」

「友情?」

「それも含めた何かだろうな」

「坂本は、いまの話をしませんでしたね」

「勝野にはそれだけ強烈な体験だったたってことだろう」

長谷川が手を差し出してきた。ミントの飴をくれるらしい。津久井は運転しながら左手のてのひらに、飴を受け取った。

三粒の飴を口に入れて嚙《か》むと、すっと冷たい刺激が口の中に広がった。なぜか口の中が渇いてきたという感覚があったので、この飴はうれしいものだった。同じものを、こんどコンビニで買っておこう。

指定されたそば屋の個室には、もう小松雄作がきていた。道警本部の捜査員たちが、一時期唾棄《だき》するほどに嫌ったという新聞記者。歳《とし》は四十前後だろうか。その年齢の割には、細く見える男だった。スーツもメガネも、いまはやりのタイプのようだ。刑事課の捜査員ふうに表現するなら、気障《きざ》な野郎、だ。

小松は、テーブルの向かい側に腰掛けるよう勧めてから言った。

「佐伯さんから接触があるとは、夢にも思っていませんでした」

佐伯は言った。

「誤解しないでください。何か内部告発したいわけじゃありません。電話でも話したとおり、郡司事件の公判で、記事には書き切れなかったことを伺いたくて」

「質問してください。わたしが覚えていることで、さしつかえない範囲であれば、お答えします」

「郡司は、起訴状を認めたのでしたね？」

「ええ。自分の犯罪事実については、そのとおりだということでした。ただし組織の承認と指示があったのだと」

「それで弁護団は、それは郡司警部の個人的な暴走ではないことを主張し、何人かの証人を申請した。そのように聞いていますが」

「そのとおりでした。聞いているかと思いますが、法廷は異様でしたよ。被告席、証人席が、防弾ガラスの衝立《ついたて》で囲まれているんです。地裁は、郡司被告の口封じを狙《ねら》っている者がいると、本気で心配していた」

その心配も当然だ、と佐伯は思った。まだあの当時の道警の上層部は、津久井の百条委員会での証言さえ封じようとした。女性警官殺しの濡《ぬ》れ衣《ぎぬ》を着せて、事実上、射殺を命じたくらいなのだ。

「ところが」と小松は言った。「郡司は、公判の途中から、腰砕けになっていったんです。起訴状を丸ごと認め、自分ひとりがやったこととして判決を受け入れるという気持ちになっていったようだ。罪状認否のときから較《くら》べると、どんどん素直になっていったという印象があります。公判をずっと傍聴していてそう思うのですが」

注文を取りにきた仲居に、小松は親子そば定食を注文した。佐伯はざるそばを頼んだ。

仲居が消えてから、佐伯はあらためて小松に訊いた。

「それまでの公判では、誰か上司の名は具体的に挙げていたのですか？」

「自殺した富野《とみの》銃器対策課長」

「ひとりだけ？」

「出てきたのは、その名前だけでした」

「でも、公判の時点ではすでに死人に口なしだった」

「それで、弁護団は、もうひとり道警の幹部を証人として申請した」

「誰です？」

「日比野一樹生活安全企画課長。郡司事件が発覚したときは、薬物対策課長でした」

「二年ぐらい前に死んでいましたね？」

「ええ。ご承知のように、郡司事件の後に、今度は道警の裏金問題が発覚して、北海道議会は百条委員会設置を決めました。津久井巡査部長と、日比野課長が証人と決まりましたが、呼ばれた日の前日に踏み切り事故で亡くなっています」

「日比野課長は、郡司事件の公判では何を証言したのです？」

「してないのです」

「してない？」

「ええ、証人召喚に応じませんでした。捜査中の事件の捜査に支障が出るから、と本人が主張し、ぎりぎりの段階で、検察も裁判所もこれを認めたのです」

証人の召喚を拒むことができるのは、よっぽどの場合だけだ。しかもこの場合、郡司事件を担当する検察も、日比野の証人としての出廷拒否を認めた？　何を心配したんだ？

佐伯は訊いた。

「証人が出廷拒否で、公判はどうなりました？」

「その日の審理は流れました」小松は思い出したように言った。

「郡司被告の様子が変わったのは、その次の公判からですね。弁護側の質問にも、弁護側が期待するような答えをしなくなった。傍聴していて、明らかに打ち合わせとちがうことになっていると感じるようになった」

佐伯は確認した。

「日比野一樹課長が出廷しなかった、その次の公判からですね」

「そうです。そこから先は審理は流れ作業のようだった。弁護側は弁護の方針を絞り切れないまま結審です」

「新聞記事で読んだわけじゃありませんが、公判の最終回では、ちょっと騒ぎがあったとか」

「いえ。騒ぎじゃありません。閉廷直前に、郡司被告が発言を求めた。判事は無視しましたが、郡司被告は大声で言った。覚醒剤は自分だけで使ったわけじゃない。組織が必要としたから、わたしが調達したんだ。そういう意味のことを言いました」

「その発言について、反対質問とかは？」

「ありません。郡司警部は廷吏《ていり》に抑えられて、連れ出された。判事は書記たちに、いまのは不規則発言なので記録からは削除をと指示し、閉廷を宣言しました。発言はないことにされたんです」

「公判記録を見ても、その発言は載っていないということですね」

「そうです。そうして一月後には、判決言い渡しででした。懲役九年。郡司警部は、黙ったまま防弾ガラスのブースの中で判決を聞いていた。ひとことも何も漏らしませんでした」

佐伯は、そこまでの小松の言葉を整理して記憶しようとした。

知らなかった事実をふたつ聞いた。郡司事件では、日比野薬物対策課長も証人として呼ばれていたが、ギリギリで出頭を拒んだこと。ところが日比野課長は、それからまた二年近く経った裏金問題の百条委員会に証人として呼ばれ、その前夜というタイミングで、事故死しているのだ。しかし、事故死という解釈はナイーブすぎる。その踏切事故の詳しい状況は知らないが、まず確実にそれは自殺だったのだろう。

佐伯は言った。

「日比野課長が死んだことで、逆にわかりますね。郡司警部の暴走、として発覚したあの一件は、銃器対策課と薬物対策課が組織として起こした不祥事であると」

「日比野課長は、知らないとしらを切ることも可能だったでしょうけど」

「議員たちに突っ込まれて、しどろもどろになるかもしれない。そうなると、議員たちの印象にも影響を与える。道警全体が揺らぐ」

小松は同意できないというように首を振った。

「それでも、死ぬことはないとわたしは思いますがね」

仲居が注文の品を運んできた。会話は一時中断となった。

佐伯は、ざるそばを半分ほどかっこんでから訊いた。

「日比野課長にとっては、死ななければならないほどのことだった、ということになりますか。つまり、もっと大きな裏があると。日比野課長は、その裏を守るためにも、死ぬ必要があった」

小松は、鼻で小さく笑ってから言った。

「骨の髄まで、警官だったってことなんでしょう。世間の常識が通じる頭じゃなかった」

「ところで」と佐伯は話題を変えた。「同じ時期、小樽で北朝鮮船籍の船から大量の覚醒剤が摘発された事件がありました」

佐伯は、自分がその事件にどう関わるのか、簡単に説明した。盗難車の密輸の件で業者を逮捕しようとしたところ、それはもっと大きな覚醒剤摘発おとり捜査の一部、として捜査の中止が命じられたこと。佐伯が逮捕状を取った業者は、おとり捜査のほうのおとり役だったということ。逮捕に向かったその四日前に、北朝鮮の船員が逮捕されていたこと。

そこまで話してから、佐伯は訊いた。

「おたくの小樽支局の大島さんは、あの事件がでっちあげだと見ているようでした」

小松は、箸《はし》を持った手を止めて、佐伯を見つめてきた。その見方自体は承知しているという目だった。

佐伯は言った。

「覚醒剤がじっさいに出てきた以上、部外者の刑事としては、でっちあげとは信じられません。でも、郡司事件とからませて考えると、その可能性はないわけじゃありませんね」

小松は言った。

「郡司事件の発覚は、あの道警最悪の一週間のほぼ一年半前ですね。十一月だった」前島が、「わたしは、その少し前から、札幌市内の四駆連続盗難事件の捜査にあたった。つまり、おおっぴらに盗難車を輸出できるようになったのが、その時期なんです。つまり、おとり捜査が始まったのがこのころ。ひとで言うと、日比野薬物対策課長以下が、地検らと組んだ特別捜査チームを作っていた」

「十二月、郡司警部起訴。一月から公判」

「四月十一日、婦警殺し。翌朝、婦警殺しの真犯人、石岡生活安全部長自殺。津久井巡査部長の百条委員会証言。小樽では、婦警殺しの四日前に、北朝鮮船員が逮捕されていた。津久井の証言の四日前には、貨物船捜索。船長逮捕」

小松が自分の手帳を開いて、あとを続けた。

「百条委員会の日の午後には、道警本部に特別監察が入った。十七日、日比野課長の事故死。事故死というのはカッコつきですが。翌日の百条委員会は流れた」

「ほぼふた月後、小樽のおとり捜査事件の第一回公判。三カ月後の九月に結審。このころ、前島が小樽から消えました」

「郡司事件では、郡司警部は控訴せず、判決は確定していた」

「小樽の事件も同様でした。無実を主張していたけれど、北朝鮮の船員と船長は、けっきょく判決を受け入れて服役しています」

「郡司警部は、公判の最後で、自分は組織の指示で覚醒剤を調達したのだ、と発言した」

「組織の指示で調達された覚醒剤は、そのまま郡司が換金したとは思えない。一部は拳銃摘発の費用にまわったでしょうが」

小松が、信じられないというように首を振った。

「北朝鮮貨物船の事件で押収された十二キログラムの覚醒剤は、逮捕前の郡司警部が調達したものだった、ということでしょうか？」

「断言できないまでも、ふたつの事件は、微妙にタイミングとひとがリンクしてますね」

「気がつきませんでしたが、日比野警部の死、郡司警部の告発は、大きな闇と裏の存在を窺わせる。これは外部のわたしなどより、佐伯さん、あなたのほうが詳しいはずだ」

「まったく耳にしていません。ふつうは捜査情報ってのは、無関係の部署の者にも、けっこう流れてくるんですが」

佐伯は、津久井の顔を思い浮かべた。津久井は、郡司事件が発覚したとき、郡司と同じ本部生活安全部の銃器対策課にいたのだ。いっときは郡司の直接の部下のひとりだった。彼はあの事件の構図について、何か情報を持ってはいないだろうか。郡司事件は彼の個人的な暴走ではないとは、何度も聞いてきたが、あのおとり捜査と郡司警部との関係について、何か知ってはいないだろうか。

小松が言った。

「何もないというよりは、情報の管理が徹底しているからだ、とも考えられますね」

「現場の捜査員たちも、全体を知らなかったか」

小松が箸を置いて言った。

「わたしの協力者たちに、あらためて当たってみましょう」

道警内部の、という意味だろう。

そのとき、佐伯の携帯電話が震えた。

シャツの胸ポケットから取り出してモニターを見ると、新宮からだった。

佐伯は、失礼と小松に言って小部屋を出た。急用だろうか。至急戻れの指示が出たか？

洗面所の前まできて、オンボタンを押した。

「どうした？」

新宮の声は、情けないものだった。

「すいません。小樽なんです。おれ、何かに勘ちがいされて、いま拉致《らち》られてるんです」

「拉致られてる？　警官のお前がか？」

「手帳、持ってきてないんです。警察だってことを信用してもらえない」

「どこの組だ？」

「いえ、組じゃなく、ロシア人の」

「小樽と言ったか？」

「ええ」

「どうしていま小樽に？」

「あとで説明します」

一瞬の沈黙があったあと、新宮がまた言った。

「小樽の日本農産倉庫の脇に、極東交易って会社があります。そこにいるんですが、迎えお願いできないでしょうか。警察手帳を持って」

「そのロシア人、お前が警察だって名乗ってるのに、嘘《うそ》だと決めつけてるのか?」

「誤解されてます。おれがどこかの組の者だと」

その極東交易なるところも、危ないビジネスをやっているということだろうか。抗争中なので、事務所のそばに現れた新宮を相手方と誤解した? 新宮はたしかに、すでに刑事課に配属されて丸二年、かなり濃厚に捜査員の匂《にお》いがするようになっている。それはつまり、捜査する対象の側の匂いにも似てきているということだ。

それにしても、新宮はいまなぜそんなところに行ったのだ。自分は上司として、小樽に行けなどと指示していない。勉強してろと言ってあるだけだ。暇で退屈しきっているだろうってことはわかるが。

思い出した。

日本農産倉庫というのは、昨日自分が見てきた倉庫の名前だ。携帯電話のカメラで写真を撮り、それを自分宛《あて》に送ってもいた。そして今朝自分は、PCでその写真を見ながら、あれこれ事件の真相について思いをめぐらしていたのだった。

新宮はおれが席をはずしたときにでもその写真を見て、興味を持ったということか。置いてけぼりにされたので、上司が果たして何を調べているのか、それを突き止めてやろうと。

あの馬鹿、と思いつつ、佐伯は携帯電話を畳み、小松のいる小部屋に戻った。もう食事はおしまいだ。

佐伯は、小松に言った。

「いい話が聞けました」

小松も言った。

「こういう情報交換は歓迎です。これからはいつでもどうぞ」

「わたしはファイル対象ですからね。あまり接触は簡単じゃない」

「配慮はいたしますよ」

「きょうはどうも」

佐伯はざるそばの代金をテーブルの上に置いて、その小部屋を離れた。


札幌方面西警察署に訪ねる相手は、篠原康夫《しのはらやすお》巡査だった。彼は日比野伸也とは警察学校は同期ではないが、高校が同期である。自衛官を三年務めたあとに、警察学校に入り直した。警察学校の期では日比野より一年上になる。高校時代は、同じ陸上部にいたという。

警務の記録では、採用試験のときに道警職員で親しい者として日比野が名を挙げていた。

篠原は、西署の地域課だった。署に行ってみると、地下鉄円山公園駅前交番で勤務についているという。地域課長に用件を伝えて、津久井たちは円山公園駅前交番に向かった。

向かっているあいだに、本部から連絡が入った。ＪＲ札幌駅の監視カメラの映像を、四人の北見署員が精査したところ、日比野伸也らしき人物の姿を確認できたという。オホーツク四号を降りた客の中にいた。ニットのキャップをかぶり、ゆったりしたジャケットにカーゴパンツ、メガネ姿。大きなスタッフバッグを肩から提げていた。かなり外見の印象はちがっているが、その男が日比野伸也巡査である可能性は高いと、北見署員たちは確言しているという。

津久井は運転しながら長谷川に言った。

「単なる雲隠れや引きこもりじゃないことは、はっきりしましたね。変装までして札幌入りです」

長谷川が言った。

「札幌が最終目的地かどうかは、まだわからない」

「勝野が言ったように、日比野がもし切れたのなら、そのテンションは長く持たない。本人も承知でしょう。時間的にも地理的にも、目的はかなり近いところにあるのだと思いますよ」

「いっそ、いじめの復讐《ふくしゅう》だとわかってくれたほうが安心だったか」

津久井は喉《のど》を鳴らして同意し、捜査車両を円山駅前交番の駐車スペースに入れた。

篠原康夫巡査は、大柄で快活そうな男だった。地域の子供たちに人気がありそうだ。本人も、兄貴ぶんであることを楽しむほうではないかと思えた。

「日比野ですか」篠原は、その名をいったんうれしそうに口にしてから、あわてて渋面を作った。「ほんとに失踪？」

長谷川が訊いた。

「まだ聞いていないか」

「警備のほうで、何かそういうことが話題になったのは知ってます。警官が消えたんで、大捜索やってるとか。日比野だったんですか」

「意外か」

「ええ」篠原は帽子をとって、短い髪をぼりぼりとかいた。「おとなしいやつですからね。あまり突拍子もないことはしないと思ってた」

「切れやすいって評判も聞くぞ」

「そんなことはないです。見たことはない。ま、そういうやつに限って、切れた場合、ぶっ飛んでしまうのかもしれませんが」

「いちばん最近会ったのはいつだ？」

「最近？　去年の十一月だったかな」

「正月じゃなく？」

「正月には会ってません。十一月のときは、偶然札幌で会って、ちょっとだけ立ち話でした。実家に顔出してきたんだと言ってましたよ」

「変わった様子は？」

「とくに。ふつうでしたけどね。親父さんのことがあったから、多少暗くてもおかしくないけど、あいつはもともとそんなに陽気ってわけじゃないから」

「親父さんの話は出た？」

「いや。おれ、通夜にも出ましたけど。その話はなかった」

「何か悩みでもあったんじゃないかと想像してるんだ」

「あいつ、あったとしても、ひとり涙流してそれでおしまいにするんじゃないかな」

「悩みは口にしないほうか？」

「おれは聞いたことないです」

「高校が一緒だから、知ってるんじゃないかと思うけど、警官以外で札幌の親しい友達とか、ガールフレンドとかは？」

「さあ。いないと思いますよ」

長谷川は、ここでも先のふたりに言ったことを口にした。

「いまなら処分はない。まだ警官を続けていける。もし連絡があったら、すぐに近場の出先に出頭するよう説得してくれ」

「ええ。もちろんです」

「何か思いついたことがあれば、おれたちにすぐに」

「はい」

円山公園駅前交番の前を発進してから、津久井は長谷川に訊いた。

「三人会いましたけど、収穫は？」

長谷川は、ミントの飴をまた喉に放り込んでから言った。

「とくにないな。日比野は切れたらとことんやりそうだとわかっただけだ」

「わたしは、日比野がもし誰か同僚と接触するとしたら、勝野じゃないかって気がするんですが」

「根拠は？」

「勝野は、日比野が一度、ひと肌脱いだ男です。勝野がそれを恩義に感じていることも知っている」

「あまり役に立つ警官のようにも見えないが。むしろ坂本のほうじゃないか。どんな目的があるにせよ、使えそうだ」

「それは篠原も同じでしょう」

「篠原は一期上だ。この差は大きい。何かを気軽に頼める相手じゃない」

「坂本と勝野、ふたりにひとりずつ張りつきますか？」

長谷川の返事は少しだけ遅れた。

「いや。お前さんの直感のほうを信じよう。ほかに手がかりもない。勝野に的を絞って、日比野の接触を待とう」

「いったん本部に戻ります」

津久井は、北一条通りで車を加速した。


その事務所は、昨日歩いた倉庫街の並びにあった。やや東寄り、観光客もほとんど入り込まないエリアになる。

極東交易の事務所は、その倉庫街に建つ古い二階建ての建物だった。たぶん昭和初期の建築だろう。壁の方々がひび割れ、表面が剝離《はくり》している。一見しただけでは、貿易会社が事務所を置いて仕事になるだけの建物とは見えなかった。ブロードバンドの敷かれていない建物に見える。もちろん、いまブロードバンドも使わずに貿易の仕事をしている企業などあるはずもないが。

佐伯はその建物の前で、通りの前後を見渡してみた。いまこの通りにあるのは、荷役作業中のトラックと、作業員の姿だけ。スーツの上にステンカラーのコートを引っかけた佐伯の姿は浮いている。たぶん新宮も似たようなものだったろう。

事務所エントランス横にインターフォンがあった。その上には監視カメラのレンズ。

佐伯はレンズに目を向けて言った。

「北海道警、札幌大通署の佐伯だ。うちの刑事が、ここにいると連絡を受けた」

スピーカーから、ノイズまじりに低い声が返った。

「IDを見せろ」

短い言葉だが、イントネーションは微妙に不自然だ。外国人のようだ。

佐伯は警察手帳を開いてレンズの前にかざした。開くと下半分に道警の紋章、上半分が身分証明書である。

「入れ」と声。

スチールのドアのロックのあたりで、カチリという音がした。

ドアノブに手をかけて右に回すと、ドアは内側に開いた。中は薄暗い。佐伯は目が慣れるのを待ってから、身体をエントランスの中に入れた。

すっと背後にひとがまわり、ドアが閉じられた。スチール・ロッカーで壁が作られた空間だった。隙間《すきま》の右手に階段が見える。

「行け」と後ろの男が佐伯を小突いた。

佐伯は階段を昇った。

上がったところに木のドアがあった。その前に立つと、ドアは内側から開いた。すぐ正面の応接セットの椅子に、新宮が腰をおろしていた。新宮が安堵《あんど》した表情で立ち上がった。

「すいません。やっかいかけて」

佐伯がドアの内側に入ると、左手のスチール・デスクの向こうに、白人の中年男がいた。

灰色の髪で、目は小さい。ドラム缶にかぼちゃを載せたような印象の男だった。

白人男は立ち上がって言った。

「失礼しました。道警のひとだとは、思わなくて」

達者な日本語だ。

佐伯はその男に、あらためて身分証明書を見せた。

「こいつはわたしの部下です。一応公務中なんですが、何か失礼でもやりましたか？」

「ドミートリー・ウラノフです。ここでもう十年、貿易の仕事をしている。このひとが、うちの倉庫や事務所の様子を窺っていた。不審に見えたので、この事務所に入ってもらって、事情を訊いたんです。警察だとは名乗りましたが、警察手帳は持っていませんでした」

「最近は、つねに持ち歩いているわけではありません」

「この周りを窺っていた理由も言わない」

新宮が言った。

「説明のしようがなかったんです。何か目的があっての聞き込みでもなかったし」

佐伯はウラノフと名乗った男に言った。

「非合法なことをしているわけじゃないでしょう？」

「クリーンです。調べられるようなこともしていない」

「なぜ、事情を訊こうとしたんです？　やましいところがないなら、放っておけばいい」

「警察のひとだとは思わなかった」

「警察以外の誰かと、トラブルでも?」

「わたしは外国でビジネスをしている。引っかけようとしてくる悪党もいる。神経質になる」

「何か前例でもあったのか?」

ウラノフは笑って言った。

「ほんとうに道警の刑事? 知ってるでしょ。小樽では二年前に、船員が引っかけられた事件があった。わたしのところにも、いかがわしい日本人がきたことがある。トカレフを買うから、用意できないかって」

「暴力団?」

「暴力団員。だけど、暴力団員で警察の犬だったのかもしれない」

「どうしてそう思う?」

「いろいろ。道警がトカレフを買うという話は、小樽でも有名だった。例の北朝鮮の貨物船の事件もあった。日本人の業者が盗難車を輸出しても、警察は問題にしなかった。外国人が同じことをしようとすると、摘発された。小樽で外国人がビジネスをするには、わたしたちはとてもとても、気をつかう。おかしな日本人がやってきたら、まず身元を調べる」

「それで、うちの若いのが捕まったのか」

「捕まえたりしていない。事情を訊いただけだ」

佐伯は新宮を振り返って訊いた。

「そのとおりか。傷害事件になっていないか?」

新宮が、ウラノフをちらりと見てから言った。

「いや、まあ、その、何をやっているのかと訊かれて、ここで話を聞くからと強く説得されて」

「強く説得ね」佐伯はウラノフに視線を戻して言った。「おれの部下なんだ。引き取っていいな」

「もちろんです。誤解は解けた。わたしたちには、何のわだかまりもない。ちがいますか?」

「ない」

「でも、ほんとに何を調べていたんです? 外国人の業者を捜査中なんでしょう?」

佐伯は言った。

「盗難車輸出の件さ。おれが担当していた。北朝鮮貨物船の一件もある。二年前には気づかなかったものが、いまなら見えてくるんじゃないかとね」

「あのあと、ずいぶん見えてきましたよね。北海道の警察の秘密。隠し事。すっかり暴露された」

「すっかりだといいんだけどな」

佐伯は新宮をうながして、ドアへと向かった。ウラノフがデスクをまわって、あとをついてきた。

一階まで降りてから、佐伯はウラノフに訊いた。

「この入り口、襲撃でも警戒しているように見えるぞ」

ウラノフが、自分でもうんざりなのだという顔で言った。

「ロシア人が貿易の仕事をしているというだけで、偏見をもたれる。さっきも言いましたけど、トカレフを売れと乗り込んでくる日本人もいる。追い返せば逆恨みされる。バリケードを作りたくもなります」

「きょうは、若いのがほんとに失礼した」

事務所の外に出ると、佐伯たちの背後でスチールのドアがぴたりと閉じられた。

新宮が、恐縮しきった顔で言った。

「ほんとに申し訳ありません」

佐伯は、通りを運河方面へと歩きながら言った。

「何を気にしたんだ？」

「佐伯さんは何を調べ出したのかと思って。昨日から、何かあったなと感じてましたので」

「まだ、ちょっとした気がかりってだけだ」

「おれにも手伝わせてください。小樽にきたってことは、二年前のあの前島の一件とのからみですよね」

　佐伯は新宮に訊いた。

「お前、足は？」

「車は、港湾事務所の駐車場ですが」

「おれは、北一ガラスの裏に停めた。じゃあ、ここでな」

　新宮が、呆気《あっけ》にとられたような顔となった。

「おれ、仕事させてもらえないんですか」

「組織の仕事になってない。個人的な関心、のレベルだ。邪魔だ」

　新宮は口をとがらせた。不服そうだ。承服できないと言っている。

　しかし、と佐伯は思った。あの前島の盗難車輸出と、北朝鮮貨物船船員覚醒剤密輸事件は、そうとうな裏があるとわかってきたのだ。郡司事件にもからんだ裏だ。しかもどうやら道警最悪の一週間にも関係している。へたな突《つつ》き方をするなら、死者が出かねない。あの愛知県警の服部という刑事も、道警の組織の話にはするなという条件つきで、彼がたどりついた疑惑を教えてくれたのだ。こっちも、本気で組織と闘える腹が据わるまで、そして闘えるだけの証拠を揃えるまでは、慎重に、隠密裏に調べを続けなければならない。いまの段階では、たとえ信頼できる部下であっても、関わらせないほうがよい。おれはすでに赤丸つきファイル対象だが、まだ新宮のほうは要注意のレベルは低い。前途洋々と言ってもよいだけの、期待の若手警察官なのだ。傷をつけぬよう配慮するのが、上司たるおれの責務だ。

佐伯は言った。

「もしそのときがきたら、お前にも手を借りる。いまは、関わるな」

「手を借りる、なんて、おれは佐伯さんの部下ですよ。なんでも言いつけてください」

「そのときには、な」

佐伯は手を振って、そのまま運河方向に歩いた。新宮の追ってくる靴音は聞こえなかった。

久保田淳《くぼたあつし》は、キーを受け取ると、レセプションの女に愛想笑いを見せた。

「どうぞ、ごゆっくり」と、紺のスーツを着た中年女が言った。

久保田は床に置いたスポーツバッグを持ち上げて、カウンターを離れた。ロビーと表現するには狭すぎる空間。カウンターのある部分まで含めて、わずか五坪ほどしかないのだ。カウンターの向かい側に椅子が二脚あって、その横に新聞の自動販売機。自由に読むことのできる新聞はなかった。

カウンターの左手には、喫茶店がある。朝食はそこで取るのだと言う。いま二日分の朝食券をもらった。

反対側に階段とエレベーターがある。エレベーターのドア上部の表示を見ると、四階までしかない。自分の部屋は三〇二だ。

三階でエレベーターを降り、表示に従って廊下を右手に折れた。奥から二つ目のドアに、三〇二と彫られたプレートが貼《は》られている。

久保田は、いささか旧式のキーをドアノブの鍵穴《かぎあな》に差し込んで右にひねった。ドアは手前に開いた。一歩中に入ると、かすかに何かが焼けたような匂いがした。繊維類が紫外線のために分解しているのかもしれない。なんであれ、安宿の匂いだった。一泊六千五百円。JR札幌駅から地下鉄でふた駅。その地下鉄駅に近いことだけがこのホテルの利点だろう。

部屋はわずか畳三枚ほどの広さ。シングルベッドは一方の壁にぴったりと寄せられている。テーブルの上のテレビは、なんとブラウン管式だ。バッグをベッドの上に置いてバスルームを覗《のぞ》くと、一体型ユニット・バスで、もうこびりついて落としようもない汚れが目についた。

久保田はベッドに上がって背もたれに背中を預け、携帯電話を取り出した。

すぐに、よく自分が見ている携帯サイトを呼び出した。さらにその中から、テレビ番組を話題にするカテゴリーに入り、さらにニュース番組だけを語るスレッドに入った。

自分はこのスレッドの常連のひとりなのだ。ハンドル・ネームは、ADとしている。

この二、三日分の書き込みを読んだが、さほど増えていなかった。三件あっただけだ。このところ、このスレッドは伸びがまったく停まっている。

なあに、と久保田は思った。二日後には、このスレッドは「ひと多すぎ」の大盛況状態となる。書き込みがみるみるうちに増えて、新規スレッドがどんどんと立つようになる。そのきっかけを自分が作ってやるのだ。

久保田は、微笑しながら一行書いて送った。

「だからさ、そんなにむかつくなら、わからせてやるよ。おれでいいよな?」

スレッドを以前から読んでいる者には、何のことかわかる。直前の書き込みとは直接関係はないにせよ、そのスレッドの本来のテーマを考えれば、何が語られたかわかるはずだ。この書き込みを読んで、おっと期待の声を上げる者もいるにちがいない。

携帯電話を閉じてから、久保田はバスルームに入って小用を足し、鏡を見つめた。少し無精髭《ぶしょうひげ》の伸びかかってある下請け放送プロダクションで働いたことのある三十八歳。少し無精髭の伸びた失業者。あの女と一度だけ接点があって、しかもせっかくのその接点を屈辱的な体験に変えられてしまった男。

これまで久保田は、その事実を相手の女に思い出してもらおうと、何度か働きかけを行ってきた。あなたのやったことは、相手の人格を無視すること、人格を否定したことだったのだよと、何度か注意をうながしてきた。しかしこれまで久保田が知る限り、女はそのことについて謝罪も弁明もしたことがない。自分に向けて言ってくれなくてもいい。一般論で言ってくれるだけでも自分は満足したのに、彼女はその事実すらなかったことにしようとしている。許しがたかった。許せないという想いはこの半年、日々強いものに変わっていった。

もう一度だけなんとか接点ができれば、そのことをじかに訴えようかとも思った。じっさいどこで接近遭遇できるか、あのときのような接点が作れるか、自分はそれを探り、追求してきた。でも、いまや国務大臣という相手と、失業者の自分とのあいだには、グランド・キャニオン並みの溝があった。接点は作りようがなかった。

でも。

久保田は決意したのだ。もう先延ばししない。近々作る。接点ができた瞬間に、自分の人生が終わることになっても、それはそれでいい。自分たちはけっして無縁の人間同士ではなかったのだと、自分も納得できるし、世間も理解してくれる。十分じゃないか。

久保田は鏡の中の自分の顔を見つめながら、あらためてきょうの行動予定を思い起こした。散髪。そして、スーツとシャツの購入だ。

カネは用意してきた。この一週間、抱きつきスリで、成果は二十二万。軍資金はあるのだ。そのカネが尽きたあとのことは、もう心配しなくてもよいのだし。

佐伯は、駐車場に停めた自分の車の中で、携帯電話を取り出した。

もう長いこと、会っていない相手。一時自分の上司だった男だ。加茂《かも》俊治《としはる》。佐伯が釧路署の地域課に配属されていたとき、署長だったのが加茂だった。釧路署は道警の分類ではBランクの中規模署だったから、巡査部長と署長との距離はごく近かった。

加茂は高卒で道警に採用され、最後は旭川方面本部長となった警察官だ。旭川方面本部は道警本部の一ブランチに過ぎないが、県警本部と同格の扱いを受けている。全国本部長会議には、旭川方面本部長も参加するのである。つまり加茂は、高卒採用ながら、県警本部長の地位まで昇った男と言えるのだ。道警ノンキャリア警察官の出世頭だと言ってよい。

しかも清廉な上司だった。

佐伯はこんな話を聞いたことがある。当時、毎年夏になると、読売ジャイアンツ主催のプロ野球ゲームが、札幌の円山球場で二試合か三試合開催されていた。その警備へのお礼という名目で、某新聞社から事前に球場を管轄する西警察署に内野席観戦チケットが届けられる。捜査情報の提供もよろしく、という含みのあるチケットだった。それまでの札幌西署長はこれを本部か方面本部のお偉いさんたちに差し出すのが常だった。あのころの北海道では読売ジャイアンツ戦のチケットは、まさにプラチナものだった。西署長は、それだけの価値あるチケットを、上級幹部に覚えよろしくなるよう、個人的に使っていたのである。しかし加茂が西署長であったときはちがった。自分に届けられたものではないと、署内の希望者に抽選で当たるよう指示していたのだ。

佐伯が警察庁指揮のおとり捜査に加わったのは、その加茂が釧路署長であったころである。捜査終了後、佐伯は激しいＰＴＳＤを発症したが、加茂は精一杯の配慮で佐伯の回復を助けてくれた。無理な勤務には就かせず、荒れたときも事件化させなかった。佐伯の完治をじっくり待ったうえで、札幌大通署に送り出してくれたのである。佐伯にとっては、ある意味では恩人とも言える上司だった。

その加茂は、郡司事件が発覚した直後に、道警を定年退職していた。もともと小樽市の出身で、リンゴ農家の次男坊だった。退職すると、関連団体に天下ったりせず、長男が早世していた生家に戻ったのだ。いまは父親と共に農業に従事しているという。退職時、それまで慣習であった裏金からの餞別《せんべつ》も受け取っていないと聞いている。だから裏金問題が発覚したあと、加茂は悪《あ》しき習慣としてあった裏金作りを、元幹部の立場で認めた最初のひとりとなった。

「加茂です」と相手は名乗った。「どうした。久しぶりだな」

佐伯は言った。

「近くまで来てるんです。小樽でちょっと用事があって」

「なんなら、寄って行くか。遠回りになるけど」

「うかがいます」

「着くころは、ビニールハウスの中だ。そっちに回ってくれ。うち、知ってるよな」

「リンゴ狩りをさせてもらったことがあります。バーベキューも」

「車なら、酒は飲ませられないが」

「大丈夫です。飲みません」

国道五号線を走り、途中で「フルーツ街道」という愛称のあるバイパスに入った。加茂の生家はこのバイパスからほど近いところにあるのだ。かなり余市《よいち》町寄りである。電話から十五分後に、佐伯は加茂果樹園と目立たぬ看板の出た農園のゲートを抜けていた。

前庭で車を停めると、母屋の向かい側にある倉庫のほうから、加茂が出てきた。ゴム長靴に、作業ズボン。汚れた防寒ジャケットを着ていた。顔は以前よりも少し陽《ひ》に灼《や》けているように見える。農機具メーカーのロゴの入ったキャップをかぶっていた。かつて道警旭川本部長だった警察官の面影は完全になかった。もっとも、その鋭い眼光と引きしまった口元では、果樹栽培ひと筋の農家の主人にも見えない。農協の組合長も続けてきたやりての農民、というところだろうか。

佐伯が車を降りてあいさつすると、加茂は昔同様にほんの少しの偉ぶった様子も見せずに言った。

「そっちにおれのオフィスがある。入れ」

案内されたそのオフィスというのは、倉庫の入り口脇を木製パネルで仕切った四畳半ほどの空間だった。窓際には古い木製のデスク。部屋の真ん中には薪《まき》ストーブがあって、火が入っている。ストーブの上で、しゅうしゅうとヤカンが音を立てていた。佐伯は勧められるままに、ストーブ脇の木椅子に腰をおろした。

いまどうしている、という言葉から始まる世間話が少し続いた。加茂は話しながら、りンゴで作ったというお茶を出してくれた。

佐伯がそのお茶をひと口飲んだところで、加茂が訊いた。

「質問は？」

佐伯は加茂を見つめて訊き返した。

「わかります？」

「刑事が、勤務中に訪ねてくれれば」

ならば、と佐伯は前段階抜きに言った。

「郡司事件に関わることです。わたしが担当した、小樽の盗難車輸出事件とも関わってることなんですが」

「そのころ、わたしは旭川だ。詳しいことは耳にしていないぞ」

「でも、方面本部長でした。幹部のあいだのことは、多少知っておられたのでは？」

「何を訊きたい？」

佐伯は、きのうきょうと二日間で膨れ上がった疑問について語った。

ただし佐伯は、どういう情報が誰から入ってきたかについては、詳細は避けた。加茂もそれを不快に感じたりはしないだろう。

話を締めくくってから、佐伯は言った。

「あの事件が、道警本部特捜班、札幌地検の二者合同だけじゃなく、函館税関小樽支署も加わった大がかりなおとり捜査であったことは、事実なのでしょうか。そしてもしそうだとしたら、これほどの事件は三つの役所のいったいどのレベルで決定され、どのレベルの幹部が関わるのでしょう。わたしの疑問はそこです。もうひとつ、あの事件ははたして、三者合同ででっちあげをやるほどのことだったのだろうかと思うのです。つまりいっぽうで、わたしはまだ半信半疑なのです」

加茂は佐伯から視線をそらすと、ストーブの前にしゃがみこみ、新しい薪を一本放りこんだ。加茂は、火かき棒で薪の位置を直しながら言った。

「その一件は、方面本部長会議で話題になった。着任したばかりの五十嵐《いがらし》本部長が言ったな。北朝鮮貨物船による非合法品の密輸入には厳正に対処する。世論を背景に、北朝鮮の犯罪者たちの跋扈《ばっこ》を厳しく取り締まりたいと」

「具体的な話もですか？」

「出た。相手は、個人の犯罪者ではない。ならず者とさえ呼ばれている国家が相手なのだと。だからこちらの態勢も、本部の一部署などであってよいはずがない。本部内の部署を横断して事に当たるだけではなく、捜査権を持つすべての機構を糾合した態勢でやるべきだと」

「検察庁と税関、という意味ですね？」

「そうだ。函館方面本部長だったかが、それをただした。本部長はうなずいた。札幌地検、函館税関と早急に協議すると。じっさい、三者合同でやるとなれば、道警側の責任者は本部長以外にいない。できない」

加茂があっさりその点を認めたので、佐伯は驚いた。

「つまり、それは当時の石岡生活安全部長を通り越した、本部長案件だったと受け取ってよいのでしょうか」

「生安部長ももちろん関わったろう。道警の受け持ち部分について、具体的な指揮を執ったのは石岡だったかもしれない」

「その件は、郡司事件との関連はあったのでしょうか。三者合同おとり捜査の一環が、郡司事件として露顕したのですか？」

「あの事件にでっちあげという見方があるとして、それが事実だとしたら、覚醒剤を用意できたのは郡司しかいないだろう」

佐伯が黙っていると、加茂が心配そうに言った。

「顔から血の気が引いているぞ」

「そうですか」それはたぶん、自分が恐ろしいことを想像してしまったせいだ。想像したものの恐ろしさに、おれはいま耐えられるかどうか自信がないのだろう。それでも気を取り直して佐伯は訊いた。「日比野課長、つまり郡司事件発覚時の薬物対策課長は、どういう役割だったということになりますか？」

「わたしが知っているわけじゃないが、職掌で言えば、特捜チームの道警本部側責任者だろう。もしでっちあげ説を受け入れるとしたら、覚醒剤の手配を郡司に指示し、これを北朝鮮事件に流用したのも、彼ということになるだろうな」

「しかも、その全体の構図を理解して指揮していたのは、本部長だったということになりますね」

「通常の捜査指揮なら、生安部長のレベルの話だ。だけどでっちあげをやるとしたら、地検、税関にも事前にきっちり話をつけなきゃならない。薬物対策課長あたりが提案したって、通用する話じゃない。生安部長でも無理だ」加茂がいっそう心配そうな顔になった。

「真っ青だぞ」

　佐伯は言った。

「もしでっちあげが事実だとしたら、郡司事件から始まる道警警察官の何人もの自殺は、本部長に責任があるということになります。みな組織との関わりについて証言するのを拒否するために、死を選んだと考えられますから」

　加茂は、半分同意するという調子で言った。

「石岡生安部長もそうか」

「石岡部長は、婦警殺しの真犯人として自殺……」

　そこまで言ってから、佐伯はきょうもっとも激しい戦慄に襲われて身震いした。

　あれは、部下の女性警官殺しを暴かれたための自殺だと思い込んでいた。佐伯自身があのキャリアを追い込んだのだと。でもひょっとすると、あれはもっと大きな闇を隠蔽《いんぺい》するための自殺だったか？　婦警殺しなど、ささやかなエピソードにしか感じられないほどの大きな。

いや、そもそも石岡生活安全部長は、ほんとうに自殺だったのか？　婦警殺しを認め、翌朝自首して出ると佐伯に約束した男は、それから六時間後、死体で発見されたのだ。遺書は見つからなかったが、状況から見て、発作的な飛び下り自殺、と判断された。

殺されたとまでは言わないまでも、飛び下りたくなるほどの何かがあったということか？

佐伯は、手のひらの中でぬるくなったカップを持ち上げ、お茶をすべて喉に流し込んで言った。

「想像していた以上の事件になりそうですね」

加茂は言った。

「公的には決着がついている事件だ。しかも相手は元本部長だ。掘り返すなら、そうとうの覚悟が必要だぞ」

「わたしは、ただ自分が担当した事件を、落とすべきところに落としたいんです。疑問には解答をもらっておきたいんです」

加茂が少しだけ微笑したように見えた。

「お前を大通署の刑事課に送ったのは正解だったたな。ぴったりの資質を持ってた」

「けしかけられた、と取っていいですか」

加茂は、佐伯の問いには直接答えずに言った。

「いまおれが話したこと、必要なら法廷でも話してやる。招《よ》ばれるのを楽しみにしてるぞ」

佐伯は微笑して一礼し、加茂の「オフィス」を出た。

きょうは、あと少しひとに会って、自分の疑念を少しでも晴らし、真相に近づいておくことにしよう。

車の運転席に身を入れて、スターター・スイッチを入れたときだ。加茂が倉庫の表に姿を見せた。待て、と言うように手を振りながら、佐伯の車のほうに駆けてくる。佐伯は運転席の窓のガラスを下げた。

加茂が少し腰を屈《かが》め、運転席をのぞきこんできた。

「道警が、裏金問題の内部告発が続いてがたがたになっているとき、おれに相談してきた警官がいる。組織の犯罪について情報を持っているが、おれがその男に代わって告発してくれないかと言うものだった。おれは断った。あんたが自分でやらねばならんと」

佐伯は訊いた。

「いまの話に関係したことですか?」

「ああ。そいつは日比野警部と親しい男だった。日比野が死んだあと、すぐに日比野の私物を確保したとか。そのとき、何か大きな腐敗の証拠を握った、という意味のことを言っていた」

「その警官は、けっきょく告発したんですか。加茂さんに続いて」

「いや。けっきょくそいつはしなかった。悩んだのだろうが。彼なら、でっちあげかどうかについても、何か情報を持っているかもしれない。日比野の私物や遺品を精査したはずだから」

「なんというひとです?」

「宮木。宮木俊平」

「配属はわかりますか?」

「手稲署。交通課にいるはずだ」

それだけ言うと、加茂は手を振ってまた倉庫のほうに歩いていった。

佐伯は車を発進させた。

この宮木という男は、日比野がらみでどんな不正腐敗の証拠を握っていたというのだろう。公金流用か、収賄というところか。

加茂の農園のゲートを出たところで、佐伯は車を路肩に停めて、携帯電話を取り出した。

津久井にひとつ、教えてもらいたいことがある。やつなら、知っているはずだ。


小島百合は、地下鉄大通駅を降りたところで、携帯電話のコール音に気づいた。

コンコースを歩きながらモニターを見ると、酒井勇樹からだった。

「はい」と携帯電話を耳に当てて言った。「小島です。昨日はお疲れさまでした」

「こちらこそ」と酒井がもう耳に親しいものになったテノールで言った。「じつは、カラスの話です」

あのテロ予告犯の内部用呼称だ。

「出ましたか？」

「犯行を予告しました」

「え？」

「うちがウォッチしていた携帯サイトがあるんです。これまで確信は持てなかったんですが、これはカラスと思える男がときおり書き込みしていた。その男が、さっき書き込みしました」

「襲うと？」

「いいえ。おれがわからせてやる、という意味合いの言葉です」

「それだけで、犯行予告になります？」

「掲示板のスレッド・タイトルとテーマ、そして流れから言って、この男が何を言おうとしているのか、判断がつくのです。彼はまちがいなく、襲撃を実行します。この数日以内です」

「携帯を特定して、本人に行きつけますね？」

「残念ながら、転売されたプリペイド携帯でした。いま持っている者が誰か、現時点では特定できません。でも、わたしたちは確信しています。小島さんには、少し危険な任務となる可能性が高くなりました」

「じつはわたし、きょう」自分の声が少しだけ自慢げになった。小島百合はあとの言葉の調子を抑えた。「警察学校で半日、射撃訓練を受けていました。多少のことがあっても、うろたえないでしょう」

「気合が入っていますね」と酒井が言った。少し感嘆の調子がまじった。「ほんとうに心強い」

「また新しい情報があれば知らせてください」

「もちろんです」

「では明日、千歳空港で」

「では」

小島百合は携帯電話を畳んで、肩に掛けたバッグに入れた。そのとき、ホルスターと拳銃の感触も確かめた。たぶん自分は、きょうの射撃訓練で、またひとつ心理的なバリアを下げた。もしもの場合、抜くときの躊躇《ちゅうちょ》はまた一秒のさらに何十分の一か短くなったことだろう。

できれば、と小島百合は、あのアテネ・オリンピック、エアピストル代表の姿を思い浮かべた。彼女の銃弾よりも先に、自分が決着をつけたいものだ。明日、そのとき、酒井勇樹に称賛されるのは、自分でなければならない。そうでなければ、この臨時任務についた意味がないではないか。

黒崎が、津久井の報告を聞いて首を振った。

「お前たちは、もう勝野には顔が割れた。監視にはべつの刑事を当てる」

そう言われたなら、素直に従うだけだ。

黒崎は続けて言った。

「失踪二日目だ。千歳から出た気配もない。日比野は確実に、札幌市内にいる。北見署員を中心に、捜索は六十人態勢になった。札幌市内のすべてのホテル、旅館、ラブホ、深夜サウナ、ネットカフェに手配書を回した。徹底した一斉旅舎検になる。今夜には確保できる」

長谷川が訊いた。

「わたしたちは、いかがいたしましょうか」

「居場所がわかった場合、即応できる態勢でいろ。拳銃を持ってる相手だ。ＳＡＴも待機に入った」黒崎は、津久井を見つめて言った。「やつに一発でも発砲されたら、道警の面《メン》子《ツ》がつぶれるからな。サミット警備の主体足り得ないと、警察庁がでしゃばってくるかもしれん。本部長に代わって、警察庁直接指揮となることも考えられないわけじゃないんだ」

津久井はうなずいた。要するに、不祥事は絶対に未然に防げということだ。たとえ手続きに不備があろうと、という意味が言外にある。本部長の奥野は、自殺さえ期待しているとロにしていた。ここまできては、道警幹部としては、通常であればそれ自体が不祥事である自殺を、よりましな決着と考えているようだ。現場警察官の自分としては、とにかく彼が免職処分に値する行動に出ないうちに、身柄を確保することを目標とする。幹部たちの期待とは微妙にずれた目標であるが、動くのは自分たちなのだ。現場での判断と処理を、あとからとやかく文句は言わせない。

津久井は長谷川と並んで頭を下げ、黒崎のデスクの前から下がった。

エレベーター・ホールに出たところで、長谷川が言った。

「SATまで出したとなれば、かえって面目丸つぶれじゃないかな」

津久井はふと思いついて言った。

「サミットに向けて、これを予行演習にしようってことなのかもしれません」

「たしかに、やれば気合も入りそうだな。サミットで何かあった場合も、一度経験ずみとなればなめらかだ」

「いま、日比野はほんとうに失踪したのかと考えてしまいましたよ」

「どうしてだ？」

「警察官ひとりが失踪。拳銃を携行。いっぽうで、ライフル銃盗難の被害届。演習するには、ちょうどいい材料が揃ってるじゃありませんか」

長谷川は笑った。

「日比野の失踪は、本部長命令だとか？　たしかに引き締まるな」

「ほんとに日比野を撃つ警官も出てくるかもしれない」

エレベーターの扉が開いた。中は空だ。誰も乗っていない。

エレベーターに乗って、警務部のフロアのボタンを押したとき、携帯電話が震えた。モニターを見ると、佐伯からだった。このところ、しばらく会っていない。飯かライブの誘いだろうか。

津久井は携帯電話のオンボタンを押した。

「いま電話大丈夫か」と佐伯が訊いた。あまり他人には聞かせたくない電話、ということだろう。

「ちょっと待ってください」

エレベーターが停止し、扉が開いた。五人の職員が立っている。

津久井は長谷川に頭を下げて、電話するので先に降りるという意思を伝えた。

そのフロアのエレベーター・ホールで、津久井は佐伯に言った。

「どうぞ」

佐伯が言った。

「お前さん、二年前の北朝鮮貨物船覚醒剤摘発の件、覚えているか？」

もちろんだ。あの一件は本部生安の薬物対策課が担当した捜査だった。課の中に、特捜班ができていたはずだ。地検との協力を密にしての捜査と聞いていた。

「覚えていますよ」と、津久井は答えた。「関わってはいないけど」

「あの捜査班だった刑事は誰だったか、名前挙げられるか？　いまどこにいるかも知りたいんだ」

「どうかしたんですか？」

「少し話したことがあるかと思うが、おれの追ってた事件とバッティングした。本部に取り上げられて、ずいぶんでかい事件に発展したのがあの件だ。ちょっと気になることが出てきたんだ。特捜班のメンバー、誰だった？」

津久井は答えた。

「特捜班は、石岡生活安全部長直属でした。日比野薬物対策課長が特捜班長を兼任、チームを直接率いたはずです。あとは課長補佐の石野《いしの》警部、それに赤平《あかびら》、吉木《よしき》といった連中でしたか」

「いま、その面々はどうしてる？」

「日比野課長は二年前自殺してます」

「知ってる。そのほか」

「石野警部は、根室署の次長ですね。赤平警部補は、稚内署刑事課だったと思います」

「みんな本部にはいないんだな？」

「公判が終わったころには、ほとんど、いや全部異動してしまいましたね。ひとりだけ、須藤《すどう》係長が組織替えで、銃器薬物対策課長になりましたね。いっとき、わたしもここの所属でした」

あの年の四月、道警も警視庁にならい、組織犯罪対策局というセクションを作り、それまでの刑事部の暴力団対策課、捜査四課と、生活安全部の銃器、薬物それぞれの対策課を統合した。対策態勢の強化ということだが、道警の場合は、二度と郡司警部事件のような不祥事をおこさぬよう、これらの関連セクションを次長の直接監督下に置くという意味合いも強かったはずだ。

佐伯が言った。

「そうか。須藤課長も特捜班だったのか。大栄転だな」

佐伯が電話を切ろうとしたので、津久井は訊いた。

「いま、あの一件を調べているんですか？」

「というか」と佐伯が言った。「二年前にかっさらわれた事件の続きだ。その関連であっちの一件が気になっている。サンキュー。切る」

津久井は肩をすぼめて、携帯電話を畳もうとした。すると携帯電話は再び震えた。

佐伯が何か付け足すことでも？

モニターを見ると、昨日会った宮木俊平からだった。

「昨日は失礼した」と宮木は、素面《しらふ》の声で言った。「いまだいじょうぶか？」

「ええ」

「もう一回会えるか。少し話したい気分になってきた」

「かまいませんよ。何か日比野巡査に関する情報ですね」

「というよりは、親父さんのほうについての情報だ。役所が退《ひ》けたあと、昨日の居酒屋でどうだ？」

「じつは、待機の指示が出ていて、本部からそんなに離れられないんです。お酒抜きで、本部の近くでというのはいかがです？」

少し考えているような沈黙のあと、宮木が言った。

「北大植物園なら、本部ビルから近い。そこの温室はどうだ？」

「植物園は、五時で閉園じゃなかったですか」

「温室の通用口で、管理人を呼び出せばいい。警察手帳を見せれば入れる。そこでどうだ？」

「時間は？」

「五時半」

「きのうの長谷川さんと、ふたりで行きます」

「じゃあ、あとで」

オフボタンを押して時刻を確かめると、午後四時十分前になっていた。

津久井は警務部のフロアに降りて、長谷川のデスクに近づいた。

いま、宮木から電話があったと伝えると、長谷川は言った。

「日比野から連絡でも?」

「いえ。日比野元警部に関する話だと言っていました。でも、わざわざ電話してきたんだ。関連があるんでしょう」津久井は、待ち合わせ場所として、北大付属植物園の温室を指定されたと伝えた。「妙な場所ですね」

長谷川が言った。

「あそこでは、研究用に大麻も芥子《けし》も育てている。よく本部の連中は照会で出向くし、情報をもらうときもある。温室の管理人は、融通の利く男らしいぞ」

「わたしは、初めて行きます」

「湿気の多いところだ。こういう時期、年寄りの身体には悪くないな」

五時十五分に出ることを約束して、津久井はいったん長谷川のデスクを離れた。自動販売機でコーヒーを買ってくるつもりだった。

勝野忠志巡査は、特別端末から離れて周囲に目をやった。

自分のことを注視していた同僚はいないようだ。自分がいま、厳重な使用制限のある端末で何をしていたか、気にしていたものはいない。勝野忠志は、総務課の留置係という職種にあるが、この豊平署ではむしろITオタクとして評価されている。ほかの課の捜査員たちがよくPCの操作やネットのスキルについて教えを乞《こ》いにくるのだ。そのたびに勝野は留置係を誰かと交代し、自分を必要としている同僚の席でPCを操作する。つまり豊平署の中で勝野がPCを操作している姿はごく日常的であり、自然であった。それが特別端末を使ったとしてでもだ。

勝野は腕時計を見た。休憩が終わるまで、あと五分ある。時間は十分だ。

ロッカールームに降りると、勝野は自分のロッカーを開けて、デイパックからミニ・ノートサイズのモバイルPCを取りだした。つい先月買ったばかりの、ヘビーユーザー向け製品だ。

勝野はロッカーの前のベンチに腰をおろしてネットに接続し、ブックマークしてある巨大掲示板のとあるスレッドを画面に呼び出した。食文化、という分類の中の、さらにスイーツというジャンル。さらにその下層にある「独身男のスイーツ」というスレッドだ。掲示板愛好者のあいだでは「過疎っている」と表現される、書き込みの極端に少ない話題の掲示板である。自分はこの六日間、書き込みもとを騙《かた》られることのない暗号つきで、四回ここに書き込んできた。というか、ある人物とやりとりを続けてきた。スイーツを話題にしているように見えて、相手とは互いに何の誤解もなく意思疎通できていた。

勝野は最新の書き込みをざっとスクロールして眺めた。きょうのお昼に、やりとり相手からの書き込みがあった。

「お勧めホテル、行ってみた。スイーツ試食。おいしかった。明日、本気で食う」

勝野は、手早くメッセージを入力して、そのスレッドに書き込んだ。

「肥満予防委員会徘徊《はいかい》してるぞ。食い過ぎに気をつけろ。明日正午がスイーツタイム」

送信し、書き込まれたことを確認してから、勝野はそのモバイルをシャットダウンした。明日、やつは本気で「食う」のだろう。勝野はいまこの瞬間にも、拍手喝采《かっさい》したい気分だった。おれができないことを、あいつはやってくれる。警察学校入学以来、ずっとおれがこらえ、抑えてきたことを、やつはやってのけてくれる。この気持ち、趣味仲間の言葉で言えば「支援シル」というところだ。


佐伯は札幌に戻ると、自分の車を契約している駐車場に入れた。大通署から三ブロックの距離の青空駐車場だ。

大通署に寄ると、新宮は席にいなかった。小樽からまだ帰っていないのか、それともまた出たのか、わからない。ばつが悪くて、佐伯と顔を合わせたくないのかもしれない。佐伯は自分のデスクの引き出しから、捜査に使ってきた私物の道具をひとつ取り出し、胸ポケットに収めた。つぎは道警本部に用事がある。

道警本部では、津久井から聞いた須藤銃器薬物対策課長にじかに会うつもりだった。もちろんアポイントを取るつもりはない。そもそも格がちがうし、真正面からお目にかかりたいと事前連絡したところで、用件を根掘り葉掘り聞かれるだけだ。そのあげく、組織を通してこい、となるのははっきりしていた。だったら、不意を突く。それしかない。そもそも長時間話をする必要もないことなのだ。極端な話、話題を口にして、その反応を確かめられたらそれでよいのだ。

道警本部ビルの場合、入り口受付があって、部外者はここで訪問先を告げることと、相手かたからの確認を要する。しかし佐伯は道警職員である。警察手帳かその代用品としての共済組合のカードを提示すれば、ビルの中に入ることができる。佐伯は、先程も使った警察手帳を開いて見せて受付を通り、エレベーター・ホールへと向かった。

銃器薬物対策課のあるフロアは閑散としていた。このセクションの仕事は、あの郡司警部もそうであったように、闇社会にネットワークを作ること、そのネットワークから情報を汲《く》み出すことが大半だ。朝八時半から仕事の始めようがない。夕刻から深夜にかけてが、働くべき時間帯なのだ。多くの捜査員たちは、いまそれぞれの情報提供者と接触すべく、街に散っている。

課長の席はすぐわかる。窓を背にして、部下たちのデスク全体を監視できる場所にある。そのデスクの脇に、いくらか小さなデスクがふたつ。これは課長補佐たちのものだ。課には三つの係がある。デスクの島が三つあった。

課長席で、スーツ姿の中年男が雑誌を読んでいた。デスクに対して横向きになり、椅子の背もたれに体重をすっかり預けている。読んでいる雑誌は、その黒い表紙から見当がついた。日本じゅうの二十九万人の警察官のための雑誌、というキャッチフレーズの専門雑誌『番-BAN』だ。佐伯も、課の雑誌棚にあるものをときどき読んでいる。今月号の特集は、「サミット警備」だったはずだ。

佐伯はまっすぐにそのデスクに向かって歩いた。須藤が気づいて顔を佐伯に向けてきた。メガネをかけて、髪は七三分けだ。薬物対策畑が長いにもかかわらず、その顔はさほどそれらしいものではなかった。暴力団員や覚醒剤中毒者を相手にして自分もその雰囲気に染まったようではない。むしろふつうのサラリーマン社会を如才なく生きてきた男の顔をしている。まだ視線が合わないうちから、その口元は微笑しているように両端が持ち上がっていた。

「須藤課長ですね」と佐伯はデスクの前に立って言った。「大通署刑事課の佐伯と言います。突然申し訳ありません。緊急に課長の判断を仰ぎたい案件ができまして」

「緊急に?」

「はい。わたしの班はいま、組織的な鉄材窃盗グループを追っているのですが、捜査過程でちょっとわたしでは判断つけかねる名前が出てきまして」

「どういう大物だ?」

佐伯は、そばの耳が気になる、というように左右を見渡した。どっちみち、声が聞こえる範囲には誰もいないとわかっているが。

須藤が、『番』をデスクに放って言った。

「かまわん。話せ」

佐伯は手近の椅子を引いて腰掛け、デスクの上に上体を倒し気味にして言った。

「田森《たもり》観光です」

それは、北海道資本のホテル・観光施設チェーンだ。とかく裏社会との関わりが噂されている。じっさい十二年前、山口組が北海道の暴力団を傘下に入れてその披露宴に百二十人の組員を送り込んだとき、この企業の経営するホテルのひとつが宿泊を受け入れた。当時道警は面子にかけてこれを事前にやめさせようとしたが、ホテル側は押し切った。保守系政治家があいだに入った、と道警の現場警察官たちのあいだでは噂されている。この企業の進出には必ず、その保守系政治家が仲介役として登場するとも言われている。おそらくその政治家への闇の政治献金も、半端な額ではないはずである。ただし近年、そのホテルの経営自体は火の車だという話もあった。

須藤は、続けろという表情だ。

佐伯は言った。

「うちの班で、自動車窃盗グループの内偵を進めていまして、ひとり組織を抜けた男に行き当たりました。その男が、かつてそのグループでは、覚醒剤の密輸入に手を染めていたと言い出したのです。最後には、二年前のおとり捜査の成功で、受け取ることになっていた十二キロの覚醒剤が押収され、その件はおしまいになったとか。北朝鮮から覚醒剤を買っていたのは、田森観光の幹部だとのことでした。この情報提供者を引っ張って、この捜査も同時に進めてよいものかどうか。へたをすると」

佐伯はそこで、アルコール依存症として知られているその保守政治家の名前を出した。その後援会にまで捜査が及ぶ可能性もあると。

須藤は鼻で笑った。

「あの事件では、覚醒剤はパキスタン人が買うところだったんだ」

「こっちの情報提供者の言っているのは、船内に隠されていた十二キロのことでしょう。しかも、それは最後の取り引きだったとのことです。それまでにそうとうな量が取り引きされていたのだと思います」

「ガセだ」と、須藤は言った。「あの件は、田森観光がからんだ事件じゃない」

「絶対に?」

「ちがう。それに、押収された覚醒剤は、こっちで用意したものだ」

佐伯は驚いて見せた。

「そうだったんですか?」

「そうだ。北朝鮮貨物船による覚醒剤の密輸入はずっと続いていた。どこかできっちりと摘発する必要があった。あの事件は、いちばん適切な時期に摘発できるよう、特捜班のほうでもシナリオを作った。そのエスが言うようなことじゃない。まったくのでたらめだ」

「ということは、これで被疑者を引っ張っても、送検は不可能ですか?」

「無理だ」

「もし公判まで行ってしまったとしたら、そのエスは一方的なガセを法廷でくっちゃべることになります。反証はできますか」

須藤は笑った。

「送検したところで、地検は絶対に起訴しない。もししたとしても、そのときは刑務所から郡司が出てきて、ほんとのことを証言するさ」

「郡司警部が証人に？」

須藤はこんどは大きくかぶりを振った。

「そのネタは、まったく心配する必要がない。田森にも、あの先生にも行き着かない。安心して、鉄材窃盗のほうを突っ込めばいい」

「そうですか。課長の判断を聞けて、ほっとしました」

佐伯は馬鹿ていねいなぐらいに深々と頭を下げて、須藤銃器薬物対策課長の前を辞した。

エレベーターで降りながら、佐伯はいま確認できたことを頭に入れた。

ひとつ。須藤は、それがでっち上げ事件であったことを認めた。ささやかれていたことでもあり、結審もしている。それを身内の捜査員に認めることぐらい、何の抵抗もなかったのだろう。

もうひとつ、それが田森観光がらみの覚醒剤取り引きであった、ということを法廷で否定するには、郡司の証言があればよい、と言った。郡司が、あの事件の構図を知っているということだ。もっと言うなら、あのとき押収された覚醒剤の出所をもっともよく知っているのは郡司だということだ。須藤は、そこまで認めてくれたのだ。その地位に栄転して気が最悪の時期が過ぎたと思っているのか、と佐伯は鼻で笑った。その地位に栄転して気が緩んでしまったのか、貴様は少し脇が甘かったぞ、須藤。

佐伯は道警本部ビルを出ると、胸ポケットに入れたICレコーダーを確認した。いまのやりとりは、鮮明に記録されていた。

たしかにその温室の中は、湿度が高かった。室温も二十五度以上はあるだろう。この時期札幌はまだろくに花が見当たらない時期だ。桜が咲くまで、あと三週間以上もあるのだ。しかしこの温室の中は、熱帯や亜熱帯の花でむせ返るばかりだ。蘭《らん》と見える花が多く見えたが、棚の一部には多肉植物も数多くならんでいた。

津久井は入り口を入ったところで立ち止まった。その温室は、中に二列の通路があって、通路のあいだに何段もの栽培用の棚がならんでいるのだ。奥行きは十メートル以上だろうか。その奥にも、また横手にも、温室はつながっているようだ。閉園時刻を過ぎているせいか、ひとの姿はまったく見えない。

津久井が長谷川とならんで通路を進んでゆくと、通路が交差しているところでふいに人影が現れた。宮木俊平だ。ステンカラーのコートの前ボタンをはずしていた。顔を見る限り、きょうは完全に素面のようだ。火のついていないタバコをくわえている。

津久井たちは立ち止まった。

宮木は、タバコを口から離すと、どこか恐縮しているような表情で言った。

「日比野伸也からは、電話はなかった。まだ見つかっていないんだろう?」

長谷川が言った。

「札幌に入っていることは確認された。千歳空港からは出ていない。札幌市内にいる。今夜は徹底的な旅舎検だ。本部は、きょうにも身柄確保できると見ている」

「昨日、言わなかったことがある。もしかしたら、関係があることかもしれない」

「話してくれ」

「日比野は、自殺するしかなかった。追い込まれた」

「誰かが追い込んだのか?」

「前後の事情は知っているよな? あの道警の悪夢の一週間の最中だ。百条委員会の喚問が翌日に予定されていて、日比野は証人として呼ばれていた」

「何を答えることになっていたんだ?」

「郡司事件への、組織の関与だ。議会は、それを明らかにするつもりでいた」

「日比野警部は、関与していたのか?」

「当時、大きなおとり捜査を指揮していた。地検と、函館税関小樽支署との合同捜査だった。北朝鮮貨物船による覚醒剤の密輸入を摘発しようとしていた」

「郡司の事件と、どう関わったんだ?」

宮木は長谷川から目をそらし、そばの蘭に目をやった。華やかで、花弁の大きな白い花だった。宮木はその蘭を見つめたまま答えた。

「あの摘発は、でっちあげだった。おとり捜査がうまくゆかず、特捜班は強引に北朝鮮の船員と船長をいけにえにした。押収された覚醒剤は、郡司が用意したものだ」

津久井は少しのあいだ、自分の脳細胞が麻痺《まひ》したかのような気分を味わっていた。でっちあげ? 捜査権を持つ三つの機構が合同で取り組んだ捜査で、でっちあげがあった? そのような噂が流れたことは承知しているが、警察官のひとりとしては、そう容易には信じることのできない噂だった。そもそも覚醒剤はじっさいに出てきたのだし、被告たちは控訴せずに一審判決を受け入れた。多少つじつまの合わないところはあったにせよ、事件はまちがいなく存在したと思っていたのだが。それにそもそも、同じ部署にいて、ときには一緒に街を歩いたこともある郡司から、その事件との関わりについては聞いたことがなかった。ただ、自分のやや危険な捜査活動については組織の了解のもとのこと、と聞かされてきたのだ。

長谷川が訊いた。

「公判を控えて、日比野警部はどんなことを言っていた?」

宮木はまた長谷川に顔を向けた。

「訊かれたら、ほんとうのことを答えなければならないと。やつは堅物だった」

「郡司事件でも、公判には出なかった。百条委員会には出られなかった」

「求められたからだ。偽証を」

「でっちあげじゃない、と言えということだな？」

宮木はうなずいた。

津久井は訊いた。

「それを、誰が求めたんです？　生安部長は五日前に自殺していた。本部は混乱していて、後任も決まっていなかった。誰が日比野警部にそれを強要できたんです？」

宮木は津久井に顔を向けてきた。

「組織を考えれば、それを強要できる人間は、何人もいない」

「では」次に続ける言葉を、津久井はためらった。まさか。

長谷川が言った。

「本部長か。本部長が直接、偽証を日比野に命じたってのか」

「ああ。生安部長の殺人と自殺とで、その五日前に特別監察が入った。首席監察官が、部長級以上の幹部を締め上げていたときだ。百条委員会では組織の関与がただされると知って、首席監察官は委員会も傍聴すると言い出したそうだ。それで本部長は、日比野警部を強く説得したんだろう。あいつは板挟みになった。そもそも、事件をでっちあげたことが、いやでいやでならなかったのだと思う。あの日までに、無実の人間がふたり投獄され、郡司関連でふたり自殺。自分の直接の上司ときたら、こともあろうに部下の女性警官を殺して自殺だ。悩んでいた。駐在警官の自殺もあった」

長谷川が訊いた。

「そのことと、日比野の失踪はどう関わる？　いや、そもそも日比野伸也はそのことを知っていたのか？　本部長が偽証を命じたので、親父さんは死んだのだと」

「先週が、死んだ日比野の誕生日だった。おれが墓参りに行くと、日比野伸也が来ていた。そのときおれは、親父さんの死の真相はこうだったと告げたんだ。明日は、親父さんの命日。日比野はもう一度墓参りにくるのじゃないかと思う。もしかすると、何か手土産を持って」

長谷川が首を振った。

「五十嵐本部長は、もう警察庁に戻った。後で上司となった小野田部長も、やはり東京にいると聞いているぞ。札幌にきたって、恨みをぶつける相手もいない」

「だから、日比野伸也が失踪した理由はわからない。ただ、先週おれが日比野一樹の墓の前で教えたことが引き金になったんじゃないか、とは想像できるってことだ」

津久井は訊いた。

「いまの件、ほかに誰か個人は関わっていないのですか。本部長のほかに」

「わからん。最後の電話では、日比野はとくにそれを言っていなかった」

そのとき、温室のうしろのドアが開いて、誰かが入ってきた。

津久井が身体をひねると、管理人だった。

管理人が声をかけてきた。

「散水しますよ。そろそろ出てもらったほうがいいな」

宮木が言った。

「それだけだ。もうつけ加えるようなこともない」

宮木はくるりと背を向けると、津久井たちが通ってきた通路とは反対側の通路を歩み去っていった。

長谷川が言った。

「おれたちも出よう」

津久井も同意した。

植物園の通用口を出たときは、もう暗い街路には宮木の姿は見えなかった。目の前には、ひとつ中層のオフィス・ビルが建っており、その背後にそびえたつ高層ビルが道警本部だった。地上十八階、地下三階建てのタワーだ。どの窓にも明かりがついており、中で働く者たちの多忙さが想像できた。道警にとっては史上最大の規模の警備態勢の最中なのだ。応援がやがて一万五千になるというから、三十五年も前の札幌オリンピックのときの警備態勢など、比較にもならない。道警はいま掛け値なしにハイ・テンションであり、同時にピリピリしていた。そしてこのサミット警備を無事に乗り切った暁には、本部長はまちがいなく、いまの警視総監と同格の評価を受けることになる。

その道警本部ビルに向かって歩きながら、長谷川が言った。

「あれがでっちあげという噂はあったが、ほんとだったか。いくらなんでも本部長が関わっていたとは、まだ眉唾《まゆつば》かなとも思うんだけど」

津久井は、考えをまとめながら言った。

「船の中から、覚醒剤を発見したんです。地検のほかに、小樽の税関支署とも事前にうち合わせておく必要があった。そういう合同捜査体制を作るには、本部長でなければならなかったでしょうね」

長谷川がふいに足を止めた。津久井も立ち止まり、長谷川の顔を見た。長谷川は、なにか思い当たったという表情だった。

言葉を待っていると、長谷川が言った。

「知ってると思うが、職員が死ねば、理由はなんであれ警務はとにかくデスクとロッカーをあらためる。日比野課長が死んだという一報があったのは、たしか真夜中の一時ぐらいだったはずだ。事故現場を検証して死体の身元を知った追分署から、本部生安に連絡があった。警務では、とくに夜勤などないから、この一件を聞いたのは翌朝だ。おれも覚えているが、日比野課長のデスクからもロッカーからも、とくに何も出なかった。日比野課長は几帳面《きちようめん》なひとで、長いこと能率手帳をつけてきたはずだが、それも見つからない。事故現場で霧散してしまったのだろうと、警務の担当者たちは、話をした。でも」

「でも、なんです？」

「いま宮木は、死ぬ直前まで日比野と話をしていたと言っていた。つまり宮木は、追分署が把握するより先に日比野の死を知っていた。深夜、本部生安にやってきて、日比野課長のデスクを誰よりも先にあらためることができた」

「生安のフロアには、ほかに職員もいたでしょうに」

「日比野が死んだと誰も知らない時点で、たいして怪しむこともないだろう。監察官が入って、本部は大混乱の日だったのだし」

「でも、日比野課長はデスクの引き出しはロックしていたでしょう」

「刑事課にいた警官なら、デスクの解錠ぐらい屁《へ》でもない」

長谷川はまた歩きだした。

津久井も並んで歩きながら言った。

「宮木はまだ何か隠していますか。日比野課長の死に本部長が関わっていた、と、宮木が六日前に伸也巡査に伝えた。それが失踪の理由かもしれない、と宮木は言う。でも、理由としては薄弱だ。日比野伸也は、計画的に昨日失踪した。目的も、昨日という日が選ばれた理由もわからない」

「今夜、日比野の身柄が確保できなかったら、宮木にじっくり聞かせてもらう必要があるな」

津久井は同意した。歩きながら、少し空腹を意識した。待機命令が出ているから、酒は無理だが、何か腹に入れておきたかった。

あの店で、パスタはどうだろうか。

ふと思い出した。津久井は足を止めた。

こんどは長谷川が、ふしぎそうに津久井を見つめてくる。

「どうした？」と長谷川が訊いた。

津久井は答えた。

「明日、サミット警備の結団式があります。警察庁長官、サミット担当大臣ほか、ずいぶんお偉いさんがくる」

「五十嵐本部長は」長谷川は言い直した。「五十嵐前本部長は、くるのか？」

「そもそもあのひとはいま、どこにいるんだろう」

ふたりは駆け出した。


エントランスに中年男が入ってきた。くたびれたステンカラーのダスターコート姿だ。タバコをくわえているが、そのタバコには火はついていない。

佐伯宏一は、壁から離れて男に視線を向けた。中年男は佐伯に気づいて、一瞬いぶかしげに眉をひそめた。

佐伯は男に呼びかけた。

「大通署の佐伯といいます。宮木さんですね」

相手は立ち止まり、佐伯の風体をさっと一瞥《いちべつ》して言った。

「昨日から、やたらにおれの周りに刑事がうろつくな」

「ほかにも何か？」

「ああ。昨日も、いまも。あんたも日比野のことか？」

ずばり指摘されて、佐伯は驚いた。自分のほかに、宮木と日比野薬物対策課長との件を調べている刑事がいるのか？　それとも、いま名前の出た日比野とは、失踪した日比野巡査のことか。

佐伯は言った。

「わたしもその件です。でも昨日きょうと、宮木さんに接触したのは、誰です？」

「警務の長谷川と、あの津久井だ」

「日比野課長の件で？」

宮木はいっそうふしぎそうな顔になった。

「いいや。むしろ、日比野伸也のほうだ。失踪した北見署の巡査。当然親父さんの名前は出てきたけれど」

佐伯は納得した。この時期の巡査の失踪は大トラブルになる可能性を秘めている。警務部と警備部が必死になるのは当然だった。津久井が日比野巡査の追跡チームに入っているということなのだろう。

「わたしは」佐伯は言った。「死んだ日比野課長のほうのことを調べているんです。わたしの追っかけていた事件が二年前、上に取り上げられて、べつの事件になった。その裏の事情を知りたくて」

「どうして、おれがそれを知っていると思う?」

「日比野課長とは親しかったのでしょう? じつを言うと、元の旭川方面本部長の加茂さんから、宮木さんの話を教えられたんです」

「加茂さんは、なんと?」

「あなたが加茂さんに、うちの役所の大きな犯罪についての証拠を持っていると言ってきたことがあると」

「信じてもらえなかった」

「加茂さんだって、引っかけられるんじゃないかと、ナーバスになる。証拠は、ほんとうにお持ちなんですか?」

宮木は、指でタバコを口から離すと、まばたきせずに佐伯を見つめてきた。佐伯のいまの言葉を挑発と受け取った、とでも言っているような表情だった。

返事を待っていると、宮木は言った。

「聞かせてやる。入れ」

聞かせてやる?

意外な言い回しに、佐伯は驚いた。見せてやる、なら予想の範囲だったが。しかし佐伯は表情は変えなかった。刑事の習性としては、ここではすべてお見通しという顔で通さねばならない。

道警本部ビルの警務部にある特別端末から、津久井たちは、警察庁のデータベースに入った。

前本部長である五十嵐基《はじめ》の本名を入れると、すぐにデータが画面に現れた。これによれば、警察庁のキャリア官僚である五十嵐基は、二年前の十月一日付けで、内閣情報官となっている。このポストはたしか、その数年前までは政令職で、内閣情報調査室長という呼称だった。それが法定職となり、情報官と呼称が変わった。管轄する機構、組織はそれまでと変わらないが、格が上がったということでもあった。情報官、という軽い響きを嫌って、初代は室長と呼ばれることを好んだとか。いまでもじっさい、周囲では室長と呼んでいるのかもしれない。

津久井は、このデータを見て、少し違和感を覚えた。かつての内閣情報調査室長というのは、警視副総監か大阪府警本部長クラスのための後職ポストと聞いている。北海道警察本部という、いわば警視庁、大阪府警よりも一枚格下の組織からの異動ということを考えれば、栄転であったと言っていい。格が上がったのであるし、垂直方向で見るなら警察官僚のコースとしては脇にそれているが、大きく見るなら大阪府警本部長の上に出たとも言い得るのではないか。官僚として次のポストの選択肢が増えたとも言えるように思える。

五十嵐が道警本部長在任中に郡司事件があり、道警悪夢の一週間があり、裏金問題が暴露されたことを考えると、ややふしぎな人事と見えるかもしれない。しかし郡司事件はけっきょく組織の関与は指摘されないままに結審したし、裏金問題は五十嵐の前任者までの時期の不祥事として、公的な決着はついている。つまりキャリア官僚としては、五十嵐には傷はつかなかった、と考えてよいのか。ただし、もし傷はつかなかったとしても、それだけでは従来のポストが保証されるだけだ。しかし五十嵐は、津久井のような地方公務員の目には栄転とも言えるポストに移っているのである。その理由は何だろう？

津久井は長谷川に言った。

「五十嵐本部長は、何を認められて、内閣情報官に抜擢《ばってき》されたのでしょうね」

長谷川も同じことを考えたようだ。口をへの字に結んだままで言った。

「あんたの証言を止められなかったんだ。ふつうは減点だろうにな」

津久井が画面を見つめたまま考えていると、長谷川が言った。

「あんたの証言なんて屁でもないほどのことを、抑えた、隠したということかな」

それが事実を言い当てていたとしても、具体的にはどんなものか、津久井には想像がつかなかった。

長谷川が言った。

「いずれにせよ、日比野課長を自殺に追い込んだのが五十嵐だったとしても、こんどの日比野巡査の失踪とは結びつかないな。日比野が東京に向かったというならわかるが」

　津久井は端末の前で腕を組み、鼻から息をついた。あとはもう、今夜の旅館・ホテルの徹底捜索に期待するしかないか。


　酒瓶が何十本も転がる部屋だった。焼酎のペットボトルも多い。それに、コンビニ弁当の容器や白いトレイ類も、ポリ袋に大量に突っ込まれていた。床には、腰を下ろすだけの隙間もない。何か有機物の発酵したような匂いもした。その単身者用住宅は、住む者の暮らしがすさんでいることを表現して、雄弁なまでだった。

　宮木はコートを脱がぬままに、言った。

「かみさんとは別れたんだ。ほんとなら、独身寮にでも入りたいところだ」

　佐伯は、自分の離婚の事情を想い起こしたが、その部屋について感じるところは口にはしなかった。

　宮木が言った。

「とにかくその箱に座れ」

　佐伯は、宮木の指の先を見た。ビール瓶のコンテナがさかさまに置いてある。椅子代わりのようだ。そのコンテナに並んだもうひとつのコンテナの上には、新聞紙が広げられている。これはテーブルとテーブルクロス代わりなのかもしれない。

佐伯は示されたコンテナに腰をおろした。

宮木は、キチネットに近寄ると、シンクの下の引き出しを開けた。宮木はその奥から、密閉型のプラスチック容器を引っ張り出してきた。菓子箱ほどの大きさのものだ。

佐伯は、半透明のその蓋《ふた》の内側を見て思わず顔をしかめた。何か有機物の表面にカビが生えているように見えた。食品が腐っているのかもしれない。

宮木は、その蓋を無造作に開けた。佐伯は匂いをかぐまいと身構えたが、とくに何も匂いはしなかった。宮木が、蓋の内側のものをはぎ取った。ただの半透明のビニールシートだった。その下に、ストック用のプラスチック袋が収まっている。

宮木が袋をひとつ、差し出してきた。

「日比野一樹の手帳だ。あいつは几帳面な性格で、警部補に昇級してからはずっと、手帳に日記をつけていたんだ」

佐伯は袋から手帳を取りだした。なんの変哲もない事務用手帳が三冊あった。中を見ると、週単位の日記形式だ。見開きで一週間の出来事がメモできるようになっている。適当なページを開くと、会議の様子が記録されていた。時刻、場所、出席者、案件。そして結論、あるいは発言の要旨。

いつの手帳なのかを、表紙を見て確かめた。日比野一樹が薬物対策課長に就いて以来三年間のものだとわかった。

「どうしてこれを？」

宮木は答えた。

「日比野が死んだとき、最後の瞬間までおれと話していたんだ。日比野は次の日、郡司事件で組織が関与したかどうかについて、もっと細かく言えば、覚醒剤の密売買で稼いだ金の行く先について、百条委員会で証言することになっていた。自分が担当した事件のことだから、胸張って証言できることならそうしたろうが、できない理由があった」

「知っていますよ」と佐伯は多少自分の知識を誇張して言った。「北朝鮮貨物船の摘発、船員と船長の逮捕はでっちあげだった。押収された覚醒剤は、郡司警部が入手したものだった」

宮木は、衝撃を受けたようには見えなかった。その事実はもう誰もが知っていて当然だと言っているように見える。

彼は佐伯のあとを引き取るように言った。

「捜査機関三つが関係した、大掛かりなおとり捜査だった。うちの役所と、地検と、税関支署だ。あの時期、北朝鮮の組織的な犯罪を挙げれば、大喝采を受けるはずだった。ところがおとり捜査は失敗した。相手がひっかかってこなかったんだ」

「それででっちあげに方針を変えた」

「そう。上の三者でそれが決まった。現場は悩むことになった。その経緯が、その手帳には記録されているよ。あいつが死んだとわかったとき、すぐにあいつのデスクからおれが回収した」

「加茂さんに、提供する、と申し出た証拠というのは、この手帳なのですね?」

「もうひとつある」

宮木は、箱の奥から、携帯電話ほどの大きさのIT製品らしきものを取りだした。

「日比野は、組織の人間として上司の言うことにはやむなく従いつつも、もしものことを心配したんだろう。尻尾《しっぽ》切りをされるかもしれないと。大事な会議の中身は、録音していたんだ」

宮木は、その機器を顔に近づけ、指を使ってボタンを操作した。録音を再生するようだ。

宮木は、聞け、と言って、その機器を佐伯の顔の前に突き出してきた。

ノイズまじりに、声が聞こえてくる。よく聞き取りにくい声だった。何人かの男が交互に口を開いているようだ。

こういうやりとりと聞こえた。

「問題は、個々の船員や船が関係したかどうかじゃない。あの国家はまるごとならず者だ。その国家の犯罪を波打ち際で食い止めたという実績が必要なんだ。個々のケースが犯罪要件を満たしていなくても、一件摘発すれば、以降の犯罪の抑止となる。やるべきだ」

べつの声が訊く。

「しかし、どうやって?」

またべつの声。

「現場自体は、うちが仕立てるしかないでしょう」

佐伯はその声に記憶があるような気がした。

つい最近聞いた声だ。

二番目の声が訊く。

「それだってブツが必要ですよ」

最初の男の声。

「できるだろう。何のために郡司がいるんだ？」

三番目の男の声。

「使え。あいつなら、必要なだけ用意できるはずだ」

思い出した。これは、須藤銃器薬物対策課長の声だ。さっき直接会ってきたばかり。当時の特捜班のメンバーだ。

二番目の声。

「カネも必要になります。例の口座から出しますか」

そこに、いらだたしげな声が入った。

「だめだ。わかってるだろ」

「でも」

「いちいち細かい指示が必要か？」

二番目の声。

「事件は仕立てろ、という指示ですね」

「何度も言わせるな。やれ。かまわん」

「わかりました」

宮木は録音機器を手元に引き寄せて、オフスイッチを押した。やりとりの再生は終わった。

佐伯が、説明を求めて宮木に顔を向けると、宮木は言った。

「生々しいだろ。懐疑的な発言してるのが、日比野だ。最初にくっちゃべっているのが、石岡生活安全部長らしい」

「須藤課長の声もありましたね」

宮木は、さすがにそこで、ほうという表情になった。佐伯に須藤の声の区別がつくとは思っていなかったのだろう。

「最後の、えらそうな声はわかるか?」

「やれ、かまわんと言った男ですか」

「そう」

「いいえ」じつを言うと、この声にも記憶はあるような気がする。しかし、さほど耳に親しい声ではなかった。「誰です?」

「五十嵐本部長だ」

なるほど、と佐伯は思った。裏金問題で道警が揺れているとき、何度かテレビ・ニュースで、いかにも官僚的な言いぐさの釈明をしていた声に似ている。五十嵐本部長だったか。しかし、ほんとうに本人のものかどうか、確信は持てなかった。

宮木が言った。

「おれも日比野も、骨の髄まで道警の警官だ。組織を売ることには耐えられない。日比野は自殺を選んだ。おれは、この録音と手帳を加茂さんに預けて告発してもらおうと思ったんだが、加茂さんには、自分でうたえとあしらわれた。何もできずにいる」

「たしかに、この録音に証拠能力があるかどうかは、微妙なところですね」

「いまなら、特捜班の関係者に証言させることもできるさ。起訴まで持ち込むなら」

「誰かが証言しますか?」

「誰かが、証言する。二年前とは空気がずいぶん変わった。公判でなら、ほんとのことを言うという警官は、出てくるさ」

佐伯は、宮木の持つ録音機器を指さして訊いた。

「手帳と録音のコピーはありますか?」

「いや」と宮木は首を振った。「あったら、あんたが告発するか?」

「まだ、それは」佐伯は言葉を選んだ。自分はまだその覚悟を決めていない。というか、きのうきょうの時点でようやく、あの事件の裏を知るようになったところなのだ。告発など、まったく考えていない。「わたしは、自分の事件を上にかっさらわれた。被疑者の逮捕状まで取った事件を、なかったことにされたんです。あのとき、より大きな事件の摘発の前には、それもやむを得なかったと自分を納得させています。でも、その真相がこうでは、ひどい便秘になりますね」

「告発する、自分でうたうと、約束してくれ。それなら、この証拠はあんたに預けるさ」

「いまは、約束できません」

「ほら、そんなものさ」宮木はうんざりしたと言うような口調でつぶやいた。「酒を飲みたくもなる」

佐伯はその言葉には反応せずに訊いた。

「日比野伸也巡査を追ってる津久井たちは、この証拠のことを知っているんですか?」

「いいや。訊かれもしなかった」

佐伯は宮木に頼んだ。もう一度だけ、いましがた聞かせてもらった録音を聞かせてくれないかと。声を覚えて、けっきょくこのでっちあげ事件の誰が責任者であり、どの発言がその具体的命令であるかを、確認したかった。

「いいだろう」と宮木は言って、もう一度録音機のパワーボタンを押した。


久保田淳が近くのコンビニエンス・ストアで買い物をしてホテルに戻ると、フロントのカウンターの前にはふたりの男が立っていた。中年男と初老の男のふたり連れだ。旅行鞄《かばん》のようなものは持っていない。ひとりが、遠慮のない目を久保田に向けてきた。

警察だ、と久保田は一瞬のうちに見抜いた。刑事だ。この男たちは刑事だ。刑事であることを隠そうともしていない連中だ。

久保田は、カウンターの内側のホテル従業員に微笑を向けて言った。

「三〇二」

中年のホテルマンは、愛想笑いを見せて鍵を渡してきた。

ふたりの男のうちのひとりは、まだずっと久保田の横顔を見つめているようだ。久保田は、自分の顔がどこかで割れた可能性を素早く考えてみた。思い当たらなかった。自分と、上野麻里子脅迫とを結びつけるものは、まだ何もないはず。警察は脅迫犯を特定しておらず、当然ながら自分の顔も割れていない。警察が自分のこの顔を捜しているはずはなかった。このふたりがここにいるのは、別件だ。ただ単にサミットが近いので、宿泊施設への立ち入りを強化しているだけかもしれない。いや、たぶんそうなのだろう。

久保田はわざとふたりのほうに顔の正面を向けてから、エレベーターの前へと向かった。

ロビーの奥の壁に、額装された風景画が架《か》かっている。濃い緑色の森を描いたものだ。絵の表面には、ガラスかアクリル板があるようだ。絵全体が、いわば少し暗めの鏡となっている。フロントの横で、ふたりの男たちが久保田の後ろ姿を見つめているのがわかった。

久保田はエレベーターの前に立って階床ボタンを押した。自分がエレベーターに乗り込むことができたら、セーフだ。あの警官たちが捜しているのは自分ではない。自分はやつらのターゲットではない。それがわかる。

扉が開いた。久保田は慎重に自分の身体をエレベーターの中に入れた。声はかからなかった。こちらに向かってくる足音もない。

扉が閉まった。エレベーターがごとりと一回揺れてから上昇を始めた。久保田は、音をたてぬよう、また表示盤の上に設置されているはずの監視カメラのほうに目を向けぬよう、まっすぐ扉を見つめたまま、深く息を吐いた。

自分はとにかく、きょうを乗り切ればいいのだ。それ以上のことは望んでいないが、とにかくきょうを乗り切ることだけは、切実な欲求であり期待だった。


佐伯宏一は、宮木俊平の集合住宅を出ると、気持ちを鎮めるために深呼吸した。でっちあげを指示する前本部長の声が録音されているとは、想像外だったのだ。あの録音と、会議の詳細を記録した手帳があれば、事件がでっちあげであったことは証明できるかもしれない。刑法第一九四条の特別公務員職権濫用《らんよう》罪の適用も視野に入れることができる。

しかし、佐伯自身は、前本部長に対してその罪名で追及しようという意志は、いまのところない。自分にとっての関心は、あくまでも前島博信による盗難車密輸事件だ。それは自分が担当し、捜査して、逮捕状まで取るにこぎつけた事件だった。これに決着をつけねばならない。あれが概念としての「司法取り引き」だと言うなら、それはやむをえないと、佐伯はいまでも思う。犯罪の悪質性、重大性、被疑者逮捕の緊急性を天秤《てんびん》にかけることは、法執行機関の責務でもあると信じるからだ。しかし、まったく無実の人間を陥れるために、現実に続けられてきた犯罪を見逃すことは、承服できない。あの愛知県警の服部も同じ想いだろう。何百台もの高級車窃盗事件があり、密輸出があって、その関係者が特定されているにもかかわらず、ありもしなかった事件のためにその犯罪が立件されないというなら、それはすでに法治国家のありようではない。警察は不要だ。権力を握る者による私設警護組織があればよい。しかしそれこそ、関係者が唾棄するように表現したならず者国家ではないのか。

でも、と佐伯はなお疑問に思う。こんな馬鹿げた犯罪が、なぜ三つの捜査機関合同で出来てしまうのか。誰か権力を持った社会的人格破綻者がひとりで思いついたということなら、ありえないことではない。いつかは露顕するにせよ、その人格破綻者が一回ぐらいは強引にやり遂げることも可能かもしれない。しかしこの場合は、道警本部、札幌地方検察庁、それに函館税関小樽支署の三つの機関の責任者が揃って、遵法精神も規範意識も持たない根っからの犯罪者だったことになる。そんなことが、ありうるか。

佐伯は携帯電話を取りだし、つい昨日やりとりした相手の番号にかけた。

はい、と相手が出たところで、佐伯は名乗った。

「昨日お目にかかった、道警の佐伯です。いま、電話かまいませんか」

「おう、ちょっと待ってくれ」わざとらしく陽気な声が返った。そばに他人の耳があるということだろう。「ここ、うるさいんだ。静かなとこに出る」

十秒ほど待っていると、また服部の声がした。こんどはシリアスな調子だ。

「昨日は、途中までで失礼した」

「いいんです」佐伯は言った。「服部さんから聞いた一件、こっちでも調べました。小樽の密輸業者に対して、道警や地検、それに税関がお目こぼししていたのは確実のようです。それも、北朝鮮と覚醒剤がらみの犯罪をでっちあげるために」

「その口ぶりだと、かなりの証拠か証言まで手にしたってことかな」

「状況証拠の段階ですが」佐伯は訊いた。「ひとつだけ、情報をいただけますか。たぶん服部さんは、この件が三者合同でできた筋書きだった理由をご存じですね？　わたしは、いまの本部長が関わったことまでは突き止めましたが、三者が雁首《がんくび》揃えた理由には、いまひとつ合点が行かないんです」

「簡単なことだった」服部は言った。「人脈だよ」

「誰のです？」

「道警の前の本部長、札幌地検検事正、函館税関署長」

「三者に、そんなに強いつながりがあるんですか？　別々の官僚機構なのに」

「五十嵐基と、当時札幌地検の検事正だった中村智司は、東大法学部の同期。函館税関署長の栗林一郎《くりばやしいちろう》は、歳は少し下だけど、同じ東大法学部。中村と灘《なだ》高の同窓生同士だ。同じテニス部。五十嵐と栗林の父親同士は、遠縁だ」

「キャリアのあいだに人脈があるのはわかりますが」

佐伯はとまどいつつ言った。それが三者合同ででっちあげを計画する根拠となりうるだろうか。

服部は言った。

「キャリアの人生の最大のテーマは何だ？　出世だよ。人事だ。五十嵐基は、当時道警本部長。つまり警察庁トップを目指すには、その時点で出遅れた。あの歳なら、大阪府警本部長か愛知県警本部長、でなけりゃ警視副総監になってなけりゃならなかった。だから一発逆転を狙ったと、おれは見るね。中村も栗林も、友達の賭《か》けに張ったんだろう。北朝鮮相手に大きな手柄を立てる必要があったんだ。じっさい、五十嵐はいま、内閣情報官だ。以前の内閣情報調査室長だぞ。大阪府警本部長か警視副総監がその次に就くポストだ。警察庁の主流の出世コースじゃないが、まだ失地回復を狙える位置だ。というか、政府の中枢にはぐんと近づいたんだ。次が期待できるポストだ」

佐伯は、キャリアたちの人事のシステムについて、さほど詳しくはなかった。誰もが必死で競争していることはわかるが、だいいち道警本部長のポストで何が不足だと言うのだろうか。本人次第で、やりがいのある仕事もできるだろうに。

服部が続けた。

「あんたが、盗難車密輪の件でもう一回きちんと前島たちを狙うというなら、おれが手伝う。うちの役所のうしろには、世界一の自動車メーカーがある。そこが作ってる一台五百万の車をこれだけ片っ端から盗まれ、密輸されてたんだ。誰かがそれができるシステムを作り、たぶんそのノウハウをまだ仲間うちに伝えているんだ。その連中を、あのメーカーもうちの本部長も現場も、もう黙っておかない。そこにあんたのとこの前の本部長や地検、税関が出てくるって言うなら、うちの本部長はそれこそ、警察庁長官のポストを賭けて徹底追及するだろうよ」

そのような展開は佐伯が望むところではなかった。しかし、キャリアを相手の犯罪追及であれば、たしかに一介の平刑事がやれることなどたかがしれている。道警の内部に、そして全国の警察機構の内部に横断的に協力者を探し、同時に、これをキャリア同士の暗闘の場としてしまうことが必要かもしれなかった。服部の構想は、かなり現実味のあるものと言えそうだった。

佐伯が黙っていると、服部が訊いた。

「やる気が出たんだろう?」

佐伯は答えた。

「わたしが担当した未完の一件については、きちんと立件、検察送りまではやろうと思ってます」

「必要なら、情報は提供する」

「ひとつだけ教えてください。キャリア同士の人脈やら、魂胆やら、どうしてそこに秘密があると思ったんです?」

服部は笑った。

「刑事事件捜査のいろはだ。不審なことがあれば、人間関係を調べる。キャリアのやることだって、けっきょくは同じだ」

たしかだ。それは自分自身も二年前の婦警殺し事件のときに理解したのではなかったか。ヤクザ者であろうとキャリア官僚であろうと、いったん痴情がもつれたら、やることに変わりはない。その痴情のもつれの部分を探ることが、捜査の王道だった。こんどの場合は、キャリア同士の人事への不満、鬱屈《うっくつ》、野心、そしてオブセッションといったものが、彼らのネットワークを通じて相互に刺激しあい、増幅した。その結果としての、でっちあげ事件だったのだ。

「おっと」と服部がまた、陽気な調子で言った。そばにひとがきたようだ。「そういうことで、また電話くれ。じゃあな」

電話は服部のほうから切れた。

津久井がその店の前まできたとき、店からふたりの男が出てきた。コートを着た中年男と、ハーフジャケット姿の若い男。ひと目で、刑事だとわかった。顔に見覚えはない。道警本部の刑事部や生安の捜査員たちではないようだ。

ふたりが狸小路の七丁目方向に歩いてゆくのを見送ってから、津久井はブラックバードの重い木製の扉を開けた。

カウンターの内側で、マスターの安田が顔を向けてきた。直前まで、居心地の悪い時間が続いていたという表情だ。

津久井はカウンター席に着いて訊いた。

「何か聞き込みでも?」

マスターはうなずいた。

「北見署の署員が失踪してるそうですね。いまのは、北見署の刑事課員」

「どうしてここに?」

「理由は言ってませんでしたけど、ここが役所に含みある警官のたまり場だからでしょう?」

「そうなんですか?」

「ここに、裏の捜査本部が置かれたこともありました」

津久井は微笑してから、パスタを注文した。最近マスターが凝っているという、たらとジャガイモのパスタ料理。スパゲッティではなくファルファッレを使う。

「お腹空《なかす》いてます?」

「生でも食えそうです」

「少しお待ちください。大盛りを出しますから。飲み物は？」

「勤務中なんです。本部に戻らなきゃならない。ジンジャーエールを」

ジンジャーエールの瓶とグラスが出たところに、新しい客があった。津久井が顔をドアのほうに向けると、入ってきたのは佐伯宏一だった。難しそうな顔をしていた。

佐伯は津久井の顔を見ると会釈し、津久井のひとつ置いて右隣のスツールに腰をおろした。

佐伯が、マスターに言った。

「いま、警官みたいのとすれちがった。ここに来てたのかな」

マスターは、津久井に答えたのと同じように言った。

「北見署。若い警官が失踪したとか。きょうは札幌市内、徹底捜索だそうです」

「その件か」佐伯は面白くなさそうにコーヒーを注文した。

津久井は佐伯に言った。

「おれがいま、そっちの捜索に回されてます。拳銃持ったままだし、こういう時期だし。上のほうはぴりぴりしてる。大捜索態勢ですよ。おれは警務のベテランと組んで、関係者のところを片っ端から訪ねてる」

「知ってる。聞いた。その関係者のひとりから」

「誰です？」

「宮木俊平。いま会ってきたんだ。日比野巡査の親父さんと親しかったんだな」

「佐伯さんは、あの北朝鮮貨物船の事件を追ってるんですね?」

「いや、小樽の前島興産の盗難車密輸事件を追っていたら、そこにぶつかってしまったということだ。あるところから、北朝鮮貨物船覚醒剤事件はでっちあげだったと教えられた」

「宮木警部は、日比野課長が自殺する直前まで、携帯で話をしていたと聞きました。でっちあげ事件だということを知っていた。日比野課長が自殺した直後、もしかしたら何かでっちあげの証拠みたいなものを手に入れているかもしれません」

「入れていた。メモと、捜査会議の録音だ」

津久井は驚いた。宮木は、でっちあげの証拠まで手に入れていたのか。

佐伯が言った。

「宮木の話を聞いたが、いまひとつ信用できないところがある。やつはその証拠を、加茂さんに渡そうとしたんだ。内部告発が相次いでいた時期だ。加茂さんを引っかけるための罠なんじゃないかって気がしないでもない」

「証拠のほうがでっちあげだということですか?」

「もし加茂さんがその証拠をもとにさらに告発したら、やがて証拠を否定する事実が出てきて、加茂さんの告発全体が大嘘だとみなされてしまう。うちの偉いさんの中には、そういうことを発想する人間がいてもおかしくはないんだ」

「そこまでやりますか」

「お前を射殺しようとした組織だぞ」

「たしかに」

「その録音の中には、やれ、かまわん、という指示も残っていた。五十嵐本部長の声に似ていた。だけど、やりとり自体、芝居かもしれない。五十嵐本部長の声だとは確信が持てない」

「もし持てたら？」

「おれは、もう一度前島を追う。逮捕状は執行されなかった。やつの容疑は生きている。密輸に三者のお墨つきがあったと供述したら、五十嵐たちも聴取する。前島以外は検察送りにはできないかもしれんが、前島の公判では、三つの捜査機関合同のでっちあげ事件について、証言させてやる」

「本気で？」

「こんなことで冗談を言えるか。郡司事件ではふたりの自殺者。でっちあげ事件で無実の外国人ふたりが刑務所行き。そして日比野課長も自殺。加えて石岡生安部長の死。死屍《しし》累々なんだぞ」

「石岡部長は、水村朝美殺しの件で」

津久井はそこまで言って、息を止めた。まさか、佐伯が言おうとしたのは。

佐伯が、津久井の反応を確かめるかのように凝視している。

津久井は、瞬きしてから言った。

「あれは、自殺じゃないと？」

「そう疑えてきた。石岡はおれに、自首を約束していたんだ。なのに翌朝死体で発見だ。でっち上げ事件で日比野は現場責任者だが、石岡は指揮監督責任がある。誰かさんたちには、いいタイミングでの死だった。日比野課長の死と同様にだ」

喉が急に渇いた。津久井はごくりと唾を飲み込み、喉を湿してから訊いた。

「その確証でも？」

「ない」佐伯の答は躊躇のないものだった。「ただ、あの録音の指示の声が五十嵐本部長のものだとはっきりすれば、おれは宮木の持ってる証拠を本物だと信じる」

「佐伯さんは、とんでもないことをやろうとしてるってことですよ。前の本部長だけが相手じゃない。地検と税関まで。それって、事実上、国家を相手にするってことじゃないですか」

「国家の代紋背負った犯罪者たちだよ。相手にとって、不足はないだろ」

津久井は、佐伯の言葉の調子の強さに驚いた。佐伯はそこまで決意しているのだ。

佐伯も、自分の言葉の過激さに気づいたようだ。少しだけ声の調子を落とした。

「おれが、警察手帳賭けて勝負していい相手だ」

「いまの幹部連中、佐伯さんのその捜査を承認しますか」

「二年前なら、部下に無理無体なことも指示できた。いまはちがう。おれにノーと言うなら、おれがどこかに駆け込むことを覚悟しなきゃならない。幹部の下のほうでは判断できない。案件は、上に上にと上がってゆく。最終的には、本部長が決断しなきゃならない。上等な事態じゃないか」

「ひとりで刺し違える覚悟ってことですね」

「ぎりぎりまで、ひとりでやる。だけど、もしやることになったら、道警以外からも援護射撃はくることになる。おれは、ひとりじゃない」

佐伯の覚悟のほどを知って、津久井は安堵した。

「佐伯さんは、ひとりじゃないですよ」

また店のドアが開いた。津久井は首を曲げてドアに目を向けた。

店に入ってきたのは、私服姿の小島百合だった。大きな紙袋を手にしている。

小島百合は、津久井と佐伯を見ても、さほど驚きを見せなかった。期待していたのかもしれない。

小島百合は津久井たちに会釈してから、カウンターの前で言った。

「どこに腰掛けたらいいかしら」

津久井は、佐伯の向こう側を指で示した。同時に佐伯は、津久井の左側を指さしてくる。

小島百合が笑った。

「どっちにも避けられたときは、真ん中を取る」

小島百合は、津久井と佐伯とのあいだのスツールに勝手に腰をおろした。

津久井は、小島百合が足元に置いた紙袋を見て、彼女に訊いた。

「スーツですか？」

小島百合は答えた。

「作業着」

「高級ブランドじゃないですか」

「知ってるの？」

「名前だけは」

「要人警護ってことになったんで、物入りなの」

「あまり嫌そうな顔でもないですけど」

「どういう意味よ」と小島百合が軽く突っかかってきた。「散財を喜んでるとでも？」

「楽しそうに見えますよ」

「買い物は楽しいわ。支払いのことさえ考えなければ」

マスターが笑みを見せて小島百合に近づき、注文を訊いた。

「シャンディガフを」と小島百合は言った。

マスターが訊いた。

「まだお仕事ですか？」

「明日が早いんです」と小島百合。「千歳に行ってなきゃあならない」

「上野大臣は何時に？」

「飛行機の便名は公表されていないけど、九時三十分、千歳着」

佐伯が、小島百合に訊いた。

「ほかのお偉いさんも同じ飛行機なのか？」

「さあ。ほかのＶＩＰの予定は聞いていません」

津久井は訊いた。

「特命大臣に、警察庁長官。ほかにどんなひとがくるんです？」

「警察庁警備局長。内閣情報官」

津久井は驚いた。

「内閣情報官も、式典に出席するんですか？」

「そう聞いたわ。何かおかしい？」

「五十嵐基内閣情報官ですよね。昔の呼び方なら、内閣情報調査室長」

小島百合は目を丸くした。

「情報官って、そうなの？　前の本部長？」

小島百合の向こう側で、佐伯が目を輝かせた。

「五十嵐情報官の予定は？」

「結団式のあとも、大臣と同行視察だと思います。洞爺湖ウィンザーホテルに行って、札幌戻り。昼と夜は、ロイヤル・ホテルで関係者と会食」

津久井は動揺を隠して小島百合に言った。

「つまり五十嵐基本部長は」

小島百合が訂正した。

「前本部長は」

「五十嵐前本部長は、明日札幌に来るんですか」

「ええ。そう聞いている。こんどの内閣の大イベントですもの」

「その情報は、秘密じゃないんですね?」

「内閣官房のホームページにも、上野大臣のホームページにも、明日の結団式の予定が載っている。結団式の出席者も書かれていたわ」

佐伯が小島百合に訊いた。

「上野大臣の予定を詳しく教えてくれないか?」

小島百合が佐伯に言った。

「十時十五分、北海道知事と面談。十一時、大通公園西八丁目広場で警備結団式。十二時、札幌ロイヤル・ホテル丹頂の間で警備関係者と昼食会。一時半、洞爺湖に向かって札幌出発。五時半から、ウィンザーホテル、洞爺湖、千歳空港をそれぞれ視察。警備警察官を激励。午後八時、札幌で少人数の夕食会。明後日帰京。帰りの飛行機の便についても、公式発表はなしです」

「警察庁長官や内閣情報官も、大臣に同行なんだな」

「たぶん。警備関係者ということで、一緒に動くはずです」

マスターが津久井の前に、パスタの皿を運んできた。

そこにまた新客があった。また同僚だ。新宮昌樹だった。新宮が津久井たちを見て、顔をほころばせた。

佐伯が立ち上がって言った。

「じゃあ、おれはこれで」

新宮が、とたんに落胆を見せた。彼はドアの脇で、佐伯に言った。

「きょうはありがとうございました」

「ああ」と佐伯が短く答えた。

「おれ、邪魔ですか」

「いや。そういうわけじゃない」

佐伯がドアを開けて店を出ていった。

新宮は途方に暮れたような顔になっている。

「おれ、チーフに嫌われてしまったんですかね。どうなってるんだろ」

小島百合が言った。

「青年、そこにお座り。黙って一杯飲んだら」

津久井も立ち上がった。

「おれもこれで」

新宮はいよいよ泣きだしそうな顔になった。

「津久井さんまで」

小島百合が言った。

「あたしがいるじゃない」

津久井は新宮に言った。

「仕事だ。佐伯さんも、考えあってのことだ。邪魔をするな」

「そんな。冷たいすよ」

小島百合が言った。

「お姉さんじゃ不足？」

新宮がどう返事をしたかは聞こえなかった。その前に津久井はドアを閉めていた。


狸小路七丁目方向へ歩きながら、津久井は長谷川に電話した。

「どうした？」と長谷川。「おれも、いま飯は食い終わった」

津久井は言った。

「日比野伸也巡査が、いま札幌に入った理由がわかりました。やはり、親父さんの命日だってことで、その手向けです」

「だから、その手向けって何だ？」

「敵討ち。日比野伸也は、日比野課長を自殺に追い込んだ張本人が誰か、すでに宮木から聞いて知っています」

「五十嵐本部長ってことか？　彼はもう栄転だ。東京にいる。札幌じゃない」

「明日のサミット警備結団式に、警備関連のお偉いさんが集合します。警察庁長官、警備局長。サミット担当特命大臣。それに、内閣情報官」

長谷川は反応してこなかった。

電波が途切れたか？

「もしもし」と、津久井は呼びかけた。

「聞こえてる」と、長谷川が重い声で言った。「目的は、内閣情報官テロか」

「タイミングと場所。なにより動機。濃厚です」

「今夜の旅舎検で身柄確保できることを祈ろう。明日、関係者に、道警の警官が要人を襲う計画があるから避難してくれとは、本部長だって言えないからな」

「朝までに、確保できない場合は？」

「本部長はおそらく、予定の三倍の警備要員を明日の結団式警備に投入するだろう。そしてもし」

長谷川が何を続けようとしたか、津久井にも想像がついた。しかしあえて訊いた。

「もし？」

長谷川は言った。

「もし実行されたら、道警の面子がつぶれるだけじゃない。サミット開催が急遽《きゅうきょ》会場変更ってことにもなりかねない。内閣が飛ぶぞ」

それはそれで面白いかもしれない、と一瞬だけ感じた。

でももちろん津久井はそれを口にすることはなかった。

「今夜じゅうに確保できなかった場合は、明日ぴったりと情報官につきましょう。実行前に日比野を確保しましょう」

「ああ」

携帯電話を切ってから、津久井は思った。

佐伯も、情報官の来札の情報に反応していた。何か思うところがあるという対応だった。

彼は、何をしようとしているのだろう。あるいは何を準備しようとしているのだろう。

時計を見た。

午後の八時を十五分回っていた。

警備結団式の開会まで、あと十五時間弱ということになる。

その日

会議室に集まったのは、二十人ほどの捜査員だ。北見署の関係者が半分いる。みな顔には焦慮の色が濃かった。昨夜の旅館、ホテル、ラブホテル、深夜サウナ、ネットカフェ、個室ビデオその他の徹底捜索でも、日比野伸也巡査は発見できなかったのだ。

そしていま、長谷川が立ち上がって、昨日の聞き込みの報告と分析を示しているところだった。

長谷川は言っている。

「つまり日比野伸也巡査は、父親である日比野一樹元薬物対策課長の死には前本部長が責任あると信じ、父親の命日であるこの日に復讐《ふくしゅう》を遂げようとしているのではないか、とは判断しうるわけであります。その判断の当否についてはなんとも申し上げられませんが、どうであれ日比野巡査の狙《ねら》いは前本部長であり、いま内閣情報官として洞爺湖サミット警備にも関《かか》わっている五十嵐基のテロが計画されているのではないか、というのが、われわれの受けた感触であります。一昨日というタイミングでの失踪《しっそう》でありますし、日比野巡査はおそらく、きょうの結団式関連のスケジュールや会場、関係者の移動ルートについて、すでに十分な情報を得ているものと推測できます」

長谷川がその判断を示して着席したいま、会議室には重苦しい沈黙が満ちている。

三十秒ほどもその沈黙が続いたあと、警務部長の後藤が言った。

「問題は、制服と、出動服と、拳銃《けんじゅう》が消えていることだ。盗難届の出たライフルも見つかっていない。日比野伸也が要人テロを意図しているとしたら、せっかくのこれらの小道具を利用しないはずはない。つまり、きょう警備結団式に集まる全国の県警の応援部隊全員まで疑ってかからなくちゃならないってことだ」

黒崎が言った。

「いっそ、結団式を中止しますか。であれば、五十嵐情報官は大勢の制服警官の前に出る必要はなくなる」

「馬鹿を言え」と後藤が言った。「テロなど絶対にさせないってことをアピールするための式典だぞ。テロの可能性があるからといって中止したら、世界じゅうの笑い物だ」

「大事なのはサミットです。きょうの結団式は内部的な行事にすぎません」

「中止は、日本の警察がテロに屈したことになる。できない」

「では、五十嵐情報官だけでも欠席してもらいますか」

「うちはテロを防げそうもないから、という理由でか？　無理だ」

「では、もう公開手配しかない」

「この日、それはできないって」

それまで黙って聞いていた警備部長の磯島が言った。

「追求課題を整理して考えろ。いまこの時点でのうちの目標は、日比野のテロを防ぐことじゃない。きょうを乗り切ること、北海道内ではやらせないことだ。五十嵐情報官の千歳到着まで、あと二、三十分あるだろう。札幌方面の地域課、交通、刑事、生安、いや、必要になったら内勤職員まで動員しろ。五十嵐情報官の立ち回り先すべてに、いまの倍の警官を張りつけろ。すぐにだ」

磯島は立ち上がった。反論も弁明も一切の遅延も認めないという意思表示のようだ。黒崎らが、唇をきつく結んだまま互いに目を見交わし合った。


最優先でボーディング・ブリッジを渡ってきたのは上野麻里子大臣だった。テレビで見慣れた華やかな顔だちの女性だ。

きょうは、濃紺のスーツ姿。白いブラウスを着ている。スカートは膝丈《ひざ》だった。いつもよりも地味めのファッションと言えるかもしれない。上野麻里子の前を、航空会社の地上係員らしき女性が歩き、SPの成田亜由美がその左隣を歩いている。大臣の右手には酒井勇樹だ。その三人のうしろに、男女ひとりずつ。目立たぬスーツ姿なので、公設秘書と私設秘書なのかもしれない。ふたりとも、両手にこぶりのスーツケースを下げている。

さらにそのうしろに、ダークスーツの中年男たちの一団があった。これは警察庁長官や警察庁警備局長たちだろう。顔は確認できなかったが、前の道警本部長、現在は内閣情報官の五十嵐もこの中にいるはずである。

一行が近づいたところで、小島百合は上野大臣に会釈し、さらに成田と酒井に黙礼した。成田も酒井も無言のまま小さくうなずいてきた。

小島百合は一行を先導するかたちで出発ロビーの通路を歩いた。驚いたことに、ここには十人以上の私服警官がいた。いましがたまで、その姿は見えなかったが、空港施設のどこかで待機していたのだろうか。見覚えのある顔もあった。警視庁のSPたちではなく、道警警備部の警官たちのようだ。彼らは上野大臣一行をやりすごすと、うしろのダークスーツの男たちを囲んで歩きだした。

エスカレーターで手荷物引き取り所に降りた。ここにも、目に見える範囲で十人以上の制服警官が詰めている。防刃ベストを着て、長尺の警杖を持った警官たちだ。最初小島百合は、それは他県警からの応援かと思ったのだが、背中には道警本部のロゴタイプ。道警自体が動員を増強しているようだ。

手荷物引き取り所を抜け、左右を確かめてから、小島百合はまっすぐエントランスへと歩いた。自分の背後で、いくつもの靴音が響いてきた。

エントランスのガラス戸を抜け、ここでも左右に目をやった。ターミナル・ビル前のアプローチには、パトカーが十台以上停《と》まっていた。総理大臣の来道でも警備にこれだけの数の警察車両を出すことはないように思えた。唯一これを上回る警備態勢となるのは、天皇を迎えるときだろう。

到着ロビーのすぐ外側に、ずらりと黒いセダンが停まっている。そのうちの二台は北海道庁が用意した公用車だった。上野大臣とその一行のためのものだ。さらに秘書たちのために、北海道庁は二台の黒塗りハイヤーも手配している。もちろんきょうのために、道警も三台の公用車を到着ロビー前に待たせてあった。警察関係者のための車である。さらに道警大通署のパトロールカーが、全体を先導するために配置についていた。

並んだセダンのうちで、大臣の乗る道庁公用車の運転手が頭を下げてきた。小島百合はそのセダンへと歩いて、振り返った。

酒井勇樹が、セダンの後部席右側に回り、ドアを開けた。上野麻里子もセダンのうしろへ回り、腰を先にシートに載せた。続けてかたちのよい足を揃《そろ》えて車に入れた。成田亜由美が後部席左側のドアを開けた。公設秘書らしき四十代の女性が、セダンに乗り込んだ。

酒井勇樹が小島百合に近づいてきた。何か言いたげだ。

「様子は?」と酒井が小声で小島百合に訊《き》いた。

「とくに何も。ひとり警官の失踪が出てますが」

「まだ見つかっていないんですか」

「今朝の段階では。ほかにはとくに、警護課では注意を受けていません」

「カラスは、さっきも掲示板に書き込みました」

「何てです？」

「いよいよだ、と」

成田亜由美が、先導車の助手席ドアに手をかけて酒井に言った。

「出発、いいですね？」

酒井勇樹がうなずいて小島百合から離れ、大臣の乗るセダンの助手席に身体《からだ》を入れた。

小島百合も、先導車の後部席ドアを開けて、乗り込んだ。

ドアを閉じたところで、小島百合は専用のマイクを通じて、パトカーの警官に言った。

「ハンテン関係、オーケーです。出発してください」

先導車の前に停まっていたパトカーが、回転灯を点灯させ、ウィンカーを右に出した。

そのパトカーが発進すると、小島百合たちの乗る先導車が続いた。小島百合はミラーで大臣の乗る車も続けて発進したことを確認した。

ターミナル・ビルの前を通過すると、助手席から成田がひと組の無線通信機を小島百合に手渡してきた。ピンマイクと、イヤホンと、携帯電話ほどのサイズの機器だった。

「明日まで、つけてください。わたしたち三人のあいだの専用インターコムです」

小島百合は受け取って思った。

わたしたち三人。あなたたちふたりにエキストラひとり、という意味じゃないよね。

小島百合は、昨日買ったばかりのブラック・スーツのジャケットの裾《すそ》を持ち上げ、機器を腰のベルトにつけたホルダーに収めた。きょうは、拳銃を携行しているのだ。通信機を収めてから、小島百合はそのホルダーのすぐうしろ、ベレッタのホルスターに触れて、あらためてきょうの任務の重大性を自分に意識させた。

マイクを胸に止め、イヤホンを耳に当てると、成田が助手席で、振り返らずに言った。

「ずっとオンにしておいてください。ここでの私語も、うしろの酒井チーフには全部耳に入ります。必要なことだけしゃべってください」

はいはい、と、小島百合はさっそく指示を受け入れた。いまの言葉に対する返答すら、不要と取ってよいのだろう。

大臣一行の車列は、いま空港から国道三十六号へ出ようとしていた。このあと千歳インターで道央自動車道に乗ることになっている。札幌の北海道庁まで、およそ五十分のドライブになるはずだった。

その五十分間はたぶん、カラスも手は出せない。自動小銃か小型爆弾でも用意していなければだ。

小島百合は、イヤホンを耳につけながら、窓の外の空を見た。四月半ばの、どうにか春らしさを感じられる青空だった。

津久井は、道警本部ビルの駐車場入り口で、その車列を見つめた。

パトカーに先導された三台のセダンが、スロープを降りてゆくところだ。警察庁長官と、警察庁警備局長、それに内閣情報官の三人が、これから道警本部長と会談するのだ。すでに警備計画は策定され、警察庁の承認を得ているから、きょうの会談は実務的というよりは、かなり儀式的なものになる。

このあと三人は道警本部長ほか道警の幹部と共に大通り西八丁目広場に移動、警備結団式に出席する。見せられた式次第と実施プランでは、事実上の「閲兵式」「観閲式」のようなものになるらしい。警察庁長官らの居並ぶ中、全国の県警の応援部隊代表が分列行進で広場に入り、整列したところで、長官あいさつとなるのだ。この結団式には、上野麻里子サミット担当特命大臣も参列する。いま彼女は、このビルの一ブロック隣にある北海道庁本庁舎ビルで、北海道知事と会談しているはずである。

結団式会場となる広場の周囲を、各県警の輸送車がぎっしりと囲む。はっきり聞かされてはいないが、周辺のビルの屋上には、狙撃《そげき》銃を持ったSAT隊員たちも配置されるのではないか。つまり式典会場は、完全に警察が統制するエリアとなる。異分子は一歩も入ることはできまい。もしかすると、メディアの取材さえ排除されるのかもしれなかった。

車列が完全に地下駐車場に消えると、警戒にあたっていた警察官たちに、休めの指示が出た。このあと、式典までおよそ四十分間、五十嵐情報官は要塞《ようさい》の天守閣にいるようなものである。日比野が本部職員か警察官に紛れていない限りは、五十嵐の身は安全だった。

津久井の横で、長谷川が言った。

「少し時間があるが、西八丁目広場のほうに移動するか」

津久井はうなずいて、道警本部ビルの敷地を北一条通り方向へ歩きだした。

「あの広場は、鉄壁です。テロは難しい」

「だけど」と長谷川は言った。「四十七都道府県の、互いにまったく別組織の制服警官たちが千五百も集まるんだぞ。逆に言えば、日比野が隠れるにはうってつけの場所だ」

「わたしには、日比野が制服のまま消えたことも、出動服の盗難も、計画のカモフラージュって気がするんですけれども」

「それでも、その可能性はつぶせないさ」

北一条の通りを渡るとき振り返ると、もう顔なじみになった北見署の署員たちが十人ばかりついてきた。みなスーツにコート姿だ。

彼らもまた西八丁目広場で、日比野の捜索、身柄確保を命じられているのだ。もちろん北見署からの派遣署員たちの一部は、北海道庁や札幌駅、地下鉄大通駅、駅前通りの要所の交差点にも配置されているのだろうが。

歩きながら、津久井は意識的にビルの屋上や、隙間《すきま》の開いている窓、内側にひとかげのある窓に目をやった。ライフルの盗難が日比野の仕業だとしたなら、日比野はわりあい遠距離から五十嵐を狙うということもありうるのだ。警備の別班も、もちろんそれを警戒し、十分な対応は取っているだろうが。

佐伯は刑事課長と盗犯係長の前に資料を置いた。

刑事課フロアの会議室である。今朝の点呼のあとすぐに佐伯は課長に、指示を仰ぎたいと申し出たのだった。大通署の二係が追っていた事件が、他県警の手で摘発、立件されそうであると。

警察の中堅幹部たちは、たぶん全国共通のメンタリティであろうが、管轄地域内の事件について他県警に出し抜かれることを何より嫌がる。捜査を妨害することはさすがにないが、協力には消極的となる。事件の質によっては、協力を完全に拒むこともあるだろう。佐伯は、幹部たちのその性癖に賭《か》けるつもりだった。

佐伯はふたりの上司に向かって言った。

「概略お話ししましたとおり、これは二年前までうちが追っていて、逮捕状まで取った事件でした。被疑者が重大事件の証人となることがはっきりしていたため、事件は本部預かりとなり、逮捕状の執行が中止となったものです。わたしのエスからの情報では、この一件を、愛知県警が内偵中とのことです。被疑者の所在についても、愛知県警は確認ずみとのことで、立件に足るだけの証拠固めの段階のようだということです」

テーブルの向かい側、左側にいるのが課長だった。半年前に帯広署の交通課から異動してきた警部だ。神谷知己《かみやともき》。帯広署が交通事故死者数では道警管内一の悪評にあったころ、苫小牧《とまこまい》から赴任、徹底した取り締まりを指揮して、ワーストワンの座を返上させたという。大通署への異動は、その功績が認められてのことだろう。刑事事件については警官の常識の範囲の知識しかないので、たいがいの事件については現場にまかせきりだ。口をはさむことはほとんどない。メタボリック症候群寸前という体型の五十男だった。

その神谷が、面倒臭そうに言った。

「本部に取り上げられたのには理由があったんだろう？　蒸し返していい案件なのか？」

佐伯は答えた。

「もうそっちは結審もしています。関係者もそれぞれ異動して、この件から切れました。どこにも問題は出ないと思います」

「本部が一回止めたということは、ひっかかるな」

「公判の証人にするため、あの時期は被疑者を泳がせておく必要があったのでしょう。何か口約束があったかもしれませんが、引き継ぎは受けていません」

係長が訊いた。

「逮捕状はもう出ているんだな？」

彼は一年前に、留萌《るもい》署から異動してきた。地域課畑ばかり歩んできた警察官だ。神経質そうな印象があるが、胃が悪いのかもしれない。定年間近のはずだ。荒川という警部補だった。

佐伯は荒川に顔を向けて答えた。

「二年前、被疑者の身柄を押さえましたが、形式上は、執行されていません」

「つまり、いつでも逮捕可能だと」

「そのとおりです。証拠も上がっており、検察送りは十分可能です。あらためて精査してみますが」

神谷が、脂肪たっぷりの頬《ほお》をなでながら言った。

「愛知県警は、どこまで迫ってる?」

「感触では、いつでも逮捕状請求でしょう。なにせあちらには、愛知県の産業界の期待がかかってます。年間に四百台五百台と高級車が盗まれ、ディーラーまでグルじゃないかと疑われてきたんですから」

「大事件なんだな」

「全国ニュースです。もしかしたら、想像以上に広がりのある、大きな組織犯罪かもしれません。それで、課長には英断をとお願いするものです」

神谷は椅子《いす》を横に向けて、腕を組んだ。何事か考える様子だ。しかし、何も考えてはいまい。答えることにもったいをつけているだけだ。半年この上司を観察してきて、佐伯にはそれがわかる。

神谷はまた椅子を回転させて正面を向いた。

「やれ。ミャーミャー県警に、うちのシマで好きな真似《まね》はさせない」

期待どおりの回答だった。

佐伯は頭を下げて言った。

「ありがとうございます。やらせていただきます」

佐伯はテーブルの上の大部の書類ホルダーを持ち上げ、立ち上がった。

会議室を出ると、佐伯は自分のデスクへと歩いた。新宮が佐伯に気づいて、何か期待しているかのような顔を見せた。新しい仕事を命じてもらえるとか。

佐伯は新宮のデスクに書類ホルダーを置いて言った。

「おれたちの最初の事件、覚えているか。ファイルひとつひとつ、何か間違いか意味がなくなったものなどないか、調べてくれ」

新宮が怪訝《けげん》そうに言った。

「おれひとりで、ですか」

「おれの部下は、お前だけだろ」

佐伯はデスクを離れてから、スーツの胸ポケットに入れておいたICレコーダーを取りだした。

課長の言質《げんち》は取った。あの前島博信盗難車密輸事件が今後どんな広がりを見せることになろうと、自分は上司の了解を取ったのだ。自分を止めるためには、もっと上の幹部がおれの前に出てこなければならない。それはそれで楽しみであるが。

佐伯はレコーダーのスイッチをいったんオフにした。こいつには、きょうもう一回働いてもらうことになる。

津久井は、またそこでふたりの機動隊員に制止された。

三百メートルのあいだにこれで三度目だ。目の前はもう北大通り。次の角を右手に曲がれば、八丁目広場である。その広場周辺には濃灰色の機動隊輸送用車両が並んでいる。

津久井と長谷川はまた警察手帳を開いた。機動隊員たちは、ここでもおざなりなチェックでは終わらせなかった。身分証明書の写真と津久井たち本人の顔とを慎重に見比べてくる。ぴりぴりした空気が感じ取れるので、津久井は軽口を叩《たた》くこともしなかった。

「どうも」と機動隊員のひとりが言った。「失礼しました」

北大通りに出たとき、そこでは大勢の警察官のあいだで混乱が起こっていた。ほうぼうから怒鳴り声が聞こえてくるのだ。向かい合って激しくやりあっている制服警察官たちもいる。

「どうしたんだ?」と長谷川が立ち止まって言った。

通りを渡り、広場の端まで歩くと、津久井は警備に立っている警官に警察手帳を見せて訊いた。

「どうしたんだ? 何があったんだろう?」

「ええと」その若い警官は、困惑したような顔で答えた。「さっき警備部長から指示が出ました。各部隊はそれぞれ互いの顔を点検、よそ者が紛れ込んでないか確認しろと。確認しないうちは、広場に入れないと」

長谷川が呆《あき》れたように言った。

「そりゃあほかの県警に対して失礼だわな」

「反発してるところが出てきました。道警の制服警官が出動服を持って失踪した、という噂《うわさ》も流れていて、道警の不祥事に他県警を巻き込むなと。幹部クラスでも罵《ののし》り合いです」

津久井は混乱する広場を見渡しながら言った。

「結団式はできるのかい」

広場の端に整列していた制服姿の警官たちの一団に、指揮官らしき男が声をかけていた。

「やってられねえ。バスに戻れ」

警官たちは顔を見合わせてから、広場東側に停まったバスに向かって歩きだした。広場のべつのひと隅でも、同じ事態が起きているようだ。

ダークスーツ姿の男たちも、小走りになって広場を駆けている。彼らはSPたちなのだろう。マイクを手に何か怒鳴っている者もいた。まるですでにここで何か事件が起こってしまったかのような無統制が出現していた。

広場北側のステージの前には、道警音楽隊がすでに到着していた。しかしその四十人ばかりのブラスバンドも、この混乱の中で当惑していた。椅子を並べることもできずに、棒立ちになっている。

津久井は思った。日比野がこの事態を呼ぶために出動服を盗んだとしたなら、その期待どおりのことが起こっているわけだ。やつはなかなかの準備をやっている。これでは、僥《ぎょう》倖《こう》による身柄確保は不可能だ。


上野大臣が、知事室から出てきた。小柄な女性知事が大臣の前に立っている。

小島百合はちょうどエレベーター・ホールにいて、廊下の前後を監視していた。酒井と成田がすぐに大臣の前と右隣に付いて歩いてきた。大臣や知事の秘書、それに道庁幹部たちが、一行のあとに付いている。道庁職員がエレベーターの二台を開けて待機していた。

小島百合は、大臣とその秘書、酒井、成田がエレベーターに乗り込んでから、最後に自分も乗った。知事たちは、もう一台のエレベーターですぐに追いかけてくるはずである。

一階に着いて、ロビーを見渡した。きょうも二十人以上の制服警官がこのエレベーター・ホールを固めていた。小島百合は自分がかなりナーバスになっていることを意識した。なんたってここは、かつてじっさいに爆弾が破裂した現場なのだ。

一瞬だけ、小島百合は失踪したという日比野巡査のことを思った。この制服警官の中に彼がまじっている可能性はないのか?

ありえなかった。警備分担は各県警単位、しかも部隊か班単位であるはず。見知らぬ顔があれば、警官たちはすぐにわかる。たとえ制服を着ていようと、無関係の者が警備を装ってこの場に紛れ込むことは不可能だ。

小島百合はパック・ツアーの添乗員のように右手を上げて行く先を示し、一行をビル西側の車寄せへと案内した。

大臣が公用車に乗りこんだ。知事が何度も深く頭を下げている。大臣はドアを閉じずに、まだその同性の知事に何か話しかけていた。

イヤホンに酒井の声が入った。

「次が結団式だね」

「そうです。大通り西八丁目広場」

「いちばん開けた場所ということになる。部外者が多い。一瞬も気を抜かないでくれ」

「はい」

車列はまたパトカーを先導に動き出した。知事も、すぐあとの車で会場にやってくる予定である。

佐伯は、ビデオを早まわしした。

この会議室のDVDデッキで、ある地元報道番組の録画を観《み》ているのだ。「道警本部悪夢の一週間」と題された特集ものだ。およそ三十分のテープ。地元放送局が、水村朝美殺人事件の法的解決がついたあとに制作したものだ。道警本部の関係者にとって、誇張なく悪夢であり、最悪であったと言える一週間の記録だ。

あらためて死者の数を思う。その一週間だけで、自殺した警官、殺された警官、事故死したと判断された警官が、合わせて四人。郡司事件のほうでは、自殺した警官がひとり。自殺したと処理された警察のエスがひとり。屍《しかばね》だらけだ。あのときもし佐伯たちが組織の指示に逆らって、ある非公式捜査にかからなかったとしたら、死者の数はもうひとつ増えていたのだ。

しかもそのすべての死の責任は、どれもこれも組織の責任者である、ある人物に行き着く。ある人物の判断と命令に行き着くのだ。

でも、おれがやろうとしていることに、合理性はあるか？　ほんとうにそうすることでおれの属するこの組織を納得させることができるか。司法に照らしても正当であると、胸張って主張できるか。おれたちの組織を見つめる市民たちの健全な常識に、共感を持って受け入れてもらえるか。

モニターの画面が変わった。佐伯はDVDを止めて、再生ボタンを押した。

前の本部長、五十嵐基による訓示風景だ。悪夢の一週間の半年後、課長級以上の職員を集めて、本部大会議室で行われた。このときは、メディアにも取材が許されたのだ。というよりは、メディア向けの反省表明の場がこれであったということだろう。

五十嵐本部長が言っている。

「一部の心ない道警警察官、職員の不祥事により、道民の道警本部への信頼は大きく揺らぎました。自治体警察としての道警本部の歴史の中で、きょうほどその地位が危うくなったことはありません。道警はいま、その組織が存立しうるかどうかという危機の中にあると言っても過言ではないのです。しかし、わたしたちは、腐敗や汚辱を告発し、切除してゆく自浄能力を持っております。わたしたちは、わたしたち自身でこの難局、この危機を、乗り越えてゆく力を有しているのです。

職員の勇気ある発言や告発を、わたしたちは封殺することなく、真摯《しんし》に受け止めねばなりません。悪《あ》しき伝統や風潮は断固としてこれを排し、糺《ただ》すべきものは糺して、再び道警に信頼を回復せねばなりません。組織が拡大し、伝統が積み重なるにつれて溜《た》まっていった、いわば膿《うみ》は出し切らねばならないのであります。

その場合、われわれの多くの先達のなしてきたことに疑義を唱え、その不名誉を暴くということさえ、ときに必要になるでしょう。でも、それをやりきらないことには、道警は二度と道民から信頼される組織に生まれ変わることはないのです。

そのためには、わたし自身が先頭に立つ決意です。どうかみなさんも、勇気を持って、道警の改革に立ち上がっていただきたい。道警の改革は、一部の幹部によってなしうるものではありません。全職員すべてが自分自身の課題として取り組む以外には成功できない困難な大事業です。

勇気を持って、一歩前へ。

わたしは諸君に、こう呼びかけたいと思います。あきらめや悲観主義はわたしたちにはいらない。前を向き、顔を上げて、一歩前に出てください。改革は成しうる、信頼は回復しうると、確信を持って前進しましょう。これが本部長としての、この危機にあたっての決意であり、お願いであります」

佐伯はそこで一時停止のボタンを押した。五十嵐本部長は、それまでうつむき加減で原稿を棒読みしていたが、このときは顔を上げていた。視線だけは、こちらを向いている。つまりテレビ・カメラを。これがマスメディア向けのパフォーマンスであることをばらしてしまったような表情だった。

佐伯は停止ボタンを押した。

棒読みの調子は別として、また、自分の責任については何も触れていないことを別にすれば、彼はいいことを言っていた。文書が回ってきたなら、同意、のサインをつけて返したいところだ。

勇気を持って、一歩前へ。

そうさせてもらう。

残念なことがひとつある。五十嵐の生の感情が出た声が確認できなかったことだ。この録画からでは、あの声が五十嵐自身のものだとはやはり確信を持てないのだ。

時計を見た。

午前十一時になろうとしている。確認のためには、五十嵐と声を交わすことのできる場にそろそろ移動していなければならなかった。

上野大臣一行の車列はいま、北一条通りを渡ったところだ。予定では、二分後に会場に達することになっている。予定どおりだ。

小島百合のイヤホンに、成田の声が入った。

「ヘッドからです」

成田の声は、車の助手席からも聞こえてきた。小島百合は成田の背を見た。彼女はいま、チーム用とは別の無線機を使っていたところだった。酒井に何か伝えるということなのだろう。大臣と同じ車の中では、酒井自身は本部とのやりとりは難しい。余計なことまで、大臣に聞かせてしまうことになる。

「いま、新しい書き込みがあったそうです。中身は、イッツ・ショー・タイム。二分前です」

「了解」という酒井の声が聞こえた。

成田の席で、カチリという音が聞こえた。金属のホックでもはずしたような音。成田がホルスターのカバーをはずしたのだろう。カラスはごく近くにいるということだ。出現が間近だということだった。

小島百合も、右手を腰に移動させて、そっとホルスターのカバーをはずした。

十一時を七分まわったところで、ようやく警備結団式が始まった。予定よりも七分の遅れ。主催者たる道警の不手際が、関係者一同に意識された。

小島百合は、成田亜由美とともにステージ下手側に立って、ステージ上とステージの裏手を警戒した。酒井勇樹はステージの前面側にいる。自分たちだけではなく、いまこのステージの周囲には、十人以上の警視庁のSPや、道警警護課の私服警官たちが配置されている。津久井もいた。かなり年配の私服警官と一緒だ。小島百合が会釈すると、津久井はいくらかナーバスになっているような顔でうなずいてきた。

道警音楽隊が、スーザの行進曲を演奏し始めた。これに合わせ、西九丁目広場の裏手で待機していた各県警の部隊が、西八丁目の結団式会場の広場に入場を始めた。警察庁長官をはじめ、警備局長、内閣情報官らステージ上に並ぶ来賓たち、警察幹部たちはみな立ち上がり、胸に手を置いた。行進する警官たちはステージの前で一斉に敬礼すると、広場のそれぞれの立ち位置に並んだ。

行進曲のメドレーが続き、すべての県警の応援部隊が整列したのは、行進曲が始まってから十二分後だった。整列している各県警の応援部隊は、しらけているように見える。けっして高揚してはいない。道警の側から、お前たちの中に不穏分子が紛れ込んでいる懸念があると、厳重な再チェックを指示されたのだ。面白いわけもないだろう。

道警音楽隊が、こんどは国歌を演奏した。演奏が終わってステージ上の主催者、来賓たちがもう一度椅子に腰を下ろすと、警察庁長官のあいさつとなった。来《きた》る洞爺湖サミットを、日本の警察の全組織力を挙げて成功させようという呼びかけだった。ふたり目にあいさつしたのは、来賓である北海道知事である。

知事があいさつを終えて自分の椅子に戻ると、上野麻里子サミット担当特命大臣が椅子から立ち上がり、ステージ中央のマイクの前に立った。

「ご苦労さまです、みなさま」と、大臣はあいさつを始めた。さすがにテレビ・アナウンサーの経歴を持つ政治家だった。その滑舌と口跡はよかった。

小島百合は、一瞬、意識を上野麻里子そのひとに向けるところだった。

大臣は続けた。

「いよいよ洞爺湖サミットが迫ってまいりました。もう三月を切ってしまっております」

そのときだ。広場に並ぶ警官たちがざわつき始めた。何か空のほうを見上げている。

小島百合は空を見上げた。飛行機？　爆音は聞こえないが、飛行船？

「上だ」と酒井の声が耳に入った。彼はステージから離れて振り返り、ステージの上方に視線を向けている。

ステージの背後には枝ぶりの豊かなニレの並木があり、見通しはよくなかった。頭上に何があるのか、わからなかった。

「大臣を車に」と、酒井が叫んだ。彼はすでに、拳銃を抜き出している。

広場の警官たちの列が崩れた。もういまは全員がステージの上方に目を向けて、叫んでいた。

「上だ」

「クレーンだ」

酒井が、周囲のSPたちに指示している。

「テロだ。避難させろ！」

ステージの上の幹部や来賓たちを、ほかの警護の警官たちが囲んだ。

小島百合は何が起こっているかわからないままに、成田と一緒に上野大臣をステージの下手から降ろした。大臣の車は、このステージから十メートルほど離れた位置に停まっている。そこまで、大臣の楯《たて》になって、彼女を安全に連れてゆかねばならなかった。

津久井は、ステージから十歩ほど離れて、ようやく事態を把握した。北大通りの工事中のビルの屋上で、クレーンが回転している。アームが広場方向に動いているのだ。アームの先から、かなりの速度でワイヤが降りてくる。ワイヤの下には、白っぽい服を着た男がぶらさがっていた。彼はちょうど遊園地の落下傘の遊具で遊ぶように、ステージのほぼ真後ろに降りようとしていた。何か黒い箱のようなものを手にしていた。クレーンの操作盤かもしれない。

視界に、多くの種類の警備関係者の動きが見えた。向かい側のビルの屋上では、黒い出動服のSATたちがあわただしく動いている。地上では、私服のSPたちがそれぞれの警護対象をかばうように、ステージから避難を始めていた。機動隊の一隊は、その広場からほかの警官たちを追い出しにかかっていた。

「爆弾だ」との声があった。

ワイヤにぶらさがる男は、胸に何か巻きつけているようだ。黒いハーネス。あるいはフィッシング・ベストと見えるもの。

津久井は戦慄《せんりつ》した。自爆用爆弾？

「撃つな」と切迫した声が聞こえた。「駄目だ。撃つな！」

長谷川が、横で言った。

「ちがうぞ。日比野じゃない」

男はすとんと地面に降り立った。ちょうどステージの真後ろである。公園樹の枝の隙間《すきま》を抜けて、その場所に着地したのだ。

その顔に見覚えはなかった。この三日間頭にたたき込んだ日比野巡査の顔ではない。

では誰？

爆弾と見えるもののせいで、その場の警官たちはフリーズしている。機動隊員たちも楯の陰だ。

男はワイヤをさっとはずした。周囲の警官たちの中には、拳銃を抜き出した者もいる。黒いハーネスはふくらんでいる。緩衝材かもしれないが、しかしプラスチック爆弾と信管かもしれない。

「撃つな。駄目だ！」の指示がまた響いた。白いスーツの男は、手の箱を地面に落とし、胸の内側から拳銃と見えるものを取りだした。

男は、拳銃を右手に構えると、ＳＰに囲まれて避難してゆく上野大臣を追い始めた。警官たちの一部は、さっと脇によけた。まるで道を作ったかのようだ。

津久井は拳銃を取り出し、両手で構えて狙いをつけた。

でも、あれがほんとうに爆弾なら。

その想像に、津久井は動きが取れなくなった。撃ってもし胸に当たってしまった場合、被害は甚大なものになる。いまおれは、その責任を引き受けることはできない。

上野大臣が転んだ。大臣をかばっている三人のうち、ひとりが振り返った。女性だ。腰を落として拳銃を構え、男に向き直った。

小島百合は、大臣の背中に手を当て、腰をかがめて駆けた。反対側に酒井がいる。酒井も、大臣の身体《からだ》を半分完全にカバーする姿勢だった。大臣の真後ろにいるのは、成田亜由美だった。あと二メートルで車というところで大臣が前にのめって膝をついた。小島百合は支えようとしたが間に合わなかった。

「亜由美！」と酒井が叫んだ。

成田が立ち止まり、振り返った。

酒井が小島百合に言った。

「早く大臣を」

「はい」

大臣を抱き起こしたときだ。後ろで短い破裂音があった。

小島百合は少しだけ首をまわして後ろを確かめた。中腰の姿勢で、成田が向こうを向いている。さらにその向こう側で、白いスーツの男ががくりと膝を折った。

「早く」と酒井が言った。

小島百合は上野大臣を引き起こし、車の後部席のドアを開けて、大臣の身体を押し込んだ。いささか荒っぽい動作になった。つづいて酒井が乗り込んだ。右手には拳銃を握ったままだ。成田がそこに駆け寄ってきて、やはり後部席に飛び込んだ。身体全体で、大臣を覆うような格好だった。

小島百合は助手席のドアを開けて、自分も身体を入れた。今朝指示された位置ではないが、自分の任務は大臣を守ることだ。秘書のことは、無視していい。

「出して」とドライバーの警官に言った。ドライバーは、その言葉が終わらないうちにアクセルを踏み込んでいた。急発進するセダンの中で振り返った。地面に男が倒れている。機動隊員たちが楯を掲げて囲み近寄ってゆくところだった。

現場から一ブロック離れたところで、ドライバーが酒井に訊いた。

「予定通り、ホテルですか」

酒井が大臣に訊いた。

「お怪我《けが》は？」

「大丈夫」と大臣は言った。「なんでもない」

酒井はドライバーに指示した。

「ホテルに。休んでいただく。医者もホテルに呼ぶ」

大臣が訊いた。

「どうなったの、あの男」

成田が、後部席で姿勢を直しながら言った。

「わたしが撃ちました」

彼女は後部席の右側に身体を移した。酒井とふたりで、大臣をはさむ格好だった。

大臣が言った。

「さすがオリンピック選手。死んだ?」

「わかりません」と成田。

「死んでるといいのに」

小島百合は、振り返って後部席を見た。

酒井と成田が、上野麻里子の頭のうしろで、手を握り合っていた。酒井が小島百合の視線に気づいて、その手を離した。

小島百合は身体をまた正面に向けた。

そういう仲だったか。

いましがたの、酒井が成田巡査に指示したときの言葉もよみがえった。亜由美、と彼は言ったのだった。あれは、ただの上司や仕事上のパートナーが使う呼びかけの調子ではなかった。

そういう仕事だ。ストレスが多く、互いに強い連帯感と信頼なしには遂行できない任務。チームを組む男女がいつしかそういう仲になってふしぎはない。

式典は中止である。広場は混乱していた。運営係の道警職員たちは、怒鳴るように参列者たちに指示を出している。VIPたちの避難が最優先にされているが、秘書や私設の警護の者たちがほうぼうの車の前で大声を出している。北大通りでは、急発進したセダン同士が、派手な音を立てて衝突した。

応援部隊も、いま広場から撤収にかかっているところだ。はやばやと発進してゆく輸送車もある。いま、男が倒れている現場一帯は、道警の機動隊によって固められている。

ステージのうしろの空き地に、男がひとり倒れている。右手には、拳銃とおぼしきものが握られたままだ。白いスーツが血に汚れている。額に孔《あな》が空いていた。あの女性SPが撃ったのだ。津久井はあの時点で男を撃つことができた女性SPに感嘆の想《おも》いを禁じ得なかった。一発だけ。それも額に撃ち込んだ。距離はせいぜい三メートルとはいえ、見事だ。

長谷川が近寄ってきた。彼はいまの騒ぎの瞬間、どこかに消えていたのだ。木の陰にでも隠れたのかもしれない。最初から自分はそうすると宣言していた男だ。とがめることはできないだろう。

長谷川は、転がっている男に目を向けて言った。

「狙いは大臣だったのか？」

「そうでしょう。大臣を追いかけていった」

「政治的ヒットマンには思えないな。白いスーツで空から。ストーカーなのかな」

「ミュージカルみたいだと言ったら、不謹慎でしょうね」

「おれは、ファイターズの新庄を思い出したよ。ファイターズが優勝した年の」

「意識したのかも」

「それにしても」と長谷川は口調を変えた。「倒れても、爆発しなかった。爆弾だとしても、触発性じゃないってことだな。撃つのは危険な賭けだったと思うが」

津久井は拳銃をホルスターに収めながら言った。

「あれが爆弾だとしたら、一瞬遅れていたら、大臣は確実に吹き飛んでいました。どっちみち撃つのが正解でしたよ」

「彼女は一瞬でそれを判断したのか」

「その判断力がすごい。拳銃の腕よりも」

機動隊が、楯を掲げながら、男への包囲をじりじりと詰めていった。まだ男の生死ははっきりしない。慎重に近づくべきところだった。胸に巻いてあるものが爆弾だとしたら、なおさらだ。

長谷川が言った。

「式典はともかく、昼食会は予定どおりか」

「中止する理由はありませんものね。ホテルに急ぎましょう」

津久井が広場東側の西八丁目通り方向へ歩きだすと、長谷川が並んで言った。

「おれはこの歳《とし》まで、銃撃場面なんて立ち会ったことがなかった。どきどきしてる」

津久井の携帯電話が震えた。日比野特捜班の通信担当からだった。

「いま札幌の市民から通報がありました。円山公園の奥の立ち木に、警官の制服みたいなものを着た人間がぶら下がっているそうです。北見署員が確認に向かいました」

津久井は確認した。

「通報者の身元は確実?」

「ええ。番号通知の携帯電話です」

「通報はいつ」

「四分前。もうひとつ、北見署からです。ライフルは発見されました。詳細は不明ですが」

電話を切って、津久井は長谷川にいまの連絡の中身を伝えた。

長谷川が言った。

「日比野は、まだ花を手向けてない。その制服を着たのも、日比野じゃないだろう」

「では、もうひとり道警から失踪者が出たってことですか」

「ほんとに人間か? 日比野の仕掛けかもしれん。ダッチワイフを死体と誤認した県警はどこだった?」

津久井は納得して、携帯電話をポケットに収めた。自分たちはまだなお、日比野は五十嵐前本部長を狙っているという前提で動くべきだ。

八丁目通りを渡ろうとしたときだ。七丁目広場の警官たちの制止線を抜けて駆けてくる男があった。

短く刈り込んだ髪に、ダスターコート姿。機動捜査隊の長正寺だった。二日前にも、日比野伸也の母親宅のそばで会ったばかりだ。

長正寺は津久井の顔を見て足を止めた。

「日比野か？」と長正寺が訊いた。

「ちがいます」津久井は答えた。「上野大臣狙い。大臣は無事です」

「このところ、何か事件があると、必ずあんたがそこにいるな」

「長正寺さんも同じですよ」

「日比野の標的は、前の本部長だと聞いた。五十嵐情報官、来てるんだろ？」

「いま、避難したと思います」

「機動捜査隊《きそう》も前本部長の警護に回れって指示を受けた。どこだ」

「次の予定は札幌ロイヤル・ホテル」

「くそ」長正寺は振り返った。「車は遠くで停められた」

そこに四人の若手たちが駆けつけた。全員私服姿だ。長正寺の部下のようだ。長正寺が立ち止まっているのを見て彼らも足を止め、指示を待つように長正寺を見た。

長正寺はその部下たちを振り返って言った。

「車に戻るぞ。ここじゃない」

長正寺たちは、もう一度警官たちが作る制止線をかき分けて、西七丁目方向に駆けていった。

津久井も再び長谷川と一緒に駆け出し、混乱する大通公園西八丁目広場をあとにした。ホテルに向かう警備部の車両を見つけて、同乗させてもらわねばならない。

札幌ロイヤル・ホテルのロビーで、佐伯は異変があったことを察した。いましがたから、パトカーのサイレンの音が大きくなっているのだ。それも、二台や三台のパトカーではない。十台かそれ以上の数のパトカーが、この札幌市中心部を入り乱れて疾走している。結団式で何かあったか？　もしや日比野伸也巡査に関係することだろうか。

そのとき、携帯電話が震えた。

モニターを見ると、同じ本部広報課の友人からだった。桑原稔《くわはらみのる》という音楽隊担当の職員だ。彼はきょう、大通り八丁目広場の式典裏方の仕事に出ていたはずだ。音楽好きな男で、佐伯とはわりあい親しかった。

桑原は少し興奮した声で言った。

「結団式が中止になりました。おれ、目の前で見てましたけど、上野大臣を狙った男がいたんです」

その男は、身体に爆弾のようなものを巻き付け、広場正面の工事現場のクレーンを使って、広場に登場したという。出現から着地までほんのわずかの時間のことでもあったし、爆弾らしきものを身につけている。ＳＡＴも撃つことができなかった。その場にいた各県警千五百の応援部隊や道警の警備部隊が唖然《あぜん》としている中、その男は式典会場に降り立ち、上野大臣を追いかけたとのことだった。これを警視庁のSPが撃って止めた。上野大臣は無事。爆弾も破裂しなかった。

佐伯は、小島百合の任務を思い出して訊いた。

「負傷者はゼロか？　大臣の警護担当者も」

誰も怪我していません、と桑原は言った。

「だけど、本部長の面目はつぶれたでしょう。結団式が流れたんですから」

しかし、道警はテロの実行を阻止した、という見方もできるような気がした。いずれにせよ、サミットに向けて、警備態勢はいっそう強化されることになるだろう。ことによると、この自分も警備に駆り出されることになるかもしれない。せっかくあちらの一件で捜査再開の指示をもらったのだ。たとえ三ヵ月程度のこととはいえ、いま自分は警備には回りたくなかった。課長はたぶん、愛知県警への対抗意識から、自分を警備へ回すことはないと思うが。

佐伯はもうひとつ確認した。

昼食会は予定どおり行われるようか？

桑原は言った。幹部たちは、広場から移動を始めています。昼食会に向かうのだと思います。

たしかに、と佐伯は思った。屋外での結団式が流れた以上、逆に屋内での幹部昼食会は確実に実施されるだろう。

佐伯は桑原に礼を言って、電話を切った。

時計を見ると、十二時十五分前だ。昼食会会場となるこのホテルの宴会場には、もうそろそろひとが到着しだすだろう。

エントランスの外が騒がしくなった。サイレンを鳴らしたまま、パトカーが車寄せに突っ込んできたのだ。続いて黒いセダン。セダンから、まず黒いパンツスーツ姿の若い女性が飛び下りた。ついで、テレビでもよく観る政治家、上野麻里子サミット担当特命大臣だ。セダンの反対側からは、ひと目でSPとわかる男と、小島百合が回ってきた。三人に囲まれて、上野大臣がロビーに入ってきた。大臣の顔は蒼白《そうはく》だ。小島百合が、横から支えている。

小島百合が佐伯に気づいた。彼女は目でうなずいてきた。単なるあいさつか、それとも、大丈夫です、という合図か。その両方であるのかもしれない。とにかく彼女には怪我もないようだ。

大臣たち四人は、エレベーター・ホールへと向かっていった。控室に向かうのか、それとも大臣の宿泊予定の部屋でひと休みということなのかもしれない。

エントランスにまたべつのパトカーが停まった。降りてきたのは、津久井だった。年配の男と一緒だ。津久井たちはいま、失踪した日比野伸也巡査の特捜チームに入っているはずだ。西八丁目広場に現れなかったとしたら、次に日比野が現れる場所の候補はこのホテルと読んでいるのだろう。

津久井が近づいてきて、佐伯に言った。

「広場の話、聞いてますか？　上野大臣を狙ったテロだって？」

「ああ」佐伯は答えた。「上野大臣を狙ったテロだって？」

「女性ＳＰが撃って止めました」

「警官が十重二十重《とえはたえ》に埋めてる場所を、よく選んだものだな」

「白いスーツを着ていました。死に場所を探してたのかもしれません」

「少し前に、ここから北見署員たちが飛び出していったけど」

「制服警官らしき死体が見つかったんです。いや、死体かどうかもはっきりしませんが」

「お前さんたちは？」

「五十嵐情報官のそばにいるつもりです。佐伯さんは？」

「おれも五十嵐本部長に用事なんだ」

あえて前本部長とは呼ばなかった。

「こちらには、まだですね？」

「着いていない」

津久井たちは佐伯から離れ、ロビーのカウンターの脇に立った。

ほどなくして、またロビーのエントランスがうるさくなった。パトカーとセダンが発進したあとに、大型バスが一台停まっていた。中年男たちが、ぞくぞくと降りてくるところだった。全員が警察官甲種制服を着用している。これが県警の本部長たちか？　その数は二十人ばかりと見える。残りの県警本部長たちは、べつのバスで到着するのだろう。

ロビーに入ってきたその男たちの表情は、一様に高ぶって見えた。遠慮のない大声で、何か話し合っている。すぐに言葉のいくつかが聞き取れるようになった。

「テロは」

「大臣が」

「警備態勢も」

「クレーンとはな」

いま起こったという大臣襲撃事件を話題にしているのだろう。眼前で目撃した事件だ。県警本部長や警察庁幹部たちが興奮してもおかしくはなかった。

県警本部長たちは、エレベーター・ホールへと向かった。昼食会の会場は本館三階の丹頂の間だ。警察庁長官たち高級幹部やそのほかのVIPのためには、同じフロアの東館にある小宴会場がいくつか、控室としてあてられている。

ついでセダンが二台到着した。最初に降りてきたのは、奥野道警本部長だった。制服姿で、顔は引きつっている。とんでもない不祥事が起こったことで憤慨し、同時に厳しい処分を心配してか、脅えてもいるようだ。

そのうしろに、警察庁長官と警備局長らしき男。彼らの顔は青ざめている。SPや秘書たちがこれに続いた。

その面々がエレベーターに乗っていったところで、また別のセダンから男が降りてきた。

スーツ姿の中年男。顔は新聞記事やテレビなどでとりあえず知っている。五十嵐基内閣情報官だ。前の道警本部長。細面の顔だちにメタルフレームのメガネ。歳の割に豊かな髪。警察官僚というよりは、外交官か大蔵官僚に多そうな顔だちに感じる。その五十嵐の顔も硬かった。秘書らしき若い男がひとり、五十嵐のうしろに付いている。

津久井と長谷川が近づいていった。五十嵐はぎょろりとした目で津久井たちをにらんだ。

長谷川が警察手帳を示して言った。

「情報官、お疲れさまです。警護です。ご案内いたします」

長谷川も津久井も、五十嵐の警護担当ではない。日比野特捜チームだ。しかしいまこの段階にいたっては、ふたつの任務は同じことだった。長谷川は嘘《うそ》を言ったわけではないだろう。

佐伯も警察手帳を示しつつ近づいた。

エレベーターに乗ったところで、佐伯は五十嵐に正面から向き直って訊いた。

「情報官、道警時代の案件でひとつお伺いしてかまいませんか」

五十嵐は、メガネの奥で目をつり上げた。

「だめだ。何を考えてるんだ」

警護の男が、まばたきしている。どう対処すべきか、とまどっているようだ。

佐伯はさらに訊いた。

「ほんの少しでいいんです。答えていただけませんか」

「だめだって。いまそんな時間はない。わかるだろう」

エレベーターのドアが開いた。

五十嵐は最初に降りていった。

津久井が、ふしぎそうな目を向けてから、五十嵐たちのあとに続いた。津久井と長谷川が、すぐに五十嵐を追い抜き、先に立って廊下を右手に曲がった。

佐伯は最後にそのエレベーターを降りて、胸ポケットからICレコーダーを取りだした。

いまのやりとりは録音されているはずだ。とくに「だめだ」と「わかるだろう」という言葉。そのふたつを、宮木が持っている録音と聴き較《くら》べれば、無理して声紋鑑定になどまわさなくても、あの録音の真偽がわかる。証拠能力の判断がつくのだ。

エレベーター・ホールを出て廊下の左手が、昼食会の開かれる丹頂の間だった。すでにざわついている。開け放たれた扉から、出席者たちの会話が聞こえてきていた。

津久井たちが曲がった方向は、東館に通じる廊下だ。廊下はすぐに突き当たって、Tの字になっていた。津久井や五十嵐がそのT字を右手に曲がったところだった。佐伯もそのTの字の中心まで進んで左右を見渡した。幅が四間ほどもあり、廊下というよりは小さなロビーとも見える空間が延びている。

右手には、小宴会室が並んでいた。VIPの控室となっているらしい。廊下のさらに先には、東館のエレベーター・ホールがあるようだ。

廊下の十メートルほど先で、長谷川が控室のドアを開けて中をのぞいた。五十嵐の控室なのだろう。

長谷川が五十嵐に言った。

「こちらです。情報官」

五十嵐は尊大そうにうなずいて、部屋の前まで歩いたが、立ち止まった。

「トイレはどっちだ？」

佐伯は廊下の反対側を見た。先には、トイレの表示。その先は非常階段か業務用エレベーターだろうか。ドアの前に、女性がひとり立っていた。黒っぽいシャツとスカート。白いエプロン。ウエイトレスのようだ。銀のポットやコーヒーカップを載せたワゴンに手をかけている。肩までの髪で、メガネをかけていた。

津久井が廊下の左右に目をやってから、佐伯のうしろのほうを指さした。五十嵐は廊下を大股《おおまた》に佐伯のほうに近づいてきた。

五十嵐の後方で、津久井と長谷川の顔色が同時に変わった。ふたりの視線の先には？

佐伯は振り返った。トイレの前にいたウエイトレスが、顔に微笑を浮かべて、五十嵐のほうに顔を向けたのだ。身長は百六十センチ前後と見えるが、肩幅のある女性だった。そのウエイトレスは、ワゴンの上の白いテーブル・ナプキンをよけた。拳銃がむきだしで置かれていた。日本の警察の制式拳銃、S&WM37エアウエイト。

津久井と長谷川が同時に叫んでいた。

「日比野！」

五十嵐が、きょとんとした顔で立ち止まった。

ウエイトレスはワゴンを左手で脇によけると、拳銃を右手で持ち上げた。銃口はふるえることなく五十嵐に向けられた。佐伯は反射的に五十嵐の前に飛び出し、五十嵐をかばうかたちで両手を広げ、ウエイトレスに向き直った。

「よけろ」とウエイトレスが言った。若い男の声だった。

破裂音があった。佐伯は、自分の左耳のすぐ脇を、熱いものが通過したのを感じた。ほとんど同時に、五十嵐が悲鳴を上げていた。しかし、倒れない。当たっていないか、軽傷かだ。五十嵐が佐伯の上着をうしろからつかんだ。完全に佐伯の背中に隠れようとしていた。

五十嵐は、切迫した調子で言っている。

「なんとかしろ。どうにかしろ」

ウエイトレスはいま、佐伯の目の前三メートルの位置に立ち、右手を伸ばし、佐伯に拳銃を向けていた。

彼は佐伯の目を見つめて言った。

「日比野伸也です。親父《おやじ》はこいつに殺されたんです。邪魔をしないでください」

「よせ」と、佐伯は必死の想《おも》いで言った。「殺すな。殺人犯になるな」

「よけてください。でないと」

「お前まで、こいつのレベルになるな。公判に引っ張り出せる」

うしろから津久井の声がした。

「日比野。拳銃を放せ。手を上げろ」

日比野は佐伯の後方に一瞬だけ目を向けて微笑した。日比野の銃口はいま、佐伯の胸に向けられている。

腰のうしろで、五十嵐が震えているのがわかる。膝をついて、身を縮めているのだ。

「なんとかしろ。早く」

日比野が言った。

「十センチだけ、横にずれてください。それで十分だから」

そのとき五十嵐が、どんと佐伯の腰を突き飛ばした。

「なんとかしろって」

佐伯は両手を広げたまま、日比野に倒れかかる格好となった。日比野は素早く退《ひ》いて身をひねった。佐伯はよろめいて廊下に転がった。

その瞬間、脇から飛び出てきた人影があった。エレベーター・ホールの側にいたのだ。人影はどんと日比野に体当たりをくわせた。また破裂音があった。佐伯は転がったまま日比野を見た。日比野の身体に馬乗りになっているのは、新宮昌樹だった。日比野の右手を懸命に押さえている。

佐伯は体勢を立て直すと、新宮の脇に飛び込んで日比野の右手をつかんだ。

佐伯は両手で日比野の右手を押さえながら言った。

「裁判がある。公判がある。引っ張り出せる。そこで全部言え。機会を作る。もうできてるんだ。早まるな」

日比野は懸命に抗《あらが》っている。佐伯の言葉が聞こえているかどうかもわからなかった。

佐伯はなお必死の想いで言った。

「公判がある。公判で言うんだ」

後方、廊下の先で足音がする。何人かの男が、カーペットを敷いた廊下を駆けてくる。東館のエレベーター・ホールからのようだ。

「放せ」と日比野は叫んだ。「やらせてくれ」

佐伯の目の前が陰った。誰かが、ダイブするようにそのもつれた場に飛び込んできたのだ。男は日比野に組みつくと、その勢いのままに日比野の右腕を叩いた。日比野は拳銃を放した。男は拳銃をさっとカーペットの上に滑らせた。

「まかせろ」と、男が言った。長正寺の声だ。

佐伯は日比野から自分の身体を離した。そこに、私服の男たちがどっとまたダイブしてきた。四人の、若い男たちだ。日比野の身体は、男たちの身体に埋もれて見えなくなった。

新宮が立ち上がった。

佐伯もその場に立ち上がった。ようやく自分の周囲が意識できるようになっている。

五十嵐は、廊下で四つんばいになっている。まったく出血もしていない。さきほどの一発は、かすることもなかったのだ。目を大きく開き、口を開けていた。

彼は呪文《じゅもん》でも唱えるかのように言っている。

「撃て。撃て。こんなの、撃て」

廊下の右手、五十嵐の控室の前では、津久井が片膝をついて、両手で拳銃を構えていた。長谷川は、右手の壁にぴったりと背をつけて、顔だけこちらに向けている。顔には恐怖が貼《は》りついていた。さらにその向こう、もっとも奥の控室のあたりで、やはり片膝をついて拳銃を構えているのは小島百合だった。

日比野を押さえ込んでいた男たちが立ち上がった。その真ん中に、ウエイトレスの制服を身につけた日比野が立っている。カツラがはずれていた。男たちに両腕を取られているが、手錠はかけられていない。もう抵抗する気力は失《う》せたようだ。放心したような目を、四つんばいの五十嵐に向けていた。

そこに大勢の人間の靴音。本館ロビーの方角からと、東館のロビーの方角から、ふいに大きく響いてきた。制服の警官たちだった。それぞれの方角から十人以上ずつ駆けてくる。警棒をすでに抜いている警官もいた。

長正寺が大声で言った。

「ここだ。囲め。誰も近づけるな!」

警官たちはその場で停まると、一瞬五十嵐や日比野に目を向けてから、振り返って整列、警棒を抜いた手を後ろに回して立った。それ以上は部外者の進入を阻止するという態勢だった。

佐伯は理解した。長正寺はいま、この三階まで駆け上がってくる前に、ホテル周辺にいる警官たちに緊急事態の発生の懸念を伝えていたのだろう。要人テロが起こる、とでも。この警官たちは長正寺の部下ではないだろうが、長正寺の言葉は警官たちを即座に反応させたのだ。彼のあとを追わねばならぬと。

制服警官たちは、完全な輪ではないものの、現場を囲む円陣を作った。五十嵐も日比野も、そして佐伯たちもみな、その円陣の中で、互いを凝視し合うことになった。

五十嵐は首をひねり、自分の指示を聞く者はいないかと探るような顔で叫び続けていた。

「撃て。撃て。こいつを撃て」

しかし駆けつけた制服警官たちは、彼に背を向けたまま動かなかった。耳ひとつ動かすでもなかった。もちろんその場の私服警察官たちも同様だった。

五十嵐前本部長の度を失った声だけが響く中で、新宮が佐伯に顔を向けてきた。これでよかったでしょうか、とでも訊いている表情だ。

佐伯は訊いた。

「どうしてここに?」

新宮は申し訳なさそうに言った。

「チーフがつれないんで、ストーカーやってました」

「馬鹿野郎」佐伯は思わず言った。「愛情告白なら、場所を選べ」

「すいません」

「タイミングは最高だった」

うしろにひとが集まってきた気配があった。振り返ると、制服警官たちが作る壁の向こうに奥野道警本部長がいて、そのうしろに五人ばかりの幹部警察官たちの姿がある。磯島警備部長、後藤警務部長らの顔もあった。さらにそのうしろ、昼食会の会場出入り口には、十人ばかりの他県警の幹部たちの。いましがたの発砲音で、何ごとかと廊下に出てきたのだろう。

佐伯は本部長に向かって言った。

「人払いしてください。こっちにひとを寄せないでください」

長正寺が両手を広げ、佐伯と同じように言った。

「ご心配なく。ちょっとした抗議行動です。事件じゃありません。もう取り押さえました」

奥野がうなずいて、脇の部下に指示した。部下の警官たちは即座に、そのひとだかりを宴会場のほうに追いやった。

奥野本部長だけが、制服警官のあいだを抜けて、円陣の中に入ってきた。

佐伯は奥野本部長に近づき、小声で言った。

「一日に不祥事ふたつは多すぎませんか。ここでは、何もなかったということでいいんじゃないでしょうか」

童顔で髪の薄い本部長は、佐伯にすがるような目を向けてきた。

「発砲音がしたぞ」

「聞き違いです。誰も怪我をしてません」

「それにしても、情報官が」

「情報官を説得してください。あいつがいたから、この大事な日に不祥事が起こったんだと、マスメディアに書かれてもいいんですか。情報官のためには、これ以上マスコミ・ネタは増やさないほうがいい。警備主体が警視庁に取り上げられますよ。警備ミスは、クレーンで登場したヒットマンの一件で、十分じゃありませんか」

本部長は納得したようだ。その話題は終わったとでも言うように話題を変えた。

「その、その女は日比野なんだろう?」

「ええ。鬱病《うつびょう》です。過労でしょう。休ませて治療させれば、職場復帰できます」

「させろと言うのか?」

「きょうのこと、外で好き放題しゃべらせるつもりですか?」

「いや、だけど」

「日比野は、わたしが説得します。いいですね。何もなかった」

本部長は面白くなさそうにうなずいて、まだ四つんばいのままの五十嵐に近寄った。

「情報官、どうぞ、控室のほうに」

五十嵐はまだ言っている。

「あいつを撃て。撃て。撃て」

津久井が拳銃をホルスターに収めながら歩いてきて、五十嵐に手を差し出した。五十嵐は津久井の手を借りて立ち上がった。

津久井が五十嵐を見つめて言った。

「津久井巡査部長です。わたしの射殺命令も、いまのような言葉で出たんだとわかりましたよ」

五十嵐はまばたきしながら首を振った。

「何を言ってるんだ。馬鹿な」

奥野本部長が五十嵐の背を叩き、あやすようなしぐさで廊下の奥へと連れていった。

長谷川の前を通るとき、長谷川が言ったのが聞こえた。

「情報官、ズボンは取り替えたほうがよろしいかと」

長正寺が、佐伯に顔を向けて言った。

「日比野の身柄、どうする？」

佐伯は言った。

「本部長も、何もなかったと了解した。津久井たちにまかせてやりましょう。あいつらが追跡班だ」

「日比野が情報官を狙ったわけ、深いものがあるんだろうな」

「正直、やらせてもよかった」

「どうして止めた？」

「情報官は、おれの標的でもあるんです」

「いつか理由を聞かせろ」

「三時間でも話しきれない」

「つきあうさ」

津久井と長谷川が近寄ってきた。

長正寺が津久井に顔を向けると、津久井が言った。

「日比野、預かってかまいませんか」

長正寺が部下たちを振り返って指示した。

「日比野巡査を、津久井巡査部長らに引き渡せ。おれたちは引き揚げる」

長正寺の部下たちが離れた。制服警官たちの輪も崩れた。彼らはみな、日比野に好奇の目を向けながら、黙って離れていった。

日比野が、まだ放心したままの顔で棒立ちになっている。目の下で、化粧が少し流れていた。

津久井が日比野の肩を叩くと、日比野はこくりと小さくうなずいた。計画がもう終わったこと、失敗したことを認めたのだろう。言う通りにします、という意味かもしれない。

津久井は、日比野の左腕に自分の右腕をからめた。

新宮がそのうしろに立って、日比野の拳銃を右手に下げていた。

長谷川が、電話を始めた。

「はい。日比野伸也巡査の身柄確保です。誰にも、何もありません。拳銃も紛失していません。本人は、やや情緒不安定気味に見えます。はい、いったん本部に同道します」

小島百合が近づいてきた。

佐伯は訊いた。

「大臣の警護はいいのか?」

「明日、千歳まで」

「たいへんな任務だな」

「ねぎらってください」

「なんと言った?」

「ねぎらってください、と言ったの」

佐伯は、周囲にちらりと目を向けた。新宮には、いまの言葉は聞こえていないだろう。

佐伯はもう一度小島百合に目を向けた。

「明日、小島の任務が終わったら、飯を食いに行こう。イタリアン。キャンティ・ワイン。それに、バー四十三度」

小島百合はくるりと背を向けた。左手だけがすっと腰のほうに伸びてきた。その左手は佐伯の右手を一瞬だけつかむと、すぐに離れた。小島百合は、上野大臣のいる控室のほうに歩いていった。大臣控室のドアの前では、あのSPの酒井勇樹がこちらを窺っていた。彼もこの騒ぎのあいだ、部屋の中で拳銃を構えて不測の事態に備えていたのだろう。

津久井が佐伯に言った。

「そっちの従業員用エレベーターで、地下の駐車場に降りることができます。うちの車を待たせてあります。それで行きましょう」

佐伯は新宮に顔を向けてうながした。新宮は日比野の右側に立って、一緒に歩きだした。

従業員用エレベーターの前で、津久井が訊いた。

「さっき、五十嵐に、何か訊いていましたね。なんの話だったんです?」

佐伯は、扉の上の階床表示に目を向けたまま答えた。

「テストだ」

「え?」

「キャリアの頭のレベルを試した」

「結果は?」

「どう思う?」

津久井はにやりと笑みを見せた。

エレベーターのドアが開いた。佐伯は最初にエレベーターの中に入り、「開」ボタンを押した。

もちろん結果はいま出てはいない。やつが賢かったか、それとも途方もなく世間知らずの阿呆《あほう》であったか、まだ答は出ていない。でも、半年か一年の後には、はっきりわかる。ほんものの警察官と、警察官僚とのちがいがはっきりする。法のまっすぐな執行官たろうとする者と、法を超越しようとする人間との差が明らかになる。

エレベーターが地下駐車場に向かって下降を始めてから、佐伯は日比野を振り返った。彼はまだ焦点の定まらぬ目で正面を見つめている。目から涙が溢《あふ》れ出ていた。いつのまにか新宮が日比野の肩を抱いていた。

佐伯は日比野に言った。

「きょうは、親父さんの命日だったな。おれたちも一緒に、墓参りに行っていいかな」

日比野がまばたきして佐伯を見つめた。

「一緒にって？」

「墓参りのために、北見から出てきたんだろ？　おれたちにも線香上げさせろよ」

「いいんですか」

「だめか？」

日比野は顔をくしゃくしゃにゆがめて言った。

「じつはおれ、警官の制服を知り合いのところに預けてあるんです。墓に行く途中です。

そこで着替えさせてもらえませんか」

「いいぞ。着替えには賛成だ」

エレベーターの扉が開いた。長谷川がすぐ携帯電話を取りだして、話し出した。

「そうです。ちょっと本人が落ち着くまで、寄り道します。ええ、親父さんの墓参りです。失踪にそれ以上の理由はないんですよ。おれたちも一緒に行って、それから本部に向かいます」

長谷川は、相手に反対もさせなかったようだ。そこまで言うとすぐに電話を切った。

津久井が、日比野の腕を取ったまま、駐車場の通路を奥へと歩きだした。一緒に新宮が。佐伯と長谷川は三人のうしろに続いた。

地下駐車場に響く靴音が、こころなしか軽いものに聞こえた。少なくとも、うんざりするような事件に遭遇したあと、警官たちが所轄に戻るときの歩調の響きではない。

佐伯は思った。

いまの季節、立派な警察官の墓に手向ける花としては、何がふさわしいのだろう。バラか。蘭《らん》か。菊《きく》や百合《ゆり》ではないと思うが、花のことはよくわからなかった。

とりあえず、真っ赤な花を選ぶのがよいかもしれない。警官の身体の中を流れる血の色をした花を、抱えきれないぐらいに買うのだ。その赤い花で、墓を埋めつくすのだ。日比野一樹警部の死は、そうやって息子や同僚から悼まれるだけの価値はある。十分すぎるくらいに。

エピローグ

佐伯が、奥のテーブルで小さく手を上げた。

小島百合は後ろ手にドアを閉じると、まっすぐ佐伯のいるテーブルに向かった。

さほど広くはない店だ。テーブル席が四つ。カウンター席が七人分。オープンキッチン形式と言えば聞こえはいいが、要するに客は厨房《ちゅうぼう》の様子を目の前に眺めることのできる程度の店だ。

細い顔だちの白人が、カウンターのうしろから、いらっしゃいませ、と日本語で声をかけてきた。シェフなのだろう。小島百合はその白人に会釈して通路を歩き、店のいちばん奥のテーブルに着いている佐伯の前へ進んだ。

「ごめんなさい」小島百合はハーフコートをそばのハンガーにかけ、椅子《いす》に腰をおろしながら弁解した。「昨日の件で事情を訊《き》かれていたんです」

「いいんだ」と佐伯も、例のとおり素っ気ない調子で言った。「おれも、日比野の件で訊かれていた。現場にいたってことで」

「彼はどうなりました?」

「入院した。逮捕はされない。事件にはならない。それより、まず飲み物でも」

小島百合は、佐伯の前のワイングラスを見た。赤ワインがほんの少しだけ底に残っている。

佐伯が言った。

「待ちきれなかったんで、始めてた。キャンティじゃない。店のおまかせ」

「お勧め？」

「悪くない」

「では同じものをいただく」

佐伯がカウンターの中のシェフに顔を向け、ワイングラスを指さして言った。

「同じものを」

シェフは、ボトルとグラスを持ってテーブルにやってきた。

「モンテプルチアーノです」とシェフが言った。「やや軽め。シーフードにも合います」

注がれたところで、小島百合はグラスを持ち上げて言った。

「お疲れさま」

「ご苦労さま」

ひと口飲んでから言った。

「いいわ。初めてだと思う」

「何を食う？」

「なんて訊き方をするんです？」

「どうしてだ?」

「それは、カッドン、って答がギャグになってる場合の質問でしょう。こういう店では、堅気の市民をやってくれません」

「何て訊いたらいいんだ?」

「何を食べる?」

「シェフのおまかせ」

「おれにまかせろ」

佐伯はメニューを取りだすと、前菜、パスタ、肉をさっと決めて、シェフに注文した。

「横柄に注文すると、そう見える」

「慣れてますね」

小島百合は、あらためて店の中を見渡した。さほど凝った作りの内装ではない。あまりイタリアらしさを強調してもいなかった。どちらかと言えば、アットホーム的、と表現される種類の店だろう。ウエイトレスもいなかった。厨房の中にもうひとり、日本人の料理人がいるだけだ。

小島百合は言った。

「駅前通りにあるっていうのが、逆に隠れ家的ね。よく来るんですか?」

「二度目」

「一度目は誰と?」

「訊くのか?」

「同じように訊いたことがあるでしょ」

「別れた女房」

予想どおりの答だった。小島百合は軽く咳払《せきばら》いをしてからワインをもうひと口飲んだ。

「三日前のことで、誤解を解いておきたいんだけど」

「おれが何か誤解したか?」

「ブラックバードに連れていったSPのこと。仕事の関係。ブラックバードなら、ご案内しても誤解されることはないかと思って」

「誤解していない」

「面白くなさそうな顔だった」

「気がかりがあった。それだけだ」

小島百合は、もう一度咳払いをして言った。

「男とふたりきりでお酒を飲んでたのに、気にしないんですか?」

「気にしてほしいのか、ほしくないのか、どっちだ?」

「やめましょう」小島百合はワイングラスを持ち上げた。「楽しい打ち上げにしましょう。ねぎらってくれるんでしょう?」

「この店のあとは、四十三度ってバーに行く。場所も調べた」

「それまで会話が持つかしら。あと十分くらいで、何もなくなってしまわない?」

「延々自分のことをしゃべり続ける女は苦手なんだ。相手できない」

「わたしは手頃?」

「悪くない」

「ワインの比較じゃないですよ」

シェフが皿を運んできた。ひとつはヒラメのカルパッチョだった。もうひとつは生ハム。

「こちらは余市のヒラメ」とシェフは言った。「ワインいかがです?」

小島百合は答えた。

「とてもおいしい」

シェフは微笑して厨房に戻っていった。

佐伯が、上体を軽く揺らしてから上目づかいに小島百合を見つめ、言いにくそうに言った。

「昨日、小島がその黒いスーツでピストル構えてる姿、シューティング・ゲームに出てくる女みたいだったぞ」

「それって、褒めてます?」

「格好よかったって言ったつもりだ」

「つくづくコミュニケーション能力に欠けるひとですね」

「食おう」

前菜が終わり、パスタが出た。小島百合は小さく歓声を上げた。コルゼッティのクルミソース和えだ。コルゼッティを食べるのは久しぶりだった。このワインとこの料理の選択は、佐伯の言い方を借りれば悪くないと思った。あと少し、会話のハウツーを学んでくれたら。

皿をふたりで分けて食べて、少し物足りない気分だった。メインディッシュで満腹するだろうか。自分は昨日から、ほんとうに気疲れもする任務に就いていたのだから。

佐伯が、小島百合の食べっぷりに驚いたように言った。

「もうひと皿取ったほうがよかったか」

「いいですね」と小島百合は、口のまわりをナプキンで拭《ふ》きながら言った。「もっといろいろ取って、シェアしましょう。ワイン、もう一杯いただいていいかな」

「次は、別のをもらおう」

「四十三度でも飲むのだから、飲み過ぎないでください」

「そんなに弱くない」

佐伯がシェフに向けて手を上げたときだ。ドアのほうで、よく知っている声がした。

「やっぱりいた。ここだ」

小島百合は、思わず目をつり上げてドアに目を向けた。

新宮昌樹と津久井卓だ。愉快そうに店に入ってくる。

小島百合は、佐伯をにらんで言った。

「教えたんですか？」

「いや」佐伯がどぎまぎしたように言った。「もし何かあったときはって」

「もし何かって何です？」

「こういう時期だし、緊急の何か」

「携帯があるでしょ」

新宮はもう小島百合たちのテーブルの脇に立っていた。

新宮が無邪気に言った。

「小島さん、ワインなんて珍しくないですか。何か特別の日みたいですよ」

小島百合は、新宮を見上げて言った。

「いつものことよ。何？」

「どうせなら、合流しようかと思って。津久井さんが、腹減ったって言うんで」

「どうせならって、札幌にはほかにレストランはなかった？」

新宮がふしぎそうな顔になった。

「このごろ小島さんって、ぼくに突っかかってきません？」

「わかる？」

津久井が厨房を覗《のぞ》いて言った。

「キッチンを見れば、店がわかります。うまそうなお店ですね」

佐伯が、小島百合を黙って見つめていた。目は、すまない、と言っている。すまないですむことか？　きょうは、わたしをねぎらってくれる、というコンセプトの日じゃなかったの？

新宮が言った。

「おれ、小島さんの隣に座っていいですか」

小島百合は、フォークを取り皿の上に置いて言った。

「いいわ。すぐ出るから」

「出るんですか？」

佐伯が言った。

「いや、にぎやかにやろう」

小島百合は、自分の目がいよいよつり上がったのを意識した。ひとこと佐伯に抗議しなければ。

そのとき、ふいに佐伯が立ち上がった。胸から携帯電話を取り出しながらだ。

佐伯は携帯電話を開きながら、ドアに向かっていった。

津久井はまだ厨房の中を覗いている。調理器具のひとつひとつを、興味深げに眺めているのだ。彼はもしかして料理好きだった？

新宮が隣の椅子に腰を下ろして、メニューを広げた。自分で料理を選ぶつもりらしい。

佐伯が携帯電話を畳みながら戻ってきた。

「急用ができた。署に戻る」

小島百合は思わず言った。

「だって、きょうは」

「ねぎらいは、べつの日にする。支払いはしていくから」

「そういう問題じゃない」

新宮が佐伯に訊いた。

「おれもですね？」

「いい。食ってろ」

佐伯はシェフに合図すると、レジのほうに歩いていった。

新宮が、また情けない顔で小島百合を見た。

「チーフ、絶対におれにつれないですよね」

小島百合は言った。

「知らない」

そのとき、自分のポーチの中で、携帯電話の震える音が聞こえた。

まさか。

小島百合は、おそるおそるポーチの中に手を入れた。まさかのことでなければよいが。

震えている携帯電話を取りだしてモニターを見た。メールが入っている。

横目で佐伯のほうを見ると、彼は支払いをすませてもうドアを出るところだった。

小島百合は、メールを読んだ。悪いことの予測は当たるものだ。そのまさかだったのだ。

小島百合は溜《た》め息をついて立ち上がった。本部に戻らねばならない。コートを手にとって、ドアに歩きながら思った。

このリベンジはいつ？　いや、そもそもリベンジの機会はくるの？

まったく予測がつかなかった。

小島百合はふたりの視線を意識しながら、店を出た。

リベンジの機会がもしできたなら、と小島百合は決意した。次は店は自分が選ぶ。ほんとうの隠れ家レストランに、あいつを誘う。絶対にだ。

階段を降りて駅前通りに出た。その通りに、警察車両のサイレンの音が響いている。通りの北、大通署や道警本部のある方向だ。何台もの車両が、出動してゆくところのようだ。人混みの中に佐伯の後ろ姿を探したが、見当たらなかった。駆け出していったのかもしれない。

小島百合は、四月の乾いた歩道で、少しだけ歩調を速めた。

解説

細谷正充

二〇〇九年後半から翌二〇一〇年初頭は、佐々木譲とそのファンにとって、忘れ難い年になった。まず十一月の十四日、「北海道警察」シリーズ第一弾『笑う警官』を原作にした映画『笑う警官』が全国公開されたのである。大森南朋・松雪泰子・宮迫博之など、原作のイメージとマッチした主要キャストが、ハードな刑事ドラマの世界を創《つく》り上げた。そして最も驚くべきことは、制作・監督・脚本を務めたのが、角川春樹であったことだろう。当時、角川春樹は『笑う警官』の出版元である角川春樹事務所の特別顧問であった（現・会長兼社長）。原作出版社の特別顧問が監督とは異例中の異例だが、そこはかつて角川映画で一世を風靡《ふうび》した実力者。冒険小説『極大射程』などで知られる「スワガー・サーガ」シリーズの作者であり、映画批評家でもあるスティーブン・ハンターが、その著書『四十七人目の男』の冒頭の献辞で、五社英雄・黒澤明・岡本喜八・沢島忠等と並べて角川春樹の名前を挙げているように、邦画の名監督として認められているのである。事実、出来上がった映画は観《み》ごたえがあり、佐々木ファンを喜ばせた。

さらに二〇一〇年一月には、警察小説『廃墟に乞う』が、第百四十二回直木賞に決定。デビュー三十一年目にして、栄冠を射止めた。もっとも作者は会見で、受賞までに時間がかかったことを、たいして意識していないといい、今後について〝組織の中で生きる個人の葛藤《かっとう》を劇的に描くのに警察という組織は掘り下げやすいので、今は警察小説に比重を置いていきたい〟と語った。歴史冒険小説の分野でもまだ書き残したことがあり、いろんなジャンルで書いていきたい〟と語った。受賞が嬉《うれ》しいのはもちろんだが、その喜びの最中に作家としてのアグレッシブな姿勢を見せてくれる作者に、惚《ほ》れ直さずにはいられないのだ。

さて、こんな調子で佐々木譲ファンとしての楽しき日々を書いていたら、それだけで解説が終わってしまう。なので、そろそろ本書の内容に触れていくことにしよう。『警官の紋章』は、『笑う警官』『警察庁から来た男』に続く「北海道警察」シリーズの第三弾だ。二〇〇八年十二月、角川春樹事務所から、書き下ろしで刊行された。なお、今回の文庫化と踵《きびす》を接するようにして映画『笑う警官』のDVDも発売されている。本書と併せて購入するのもいいだろう。

物語は、あの「郡司事件」の件で百条委員会に証人として呼び出された、北海道警察本部生活安全部の企画課長の日比野一樹警部が、その前日に鉄道自殺をするショッキングなシーンから始まる。多くの警察関係者が自殺と思いながらも事故死として処理され、表面上は何事もなかったかのように取り繕われた。

それから二年——洞爺湖《とうやこ》サミットのための特別警備結団式を一週間後に控えた北海道警察。シリーズでお馴《な》染《じ》みの警官たちは、それぞれの場所で仕事に従事していた。大通署生活安全課の小島百合は、婦女暴行犯を撃って捕える手柄を立て、警視庁SPの応援としてサミット担当特命大臣・上野麻里子の警備に当たることになった。一緒に警備をする警視庁SPの酒井勇樹の話によると、テロリストが大臣の命を狙《ねら》っているという。一方、警察学校の教官になった津久井卓は、やはりサミット関係で、本部警務部に出向する。そして愛知県警の刑事から接触を受けた、大通署刑事課特別対応班の佐伯宏一は、過去の覚醒剤《かくせいざい》密輸入おとり捜査の結果に疑問を抱き、ひそかに再調査を始める。

そんなとき道警を揺るがす、とんでもない事件が発生した。勤務中の日比野伸也巡査が、拳銃《けんじゅう》を所持したまま失踪《しっそう》したのだ。どうやら失踪の背後には、二年前に事故死として処理された父親の死がかかわっているらしい。解決したと思っていた「郡司事件」に、まだ裏があったのか。津久井は内部監察のベテランの長谷川哲夫主任とコンビを組んで、日比野の周辺を探る。やがて錯綜《さくそう》する事態は、結団式の会場へと収斂《しゅうれん》し、驚くべき真実が明らかになるのだった。

本書は『笑う警官』から始まった、ひとつの事件を軸にした三部作の完結篇である。その事件とは「郡司事件」。北海道警察を震撼《しんかん》させた実在のスキャンダル事件「稲葉事件」をモチーフに構築された、醜悪きわまりない犯罪である。ちなみに「稲葉事件」については『笑う警官』の西上心太氏の解説に詳しいので、そちらを参照していただきたい。この事件を題材にした、曽我部司の『北海道警察の冷たい夏』、北海道新聞取材班の『追及・北海道警「裏金」疑惑』という優れたノンフィクションもあるので、興味を持った人は、そちらにも手を伸ばしてほしいものである。

話を作品に戻す。自分の信じる正義を貫こうとした佐伯や津久井たちの行動により、解決したかに見えた事件。しかしその裏には、さらなる闇《やみ》があった。佐伯・津久井・小島を中心とした三つのストーリーをしだいにリンクさせながら、クライマックスになだれ込んでいくストーリーの面白さは抜群だ。幾重にも折り重なった闇の底に潜む犯人の実像が浮かび上がったときに、それと対峙《たいじ》する佐伯や津久井たち警官の肖像が立ち上がってくる構図も見事。そうした現場の警官の矜持《きょうじ》を象徴する〝警官の紋章〟という言葉が格好いい。常に警察官という立場と照らし合わせて、自分の行動を律する佐伯は、作者の考える警官の理想像であり、読者の求めるヒーローとなっている。突き付けられる問題は重いが、その重さを振り切るように活動する警官たちの姿に熱くなる。まさに三部作の完結篇に相応《ふさわ》しい、読みごたえのある警察小説なのだ。

おっと、あまり内容に踏み込みすぎると、未読の人の興をそいでしまうので、この後は、シリーズの全体像を眺めてみよう。作者が警察小説を書く切っかけとなったのは、角川春樹に「マルティン・ベック」シリーズのような警察小説を書かないかと薦められたことである。作者は「朝日新聞」(二〇一〇・一・二六)の文化欄で、

「若い時分にわたしが愛読したシリーズの名を出されて、わたしは狂喜する想いだった。自分にあのシリーズのような、壮大にしてラジカルな警察小説が書ける？ 書く機会を与えてもらえる？（中略）そして取材を始めてみると、この世界の深いこと、広いこと、面

白いこと。調べても調べても興味はつきず、しかもどんどん周辺領域へも好奇心は広がる。気がついたら、警察を題材にしたものだけで、シリーズを三つも書くことになっていた」

と述べている。この中で特に注目すべきは、「マルティン・ベック」シリーズのことを〝壮大にしてラジカルな警察小説〟といっている点だ。

「マルティン・ベック」シリーズは、スウェーデンを舞台にした警察小説である。作者は、ペール・ヴァールー、マイ・シューヴァル夫婦。一九六五年の『ロゼアンナ』から一九七五年の『テロリスト』まで、全十巻が発表されている。この、ほぼ一年一冊で全十巻というのは最初から意図されたものであり、「マルティン・ベック」シリーズの『笑う警官』の「あとがき」に掲載された「パブリッシャーズ・ウイークリー」のインタビューで作者はこういっている。

「ご存じのように、このシリーズは各巻とも三十章から成っています。わたしたちは最初から一年一作のペースで書き継いでゆき、全部で十作をもってこのシリーズを完結させる構想でスタートしました。言いかえれば、わたしたちは全部で三百章から成る、一つの大河小説を完成させるつもりで各巻を書いているわけです。その三百章を通して、前後十年にわたるスウェーデン社会の変遷を、マルティン・ベックの生活や、彼が追う事件によって描き上げてみたいというのが、実はわたしたちの念願なのですが……」

この意図を実現したシリーズは、優れた警察小説であると同時に、スウェーデンの現代史と正面から取り組んだ作品となった。シリーズ全巻を翻訳した高見浩は完結篇となる『テロリスト』の「あとがき」で〝この十年間、ヴァール＝シューヴァル夫妻の念頭に常にあったのは、高度資本主義社会が必然的に内包する暴力への傾斜という問題であった〟といっているが、その言葉通り、シリーズが進む（＝時代が進む）につれ、社会への批判が強まり、警察組織そのものへも鋭く切り込むようになったのである。佐々木譲が「マルティン・ベック」シリーズを〝壮大にしてラジカルな警察小説〟という所以《ゆえん》は、ここにあるといっていい。

そして「北海道警察」シリーズで目指しているものが、まさにこれなのだ。『笑う警官』から本書まで、実在の事件である「稲葉事件」をモチーフとしたこと、また本書で洞爺湖サミットが取り上げられたことや、二〇〇九年十月に刊行されたシリーズ第四弾『巡査の休日』で、毎年六月に札幌で行われる〝YOSAKOIソーラン祭り〟が、物語に組み込まれていることなども、現実の北海道の歴史と切り結ぼうという、意欲の表れとなっている。そう、作者は「北海道警察」シリーズを通じて、北海道の現代史を活写しようとしているのだ。それが同時に、日本の現代史になっていることは、あらためていうまでもない。

我々はどのような時代に生きているのか。数十年後に振り返ったとき、「北海道警察」シリーズが、鮮やかに指し示してくれるかもしれない。これは、それだけの情報と思想と感情を内包した〝壮大にしてラジカルな警察小説〟なのである。

（ほそや・まさみつ／文芸評論家）

本解説は、文庫『警官の紋章』刊行時（二〇一〇年五月）当時のものです。

本書は、二〇一〇年五月に小社よりハルキ文庫として刊行された
『警官の紋章』を改訂し、新装版として刊行しました。

Haruki Bunko
ハルキ文庫

さ 9-13

警官《けいかん》の紋章《もんしょう》 新装版

著者 佐々木《ささき》 譲《じょう》

2010年5月18日 第一刷発行
2024年2月 8日 新装版 第一刷発行

発行者 角川春樹

発行所 株式会社角川春樹事務所
〒102-0074 東京都千代田区九段南2-1-30 イタリア文化会館

電話 03(3263)5247(編集)
03(3263)5881(営業)

印刷・製本 中央精版印刷株式会社

フォーマット・デザイン 芦澤泰偉
表紙イラストレーション 門坂 流

ISBN978-4-7584-4616-7 C0193 ©2024 Sasaki Joh Printed in Japan
http://www.kadokawaharuki.co.jp/ [営業]
fanmail@kadokawaharuki.co.jp [編集]　ご意見・ご感想をお寄せください。